KB077787

고창근 장편소설

존재의 이유

2014 문학마실

「이 도서의 국립중앙도서관 출판예정도서목록(CIP)은 서지정보유통지원시스템 홈페이지(http://seoji.nl.go.kr)와 국가자료공동목록시스템(http://www.nl.go.kr/kolisnet)에서 이용하실 수 있습니다.(CIP제어번호: CIP2014026081)」

고창근 장편소설

존재의 이유

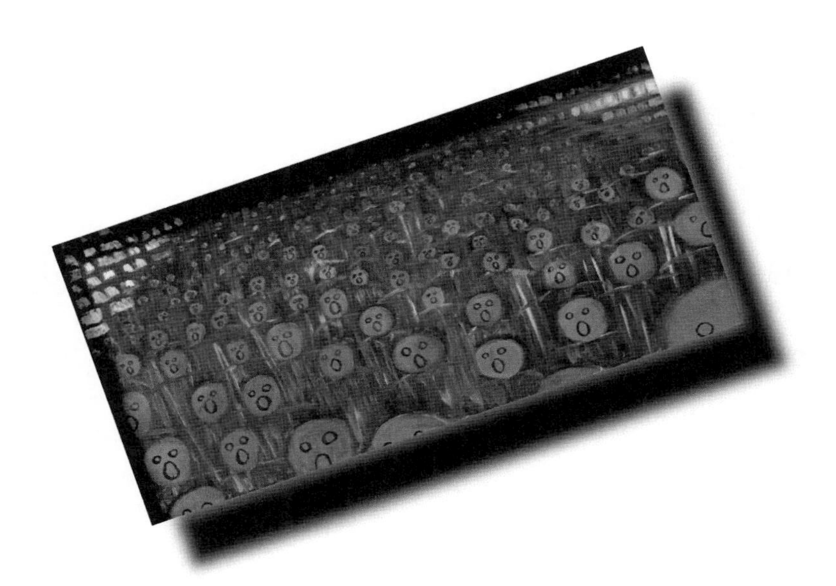

고창근 장편소설

존재의 이유

2014년 9월 20일 발행
2014년 9월 25일 1쇄 펴냄

지은이-고창근
펴낸이-고창근
펴낸곳- 문학마실
홈페이지: http://cafe.daum.net/mhmasil
출판신고번호-제 511-2013-000002 호
주소-경북 상주시 구두실길16-1(인평동)
전화- 010-9870-0421
전자우편-sgamm@hanmail.net

ISBN 979-11-951187-3-1(03810)

– ------------------------

값 15,000원

읽어두기
– 이 소설에 나오는 인물 지명 사건 등 모두 허구임을 밝혀둡니다.
– 본 사업은 2014경상북도문화예술진흥기금지원사업입니다

<작가의 말>

밥이 하늘일지니

120년 전, 내가 살던 고향에서 밥을 달라고 싸웠다가 100여 명이 죽은 사건이 일어났다. 바로 상주동학농민혁명이다.

각종 세금에다 수탈 등 양반들과 지주들의 횡포에 맞서 농민들은 밥을 위해 읍성을 점령했다. 그러니까 당시 농민들의 읍성 점령은 먹고 살기 위한, 생존권의 문제였다. 농사를 지으면 80%이상을 양반 지주들에게 빼앗기고 그나마 각종 이름 없는 세금까지 부담했어야 했으니 굶어죽지 않으면 오히려 이상할 지경이었다.

그러나 나라에서는 굶어죽을 지경인 농민들에게 밥을 주기는커녕 일본군을 시켜 읍성 점령한 농민들을 조준사격해서 죽였다. 당시 읍성 안에서 1000여 명이 죽창으로 일본군과 맞서다 100여 명이 죽은 것이다.

나는 옛 읍성 자리를 어슬렁거릴 때마다 진저리를 쳤다. 인간이 살아가는데 가장 기본이 밥이거늘, 밥을 달라는 백성들에게 일본군을 시켜 총질을 해댔던 양반과 지주들은 도대체 어떤 사람들인가.

나는 진저리를 칠 때마다 큰 죄를 지은 사람처럼 고개를 제대로 들지 못 했다.

하지만,

농민들은 죽음을 각오하고 읍성을 점령했고 해방의 극치를 맛보았으리라. 인간 위에 인간 없고, 인간 아래 인간 없는 모든 사람이 하늘인 세상을 누렸으리라.

하지만 읍성 점령 1주일 동안 내내 불안했으리라. 언제 쳐들어올지 모르는 양반 지주들과 일본군들.

옛 읍성 자리를 어슬렁거리면서 그 1주일 동안의 읍성 점령 상황을 상상해 보았다.

또한,

몇 년 전 어느 재벌 회사는 구조조정이라는 명목으로 노동자 수천 명을 해고했다. 노동자들은 "해고는 살인이다" 라며 파업을 했고 20여 명의 노동자들이 죽음을 당했다. 생존권 투쟁인 노조의 싸움은 비참했고 지금도 계속되고 있다.

그때 나에게 착시 현상이 일어났다. 지금도 백성의 밥을 빼앗아가는 야만의 시대구나. 노동자는 누구인가. 120여 년 전 농민혁명을 일으킨 농민들의 후손이 아니던가. 아직도 농민혁명은 현재진행형이구나, 싶었다.

밥은 인간 생존의 가장 기본이다. 밥이 없으면 체면이고 희망이고 아무것도 없다. 그래서 노동자들은 "해고는 살인이다" 라고 울부짖었다.

그러나 120년 전이나 지금이나 밥을 위해 싸우는 시대다. 국민의

10여% 부자가 나라의 밥 대부분을 가져가고 대다수 노동자 농민 자영업자 들이 나머지 밥으로 힘들게 살아가고 있다. 부자들의 밥을 국민 모두가 함께 나누어 먹는다면 싸울 일도 죽을 일도 없는 천국이요 극락 세계가 될 것일 텐데, 참으로 안타까운 일이다.

돈이 주인인 사회가 아니라, 사람이 주인인 사회가 되길 바라는 마음으로 소설을 세상에 내보낸다. 함께 다 잘 사는 세상을 위해서.

2014년 9월 주막듬에서

고 창 근

차 례

존재의 이유

서(序)

고향집에 도착했을 때 아버지는 멀쩡했다. 축사에서 소에게 건초를 주다가 돌아보곤 무심하게, 왔냐? 했다. 순간 재우는 당황했지만 일단 안심은 되었다. 고향에 오면서 내내 상상했던 것은 아버지가 마당가에 앉아 먼산바라기를 하고 있거나 집을 나가 돌아오지 않아 애를 태우는 광경이었다. 재우의 표정을 본 어머니가 다가왔다.

"니 아버지 땜에 죽겄다야, 죽겄어."

어머니는 아버지와 재우를 번갈아 보며 푸념을 늘어놓았다.

"괜찮으신데요?"

"괜찮기는 머가. 시방은 저래도 귀신이 씌여도 단단히 씌였구만."

"귀신이요?"

재우는 무슨 애기인가 하고 아버지를 돌아보았다.

"할부지가 씌였다잖아. 할부지 귀신이."

"할아버지요?"

"그려. 할부지 귀신. 그니께 니게는 증조부 되시는."

어머니는 어느새 무당에게 다녀온 모양이었다.

"약은 드세요?"

치매약이었다.

"먹긴 먹는데 빼먹는 게 많아. 나도 정신머리가 예전 같지가 않아여."

여든이 넘은 노인들인지라 예상했던 터였다. 축사에는 한우 다섯 마리가 아버지가 준 건초를 먹고 있었다. 지난 구정 때는 스무 마리가 넘게 있었는데, 소값이 폭락했다고 하더니. 재우는 마루에 걸터앉았다. 따스한 햇살이 몸으로 파고들었다. 햇볕을 받으면 따뜻하고 그늘에 있으면 좀 쌀쌀한 기운이 느껴지는 가을이었다.

아버지는 축사 앞에 쪼그리고 앉아 담배를 꺼내물고 소가 건초를 먹는 것을 바라보았다. 하얀 담배연기가 아버지의 흰 머리카락 위로 피워 올랐다 흩어졌다. 치매엔 담배가 독이라던데. 재우는 다가가 담배를 빼앗아 멀리 던지고 싶은 충동을 지그시 눌렀다. 울화가 치밀어오를 땐 심호흡을 하세요. 길게 숨을 들이쉬고 길게 내쉬세요. 정신은 단전에 두고 내쉬는 숨만 의식하고요. 파업참가자 및 그 가족들을 위한 심리치료차 온 정신과 의사는 친절하고도 헌신적이었다. 재우는 눈을 감고 호흡 조절법으로 숨쉬기를 했다. 하지만 정신은 집중되지 않고 흐트러졌다.

재작년 겨울 아버지가 이상한 행동을 한다는 어머니의 말을 듣고 서

울로 모셔가 Y대 부속병원에서 치매 검사를 받고 결과를 듣던 날이었다.

"치료할 약은 없습니다."

혹 치료할 수 있느냐는 재우의 말에 의사는 MRI 사진을 보며 단호하게 말했다.

"현대의학으로선 치료할 약은 개발되지 않았습니다. 단지 약물로 진행 상태를 늦추는 방법밖엔 없지요. 물론 본인의 의지에 따라 진행 속도도 빠를 수도 늦을 수도 있지요. 술과 담배는 금물입니다."

아버지는 가끔 현재와 과거를 구분하지 못 했다. 아버지가 현재라고 믿고 있는 시간은 몇 년 전이기도 했고 수십 년 전이기도 했다. 치매 진단이 났을 때부터 거의 20개월이 지났으니 아버지는 이제 점점 현재는 없어지고 과거에서 살아가고 있는지 몰랐다.

"에미는 잘 있고? 진숙이와 진수도 잘 있제?"

어머니도 마루에 와서 걸터앉았다.

"어제는 도대체 무슨 말씀이세요?"

재우는 어머니의 말을 못 들은 척 말머리를 돌렸다. 어머니는 머리에서 수건을 벗어 옷에 묻은 먼지를 털다 멈추었다.

"거 머시야. 동학인가 뭔가 위령제 지낸다꼬 갔다가 그렇게 안 되었냐. 집에 붙어 있으면 좀 좋아."

어제는 아버지를 찾아다니느라 고생께나 한 것 같았다.

"위령제요?"

"그려, 위령제."

"그럼 어제 집을 나가 길을 잃었다는 게 그것 때문이었어요?"

"말도 마. 니게 전화하고 밤새 찾아다녔다니께."

어제 저녁 무렵 정리해고특별위원회에서 회의를 하고 대리운전 사무실로 가는데 어머니로부터 전화가 왔다. 아버지가 아침에 나가 아직 안 들어왔다는 것이었다.

– 좀 기다려보세요. 아직 초저녁인데.

가슴이 덜컥 내려앉았지만 겉으론 태연하게 말했다.

– 아녀, 아녀. 지금껏 밖에 나가 저물도록 있어본 적이 한 번도 없었다카이.

간간이, 어째 네 아버지가 약을 먹어도 낫지 않고 더 한다야, 어머니는 전화기 너머로 하소연을 했지만 집을 나가 못 들어올 정도는 아니었다. 재우는 일단 경찰서에 신고하라고 했다. 밤 12시가 되어 집으로 돌아갈 무렵 어머니에게서 전화가 왔다.

– 집에 왔다야. 아이고, 시내에서 막차를 놓쳐뿌려서 집으로 걸어오던 중이었다야. 그 먼 길을

시내에서 집까지 40km가 넘었다. 다행히 신고를 받은 경찰이 순찰을 돌다 발견했다고 했다. 재우는 경찰이라는 말에 순간, 움찔했다.

– 낼 찾아뵐게요.

자신도 모르게 불쑥 말을 뱉었다.

– 회사는 우짜고?

– 쉬는 날이라요.

재우는 하마터면 이젠 안 나가잖아요, 할 뻔 했다. 집에 다녀오고 싶기도 했다. 정리해고자 복직 투쟁도 밤에 뛰는 대리운전도 지쳤다. 그냥 어디 가서 조용히 쉬고 싶었다. 활동해야 합니다. 가만히 집에 있으

면 증세가 더 심해집니다. 정신과 의사는 집에 조용히 있는 시간을 경계하라고 했다. 외상후 스트레스 증후군은 어떤 일에 집중하면 좋다고 했다. 하지만 집중할 수 있는 일이 없었다.

– 꼭 가야 되겠어요?

오늘 아침 아내는 가지 않았으면 좋겠다는 표정으로 재우에게 말했다.

– 괜찮아.

– 점심 때 약 잊지 말고 먹고요.

– 걱정 마.

아내의 걱정하는 커다란 눈이 떠올랐다. 아내의 걱정을 이해 못 하는 것은 아니었다. 재우 또한 스스로 느끼는 비슷한 불안이었다. 투쟁을 벌인 지 1000일을 하루 앞두고 21번째의 죽음이 있었다. 모두들 불안했다. 이제 누가 22번째가 될 것인가. 내가 될 수도 있고 내 아내가 될 수도 있었다. 아니면 아침에 인사하던 그 동료가 될 수도 있을 것이었다. 모두들 21번째 죽음을 대하는 모습엔 분노보다도 불안의 기운이 맴돌았다. 재우는 고개를 흔들며 어머니를 돌아보았다.

"병원서는 뭐라고 하는데요?"

진단은 서울에서 받았지만 치료는 시내에 있는 작은 병원에서 받고 있었다.

"머시야. 시방 우리가 사는 것하고 옛날 거하고 구분을 못 한다야. 그니까 저렇게 소를 키우고 있어도 니 아버진 옛날 생활하는 거라 카더라."

점심 먹고 병원에 가서 의사를 만나 볼까 생각하고 있는데 아버지가 마루로 다가 왔다. 재우는 아버지가 앉도록 옆으로 비켜 앉았다.

"소가 많이 줄었어요."

아버지가 마루에 앉는 걸 보며 재우가 말했다.

"값이 많이 내렸어. 어디 사료값이라도 벌겠냐."

아버지는 멀쩡했다. 재우는 어머니를 돌아보았다.

"저렇게 온전할 땐 생사람 같다니까."

어머니는 혀를 쯧쯧, 찼다.

"먼 소리, 시방."

아버지는 역정을 냈다.

"저 봐라. 내 말이라면 성질부텀 낸다니까. 노망도 곱게 들어야지."

어머니의 말에 아버지가 노려보았다.

"소 키우는데 힘들지 않으세요?"

아버지는 여든 셋이었다.

"아직 괜찮다."

아버지는 바지를 털더니 신발을 벗고 마루로 올라섰다. 내 정신 좀 봐. 어머니는 점심 준비해야겠다며 입식부엌으로 건너갔다.

점심을 먹고 아버지는 담배를 물고 다시 축사로 갔고 재우는 마루에 앉아 해바라기를 했다.

– 하루에 30분 이상 햇볕을 쬐세요. 우울증 예방에 아주 좋습니다.

정신과 의사의 말이 귀에서 앵앵거렸다. 재우는 두 손을 깍지 끼고 팔을 머리 위로 쭉 뻗었다. 옆으로 몇 번 흔들다 두 팔을 내리고 머리를 좌우로 몇 번 큰 원을 그리며 돌렸다. 몇 차례 그렇게 하니 뻐근하던 몸이 좀 개운한 것 같았다. 몇 번 더 몸을 흔들다 마루 기둥 옆에 있는 노란색 팜플렛을 발견했다. 옆으로 누워 팔을 쭉 뻗었다. 팜플렛이 손에 겨우 닿았다. 재우는 누운 채 팜플렛을 눈앞으로 가져왔다.

S동학농민혁명연극제

견고딕체의 글씨가 눈에 들어왔다.

"이게 뭐예요?"

재우는 속으로 읽으며 어머니에게 건성으로 물었다. 어머니는 물걸레로 마루를 닦다 팜플렛을 보고는 쯧쯧, 혀를 찼다.

"동학에 미쳤다카이."

재우는 무슨 뜬구름 잡는 얘기라는 듯 어머니를 돌아보았다.

"어제도 무슨 위령제한다케서 안 갔더나. 요새 니 아버지 동학에 미쳤다야."

재우는 어머니의 말을 건성으로 들으며 팜플렛으로 눈길을 돌렸다. 길쭉하고 커다란 돌이 서 있는 사진이었는데 세로로 S동학농민혁명기념탑이라고 새겨진 글씨가 눈에 띄였다.

"니 아버지가 동학에 미쳤는 게 할부지가 씌여서 그렇데여."

어머니는 걸레질을 멈추지 않고 말했다. 재우는 건성으로 들으며 대충 밑으로 읽어갔다.

위령제: 0000 년 10월 19일(일요일) 오후 6시 30분

연극일시: 0000 년 10월 20일 (월요일) - 10월 26일 (일요일)

장소: 왕산 공원 內

주최: (사)S동학농민혁명계승사업회

주관: S 연극단체

후원: S시

경상북도

19일이면 어제였다. 이런 게 왜 집에 있나 하며 한 장 넘겼다.

"그닝께 니한테는 증조부가 되지. 그래서 니 아버지가 저렇게 됐다카더라."

"점쳤어요?"

재우는 팜플렛에 눈길을 준 채 물었다.

초대의 말씀

지금부터 120년 전인 1894년 반봉건 반외세 깃발을 높이 치켜든 S동학농민군이 양력 10월 20일부터 26일까지 S 읍성을 점령한 것을 기념하여 …… 같은 날 읍성 점령을 연극으로 재현하니 ……

……

(사) S동학농민혁명계승사업회 이사장

무심하게 다시 한 장을 넘겼다. 그 다음엔 행사 내용이 적혀 있었다.

그러니까 어제 첫날에는 개막식 및 위령제를 지내고 오늘부터 일주일 동안 읍성점령을 똑같이 재현하는 연극을 한다는 것이었다. 연극에는 시민 누구나 직접 참여할 수 있다는 내용을 읽고나서 팜플렛을 덮으려다 재우는 눈을 휘둥그레 떴다. 팜플렛을 든 채 자세를 바르게 했다.

연극에 도움 주신 분

증언 : 강형석(동학농민군 유족)

자료 : 곽성철(H대학교 교수) <Y대학교 동방학지 S편 제51집>

<Y대학교 동방학지 S편 제52집>

이성환(S여자중학교 교사) <19세기 후반 S지방의 농민항쟁

(한국교원대학교 대학원 석사학위논문)>

"어?"

재우는 어머니를 돌아보았다. 강형석은 아버지 이름이었다.

"아버지 이름이 왜 여기 있어요? 아버지가 무슨 증언을 했어요?"

"야가 지금까지 무슨 얘기 들었다냐. 긍께 니 아버지가 조부 귀신이 씌여서 그렇다닝께."

"귀신이 씌이다니요? 좀 알아듣게 자세히 말해보세요."

재우는 답답하다는 표정을 지었다.

"내가 옛날부터 사람들이 찾아오고 하길레 그때부텀 알아봤다니께."

"예전에 찾아왔었어요? 누가요?"

“나도 몰라. 무슨 대학 교수라카던가. 동학 연군가 뭔가 한다고 니 아버질 그렇게 꼬시더니만.”

재우는 팜플렛을 다시 한 번 들여다보곤 어머니를 쳐다보았다. 증언이라. 유족이라.

"그럼 우리 조상 중에 동학하신 분이 있단 말이에요?"

“너한테 증조부 되시는 분이 있지 않냐.”

“근데 그거하고 이번 연극하는 거 하고 무슨 상관이에요?”

“니 아버지가 그래도 그때 일을 상세히 안다카더라. 조부가 그렇게 활동했다고 자기 아버지한테 들었다나 머라나. 아이고, 얄궂어라.”

어머니는 잠시 걸레질을 멈추고 말했다.

“그러니까 동학하는 사람들이 읍성인가 뭐를 점령한 사건을 아버지가 제일 잘 안다고요?”

“그렇다니까. 네 아버지가 말한 게 책으로도 나왔는걸. 일주일 동안 이쪽 사람들이 어떻게 싸웠는가. 아, 몰라. 지랄도 작작 좀 하지. 요샌 그거 때문에 니 아버지 살판났다.”

어머니는 영 불만이었다.

"살판나다니요? 왜요?"

"연극인가 뭔가 지랄한다고 연습하는데 매일 갔었다, 매일."

"매일이요?"

"그럼. 그라고 니 아버진 지금이 동학난리난 시댄 줄 안다야."

"설마요."

"그렇다니까. 허허, 참. 웃음이 다 나오네."

어머니는 헛웃음을 지었다. 재우는 가슴이 답답해 왔다.

"그럼 어제 길을 잃은 것도 거기 행사에 갔다가 그렇게 된 거예요?"

재우는 팜플렛에 어제 날짜로 개막식과 위령제를 지낸다는 구절을 다시 보았다.

"왜 아냐. 아마 오늘도 갈 걸."

재우는 다시 몸을 반쯤 드러누워 팜플렛을 바라보았다.

S동학농민혁명일지

·
·
·

1894년 9월 22일(음력) S농민군 읍내관아 점령

28일 낙동의 일본군 S 읍성 기습 읍성 함락

·
·
·

재우는 팜플렛을 덮어 마루 한쪽으로 밀쳐놓았다. 가슴이 답답해 왔다. 패배. 결국은 농민군의 읍성은 무너지지 않았던가. 우리가 그토록 옥상에서 저항해도 맥없이 진압되었듯이. 가슴이 벌렁거리고 쿵닥쿵닥 뛰었다. 점심 먹고 약을 먹었는데 왜 이럴까 싶다. 파업이 끝나고 수시로 나타나는 증세였다. 거대한 괴물과 싸우고 있는 듯한 막막한 느낌이었다. 동료들이 한 명 한 명 자살하거나 스트레스가 쌓여 지병으로 죽어갈 때마다 엄습해오는 불안, 공포. 오늘 아침에 집을 떠나 고향으로 오는데 갑자기 드는 생각. 집으로 돌아갈 수 있을까. 이게 집을 떠나는 마지막 길이 아닐까. 영영 집으로 돌아가지 못 할 것 같은 방정맞은 생각.

재우는 마루에서 일어났다. 어머니는 마당에 있는 수돗가에서 걸레를 빨았고 아버지는 축사 안에 들어가 소똥을 치우고 있었다. 바람이나 좀 쐬고나서 집으로 올라갈까 싶어 마당으로 내려와 집밖으로 나가려는데 아버지의 목소리가 재우를 잡았다.

"멀리 가지 말거라."

재우는 아버지를 돌아보았다. 아버지도 허리를 펴며 재우를 바라보았다.

"오늘도 가봐야지."

"어디요?"

"어디긴 어디야. 성에 가봐야지. 죄다 성으로 쳐들어간다는데."

"아버지."

재우는 울음이라도 터트리면 시원하겠다는 생각이 들었다. 아버지마저 왜 저럴까.

"거 봐라. 오늘밤에도 기필코 갈 모양이다."

어머니는 걸레를 마루에 던지며 말했다. 재우는 오늘 집으로 가긴 글렀다는 생각이 들었다. 오늘밤부터 읍성 점령 재현 연극을 하는데 아버지가 간다면 따라가야 할 것 같았다. 또 길을 잃어서는 안 되었다.

동학농민혁명에 대해선 관심이 없었다. 더구나 패배한 싸움은 더욱 관심이 없었다. 하지만 연극이 끝날 때까지 어디 가서 차를 마시고 있다가 아버지를 모시고 와야 할 것 같았다.

첫째날

읍성 점령

천지신명이시여……

빌고 빌고 또 비나이다.

천지신명이시여……

여인은 마당에 정화수를 떠 놓고 빌고 있다. 빌고 빌어야겠는데 무슨 말로 빌어야 하는지 알 수가 없다. 그래도 빌어야 한다.

천지신명이시여……

저벅, 저벅. 발걸음 소리가 들린다. 저벅, 저벅 저벅 저벅 저벅 ……. 한 사람의 발걸음 소리가 아니다. 수십 명의, 수백 명의 발걸음 소리다. 바람을 타고 발걸음 소리가 퍼져나간다. 대지를 흔든다. 저 중에 남편도 있을 것이다. 속이 탄다. 애가 탄다.

천지신명이시여……

부디 몸 성히 다녀오도록 해 주시오.

천지신명이시여 ……

제발 아무 탈 없게 해 주소서.

제발 원하는 대로 되게 해 주소서.

천지신명이시여 ……

여인은 정화수 앞에서 두 손으로 빌고 또 빈다.

저벅, 저벅 저벅 …… 공기를 가르고 땅이 울린다.

저벅, 저벅 저벅 저벅 …… 바람을 가르고 산이 울린다.

개가 짖지 않는다. 꼬리를 사타구니에 넣고 집안에 처박혀 밖에 나올 엄두도 못 낸다.

컴컴하던 어둠이 사람들의 발걸음 소리에 밀려 물러났다. 사람들은 자꾸만 모여들었다. 이미 모인 사람들은 죽창을 든 이들이 대부분이었고 이제 모여드는 사람들은 낫이며 괭이를 들고 있었다.

소문은 바람을 타고 퍼져나갔다. 22일 동트기 전에 천봉산 아래 북천에 모여라. 손에는 아무거나 들고 오면 된다. 소문은 소문을 물고 이 집 봉창에서 저 집 댓돌로 옮겨다녔다. 남자들의 담배연기를 타고 피어올라 여인들의 치맛바람을 타고 멀리 퍼졌다.

"이렇게 많은 사람들이 모여들다니요."

머리에 흰 무명천을 두른 사내가 모여들고 있는 사람들을 둘러보며 입을 다물지 못 했다.

"저들의 뜻을 하늘인들 모르겠소."

역시 무명천을 이마에 두른, 얼굴이 온통 수염으로 덮인 사내가 떨리는 목소리로 말했다. 사내의 손에는 총이 들려 있었다. 포수한테서 거금을 주고 산 화승총이었다. 생명보다 더 아끼는 것이라고 했다. 털보 주위에는 화승총을 든 이가 몇 명 더 있었다.

"이미 승패는 결정난 것 같소,"

옆에서 역시 화승총을 든 이가 누런 이빨을 드러내며 웃었다.

"이제 우리 세상이 오는 거요. 양반 상놈 없는 평등 세상이오."

"사람이 하늘이요. 곧 사람이 하늘 대접받는 세상이 오는 거요."

무명천을 이마에 두른 이들은 계속 모여들고 있는 사람들을 보며 말을 더 잇지 못 했다.

죽창을 든 사람들은 대부분 동학교도로서 미리 연락을 받은 사람들이었다. 며칠 전부터 거동에 있는 박생원 집 뒤에서 대나무를 베어와 죽창을 만들었다. 하지만 낫을 들고 괭이를 든 사람들은 소문을 듣고 모여든 사람들이었다. 그들은 죽창을 만들 시간이 없어 손에 익숙한 농기구를 들고 왔다. 농기구를 든 사람들은 손에 익어 차라리 죽창보다 낫다고 자위했다.

농기구를 든 사람들이 죽창을 든 사람들보다 많았다. 농민군 지도부는 혹 농기구를 든 사람들이 명령에 따르지 않고 멋대로 행동할까봐 걱정되었다. 죽창을 든 이들은 대부분 동학교도들이기에 접주인 자신의 말에 잘 따르리라 믿고 있었다.

"각 동임들은 모이시오."

미리 각 동네별로 책임자를 정해놓았다. 농민군 지도자는 동임들을 모아 죽창을 든 이나 농기구를 든 이나 관계없이 동네별로 사람들을 모으라고 했다. 동임들은 수백 명이나 되는 사람들 사이를 돌아다니며 손나발을 불었다. 웅성거리던 사람들은 자신의 동네 동임들의 꽁무니를 따랐다. 얼마 지나지 않아 뱀의 꼬리처럼 사람의 줄이 길게 늘어났다. 죽창을 든 사람들이 재빠르게 뒤를 따랐고 농기구를 든 사람들은 서로 눈치를 보며 죽창의 뒤를 따랐다. 동임들은 서로 내기라도 하는 듯 손나발을 불면서 꽁무니에 사람들을 끌어모았다. 긴 줄이 엉켜 난장판이 되어 끊어졌다가 곧장 질서를 회복하고 이어졌다.

"네가 여기 웬일이야."

누군가 소리쳤다. 이제 열 살쯤 되었을까, 긴 머리카락이 헝클어진 소년이 지게다리를 들고 서 있었다.

"아버지 원수 갚으러왔어요."

소년은 다부지게 말하였다.

"어디서 왔느냐?"

옆에 선 다른 사람이 물었다.

"봉대서 왔어요."

"아이고 그 지주들 심한 데서 왔구나."

누군가 탄식을 했다.

"네 아버지는 어떻게 됐는데?"

"며칠 전에 관아에 끌려갔다가 곤장 맞고 장독이 퍼져 돌아가셨어요."

"저런."

"저런 죽일 놈들."

여기저기서 고함소리가 터져나왔다.

"네 엄마는 무얼 하시고? 말리지 않더냐?"

"누워 있어요. 아무 말도 안 하시고 울고만 계셔요."

"고만 가거라. 우리가 원수를 갚아주마."

"아니에요. 저도 싸울 거예요."

소년은 입을 앙 다물었다.

"너 고추가 여물긴 여물었냐?"

누군가 농을 했고 웃음이 와, 터져나왔다.

"에이씨."

소년은 농을 한 사내를 노려보았다.

"그래 정 그러고 싶으면 제일 뒤에서 따라오거라. 나중에 읍성을 점령하고 나면 너도 할 일이 있을 것이다."

사람들이 모여 웅성거리는 걸 보고 다가온 동임은 소년을 타일렀다.

그때 저쪽에서 또 한 무리의 사람들이 모여 웅성거렸다.

"여자가 무슨 싸움을 한다고요. 얼른 집에 가소."

대여섯 명의 여자를 둘러싼 사내들이 히죽거렸다.

"나도 싸워야 혀요. 작년에 우리 애 아버지가 목사 윤태원한테 맞아 죽었소."

"원수는 우리가 갚아드리리다. 여자가 어찌 싸우겠소."

점잖게 생긴 사내가 어서 돌아가라는 듯 손짓을 했다.

"우리가 왜 못 싸운다요. 하다못해 돌이라도 날라주기도 하고 던질 수도 있는데."

"그러다 없는 애 떨어지겠소."

또다시 와, 하고 웃음소리가 터져나왔다.

"왜들 이러시오. 우리도 싸우겠소. 지금 집에 애들이 굶고 있소. 양식이 없소."

"우리가 쳐들어가서 양식을 뺏어올 테니 집에 가 계시오."

사내들이 달랬다. 하지만 여자들은 완강히 고개를 흔들었다.

그때였다.

"좋습니다. 함께 하시지요."

굵직한 목소리에 주위에 있던 사람들은 소리나는 쪽을 바라보았다. 농기구를 든 사람들이 모여들 때 감격해 하던 털보였다.

"남자나 여자나 모두 하늘이요."

털보는 주위를 둘러보았다.

"고마운 일입니다. 여자들도 할 일이 많을 게요."

"맞아요. 밥도 해야 하고."

누군가 나서자 여기저기서 옳소, 하는 소리가 났다.

"바로 그거요."

털보는 흐뭇한 웃음을 띠며 주위를 둘러보았다.

"여자분들은 일단 저쪽으로 가 계시오. 나중에 접주님의 명이 떨어질 거요."

털보는 사내들이 없는 빈 공터를 가리켰다.

"고맙구만요. 고맙구만요."

여자들은 고개를 숙이며 인사를 했다.

그때 우렁찬 목소리가 났다. 사람들은 소리나는 쪽을 바라보았다.

"자, 모두들 조용히 해 주시고 이 사람을 보아주십시오."

키가 약간 작고 호리호리한 남자가 바위위에 올라가 소리치고 있었다. 체구에 비해 목소리는 우렁찼다. 남자의 말이 끝나자 동임들이 자기 동네의 사람들의 줄을 똑바로 세우느니, 조용히 하라느니 하며 부리나케 돌아다녔다. 죽창을 든 사람들은 동임의 말을 잘 들었지만 농기구를 든 사람들은 잘 따르지 못 했다.

"여러분!"

앞에서 우렁찬 소리가 다시 들렸다. 옆 사람과 얘기를 하던 사람들은 말을 멈추고 앞을 바라보았다.

"우리가 왜 여기 모였습니까!"

바람소리마저 멈추자 사방은 조용했다.

"목사놈 모가지 따러 왔소!"

"그렇소!"

여기저기서 소리가 났다.

"여러분! 우리가 왜 가난합니까. 우리가 사시사철 일만 하는데도 왜 가난합니까. 우리가 게을러서 그렇습니까?"

"아니요!"

"그게 아니랑게요!"

여기저기서 고함소리가 터져 나왔다.

"그럼. 우리가 낭비해서 그렇습니까? 맨날 술 먹고 노름하고 좋은 옷, 좋은 음식 먹어서 그렇습니까?"

"돈이 어디 있다고 술 먹어."

"우리가 언제 노름했다꼬!"

"부모 제사상에 고등어 한 손 올려놔봤으면 소원이 없겠구먼."

"죽이라도 실컷 먹어봤으면."

여기저기서 소리가 터져나왔다.

"여러분!"

잠시 뜸을 들였다.

"부인네들이 살림을 잘 못 했습니까?"

"그런 숭헌 소리 하지덜 마소!"

"양식이 있어야 잘 하고 못 하고나 있지."

"여러분. 맞습니다. 여러분들의 말이 맞습니다."

카랑카랑한 소리가 다시 울러퍼졌다. 웅성거리던 소리가 잠잠해졌다.

"우리가 이렇게 못 먹고 못 입고 맨날 일만 하는데도 저들은 무얼 합니까. 목사란 작자는 무엇 때문에 맨날 애먼 사람 잡아다 족치고 돈을 울궈냅니까. 양반 지주는 도대체 무슨 일을 합니까. 맨날 노는데도 왜 그렇게 곳간에 재물이 쌓이기만 하고 우리는 하루 종일 땡볕에 일만 하는데도 하루 두 끼 죽만 먹어야 합니까. 사람은 누구나 똑같습니다. 남자와 여자가 다르지 않으며 부자와 가난한 자가 다르지 않습니다. 모두가 하늘입니다."

"맞소. 모든 사람이 하늘이오."

"뒤엎읍시다!"

"이놈의 세상 뒤바꿉시다."

"옳소!"

"옳소!"

또다시 여기저기서 소리가 터져나왔다.

"사람은 하늘입니다. 부자고 가난한 사람이고 남자고 여자고 모두 하늘입니다. 우리는 이제 사람이 하늘 대접받는 세상을 만들어야 합니다. 우리 오늘 죽기를 각오하고 그런 사람답게 사는 세상을 만들어 봅시다!"

"쳐들어갑시다!"

"우리 세상을 만듭시다."

사람들은 죽창과 농기구를 높이 들며 소리쳤다. 바위위에 선 사람은 잠시 말을 끊고 주위를 둘러보았다. 이게 민초들의 뜻이구나. 가슴이 저미어 왔다.

"여러분."

다시 카랑카랑한 목소리가 울려 퍼졌다.

"우리는 오늘 목사의 목을 치고 우리가 빼앗겼던 재물을 되찾을 것입니다. 그동안 나라에서 정한 각종 세에다 무명잡세까지 거두어 우리의 피눈물을 짜낸 그들을 몰아내고 사람이 하늘인 세상을 만들 것입니다. 오늘 오신 한 분 한 분이 모두 한울님입니다. 모두 힘을 합쳐 우리의 세상을 만듭시다."

"옳소!"

"우리의 세상을 만듭시다."

"양반 없는 세상을 만듭시다."

사람들은 눈물을 흘리며 죽창을 높이 치켜들었고 농기구를 흔들었다. 사람들의 열기에 호응이라도 하듯 동쪽에 희뿌연 밝은 기운이 퍼졌다. 얘기하던 사람이 내려가고 털보가 바위위에 올라섰다.

"제 말을 들어 보십시오."

웅성거리던 군중이 조용해졌다.

"오늘 우리는 읍성을 쳐들어갑니다."

"아, 긴 말 말고 당장 갑시다."

"그래요. 갑시다!"

여기저기서 소리쳤다.

"다 때려부수고 우리에게 빼앗아간 것을 찾아옵시다. 하지만 우리가 명심해야 할 것이 있습니다."

일순 조용해졌다.

"그냥 쳐들어가면 저들의 총에 활에 칼에 맞아 죽습니다. 우리가 숫자는 많지만 무기가 적습니다. 그러니 제가 말씀드리는 대로 잘 따라 주십시오."

털보는 잠시 말을 멈추었다.

"지금은 전쟁입니다. 우리가 사느냐 죽느냐 입니다. 만약, 제 명을 어기는 자가 있으면 우리는 읍성을 점령하지 못 합니다. 그래서 명을 어기는 자는 절대로, 용서하지 않을 겁니다. 여러분 제 명에 따르겠습니까?"

"여부가 있소."

"따르겠소. 명만 내리소."

사람들은 큰소리로 대답했다.

"그럼 여러분의 의견에 동조하여 제가 모든 명을 내려 읍성을 점령하고 여러분들이 주인되는 세상을 만들겠습니다. 각 동임들의 명에 따라주십시오. 모든 계략은 동임들에게 미리 얘기해 놨습니다. 만약 멋대로 행동하는 자는 절대 용서 못 합니다. 그런 분들은 미리 집으로 돌아가 주십시오. 그리고 각 동임들은 앞으로 나와 주십시오."

털보는 부리부리한 눈을 뜨고 주위를 둘러보더니 바위를 내려갔다. 동임들은 앞으로 나아갔고 사람들은 각자 들고 온 죽창이나 농기구를 꼭 쥐었다. 동임들이 얘기를 하는 동안 시간은 더디게 흘렀고 누구도 아무 말도 하지 않았다. 잠시 후 동임들은 각자 동네 사람들에게 다가오더니 젊은 사람 몇 명씩을 데려갔다. 따라가는 자는 말이 없었고 나머지는 이를 꽉 깨물었다.

담배 두 대를 피울 참이 지났을까, 다시 털보가 바위위에 올라섰다.

“많이 기다렸소이다. 지금부터 제 말을 잘 들으시오.”

털보는 잠시 뜸을 들였다. 사람들 사이에선 숨소리도 들리지 않았다.

“이제부터 동네별로 각 성문을 맡아 쳐들어갑니다. 쳐들어가되 항복하는 자는 용서해줍니다. 절대로 사사로이 사람을 해치면 안 됩니다. 그리고 제 말을 잘 듣고 공격해 주시기 바랍니다.”

동문은 어느 동네가, 북문은 어느 동네가, 서문은 어느 동네가, 남문은 어느 동네가 …… 털보는 동네별로 공격해야할 네 개의 성문을 정해주었고 사람들은 네 무리로 갈라섰다. 공격의 시점이 다가올수록 사람들은 일사천리로 행동했고 긴장하는 모습이 역력했다.

“자, 갑시다.!”

맨 처음 올라섰던 깡마른 사람이 다시 올라 소리쳤다.

“갑시다!”

누가 시키지도 않았는데도 모두들 한결같이 소리쳤다.

“지금부터 쳐들어가는 길에 아무 소리도 내면 안 됩니다. 말은 물론 발소리도 내면 안 됩니다. 절대 명심하십시오. 조용히 갑시다. 절대로 소리를 내면 안 됩니다.”

깡마른 체구가 내려가자 곧이어 명이 내려졌다.

“진군!”

소리가 떨어지자마자 농민군들은 네 갈래로 갈라섰다. 맨 앞줄에는 동임들에게 불려갔던 젊은이들이 섰다. 남문을 향하는 농민군들은 개운리 쪽으로 갔고 동문을 향하는 농민군들은 화개 쪽으로 갔다. 서문과 북문은 얼마 안 되는 거리였지만 농민군들은 서둘렀다.

농민군들이 각각 성문 앞에 도착했다. 모두들 성문을 노려보았다. 성문 앞에는 나졸 두 명밖에 보이지 않았다.

둥 둥 둥.

북이 세 번 울렸다.

"갑시다!"

앞에서 동임이 소리쳤고 농민군들은 성문을 향해 달려갔다. 그때 성문을 지키던 나졸 두 명은 꾸벅꾸벅 졸고 있다가 화들짝 놀라 농민군들을 바라보았다. 나졸은 도망갈 생각은 잊고 멍하게 창을 잡고 서 있기만 했다. 도대체 무슨 일이 일어났는지 정신이 없는 모양이었다.

"항복하면 살려주겠다."

동임이 소리치자 그제야 상황을 알아차린 듯 창을 버리고 두 손을 번쩍 들었다. 농민군들은 저항 한번 받지 않고 성안으로 들어갔다. 그리곤 곧장 동헌으로 달려갔다. 하지만 동헌을 지키는 나졸 몇 명만 있을 뿐 텅텅 비어 있었다.

"목사 어디 있느냐?"

창을 버린 나졸에게 물었지만 나졸은 목사가 아직 내아에서 안 나왔다고 했다. 농민군들은 내아로 달려갔다. 문을 벌컥 여니 속옷 차림의 어린 여자가 이부자리에서 떨며 앉아 있었다. 목사가 어린 기생을 끼고 밤에 잔 것 같았다.

"목사 어디 갔느냐."

농민군이 짚신을 신은 채 방안으로 들어서며 소리쳤다.

“새, 새벽에 보니 어, 없어졌…… .”

기생은 벌벌 떨며 말했다.

“에이.”

화가 난 농민군들이 이불을 들추고 병풍 뒤를 샅샅이 뒤졌지만 목사는 보이지 않았다. 객사까지 다 뒤졌지만 목사는 없었다.

“목사 윤태원이 도망쳤다!”

농민군들은 대창과 농기구를 흔들며 아쉬워했다. 성안에는 나졸들만 있을 뿐 목사를 비롯하여 수교나 좌수 등 높은 자들은 이미 도망치고 없었다.

그때 이미 목사는 S를 벗어나 있었다. 목사는 어린 기생을 끼고 밤새 술추렴하다 새벽녘에 잠들었는데 갑자기 수교가 깨웠다.

– 무슨 일이냐.

아직 술에서 깨어나지 못 한 목사는 게슴츠름하게 눈을 뜨고 밖을 내다보았다.

– 농민들이 난을 일으켰습니다. 빨리 피하소서.

– 뭣이? 난?

목사는 정신이 번쩍 들었다. 그때 목사는 동부승변로 전임되어 수령직인계를 기다리고 있던 중이었다. 5만 냥을 중전에게 주고 목사직을 사 왔느니 이번엔 8만 냥을 주고 동부승변을 사서 승진했느니 하고 소문이 무성하던 참이었다. 며칠 뒤면 떠날 것이므로 마지막으로 더 백성들을 우려먹자 싶어 무고한 백성들을 잡아들여 죄를 덮어씌우고 돈을 내면 풀어주곤 했다. 갈 때까지 최대한 백성들을 우려먹을 참이었다. 그러니 목사에게 죄 없는 죄를 지어 동헌 마당에서 물고를 안 당한 사람이 없을 정도였다. 돈이 많은 사람들은 거금을 내고 풀려났지만 돈이 없는 백성들은 몸으로 때우다 겨우 돈을 구해 풀려나면 매 맞은 후유증으로 장독에 걸리기 일쑤였다. 그러면 약은 못 지어 먹고 몇 년 묵은 똥물을 걸려먹고는 했다. 하지만 장독은 몸으로 퍼져 시름시름 앓다가 죽는 경우가 허다했다.

그때 책사가 소식을 들었는지 달려 왔다.

"이걸로 옷을 갈아입으시지요."

책사는 농민들이 입는 다 떨어진 옷을 내밀었다.

"내가 이걸 입어야한단 말이냐?"

목사는 얼굴을 찡그렸다.

"급합니다. 빨리 갈아입고 농민인 척하고 성안을 빠져나가야 합니다."

목사는 억울했다. 중전과 민씨 일가에게 바친 돈을 마저 벌려면 백성들을 더 족치어 돈을 우려내야 하는데 아쉬웠다. 어쨌든 자리를 피하고 보는 게 상책이었다.

"내 이놈들 두고 보자. 내 꼭 다시 오리."

목사는 이를 악 물었다. 책사와 함께 옷을 갈아입고 성을 빠져나가 예천 쪽으로 길을 잡았다. 예천은 양반들이 민보군을 결성해 8월에 성을 쳐들어온 농민군을 물리쳤기에 안전하다 싶었다.

"목사란 작자가 싸워보지도 않고 맨 먼저 성을 버리고 도망가다니."

"뒤를 쫓아 목을 매답시다."

"목사를 잡아라."

농민군들은 분노에 치를 떨며 곧장 예천 방향으로 선산 방향으로 대구 방향으로 보은 방향으로 네 길을 잡아 추격했다.

깨깽깽깽!

둥둥둥둥!

풍물 소리가 울려 처졌다.

"우리가 성을 점령했다."

"우리가 이겼다."

농민군들은 서로 부둥켜안고 만세를 불렀다. 풍물패가 성안을 돌아다니며 징을 울리고 꽹과리를 치며 분위기를 돋우었다.

"목사란 놈이 평소에 그렇게 거들먹거리며 백성들을 못 살게 굴더니 이렇게 쉽게 쥐새끼처럼 도망칠 줄은 몰랐소."

농민군 지도자들은 동헌 마당에 둘러섰다.

"그러게 말이요. 민소(民訴)를 올려 억울함을 호소해도 들어주기는 커녕 장두(張頭)선 사람을 붙잡아 고래고래 소리치며 태형을 치던 기세는 어디 가고. 쩝쩝."

"원래 그런 놈들은 약한 자에겐 한없이 강하고 강한 자에게 또한 한없이 약한 자들이 아니요."

"매를 맞고 장독에 걸려 죽은 이가 한두 명이 아닌데 원수를 못 갚아 이만저만 실망이 아니요."

"사방 길로 좇아갔으니 잡겠지요."

농민군 지도자들은 목사를 놓친 아쉬움에 입맛을 다셨다.

그때였다.

"여기 나졸이 있다."

농민군이 소리쳤고 나졸 하나가 마루 밑에서 기어 나왔다.

"이놈 맛 좀 봐라."

농민군들은 나졸에게 죽창으로 내리쳤다.

"아고고."

나졸은 죽는 소리를 냈다.

"이놈!"

사람들은 나졸을 발로 찼다.

"평소에 목사 믿고 그렇게 거들먹거리더니."

"에라이 이놈아!"

사람들은 나졸을 두들겨 팼다.

"여기도 있다."

객사에 숨어 있던 나졸 한 명이 잡혀 왔다.

"살려 주시오."

나졸은 꿇어 앉아 살살 빌었다.

"니 놈도 목사만큼 나쁜 놈이야."

죽창으로 후려치고 발로 찼다.

"그만 하시오. 그러다 절단 나겠소."

지도자는 말렸다.

"매운 맛 좀 더 봐야 하오."

사람들은 말을 듣지 않았다. 발로 차고 죽창을 후려치고 주먹으로 때렸다. 나졸은 땅에 엎어져 꼼짝달싹하지 않았다. 그제야 사람들은 손으로 옷을 털며 다른 곳으로 갔다. 여전히 다른 곳에서도 나졸들의 비명소리와 와, 하는 사람들의 악쓰는 소리가 났다.

정리해고

재우는 농민군들에게 집단으로 얻어터지는 나졸들을 보면서 자신도 모르게 긴장되는 걸 느꼈다. 아무리 연극이라지만 도저히 편안하게 볼 수 없었다. 자리에서 일어서서 사람들 틈새로 빠져나왔다. 재우도 점거 농성 때 잡힌 용역을 본 적이 있었다. 진압대와 싸우다 우연히 잡은 용역이었다. 처음엔 경찰인가 구사대인가 했지만 유령 경비회사 직원이었다. 진압대에게 워낙 당한 터라 잡으면 다리라도 뭉개어놓으려 했는데 막상 잡고보니 너무 앳되어 보였다. 노조원들은 노려보기만 했다. 차마 주먹질은 할 수 없었다.

"왜 그랬소? 우리의 사정을 알만한 나이인데."

지부장이 직접 조사했다.

살기 위해서, 먹고 살기 위해서. 용역은 고개를 숙였다. 처음엔 완강하게 신분을 밝히지 않던 용역은 끝내 울음을 터뜨렸다. 집이 가난하여 대학에 겨우 들어갔고, 돈이 없어 휴학을 하고 군대를 다녀왔지만 형편이 나아진 건 없다고 했다. 취직자리도 없었다. 돈을 벌어야 복학을 할 텐데.

"그래도 경비 회사가 페이가 좀 셌소."

군대에 갓 다녀온 젊은이가 돈을 벌 수 있는 곳은 한정되었다. 좀 고되고 위험이 있지만 경비 회사에 취직해 노조진압을 전문으로 하는 게 그나마 수입이 낫다고 했다. 군대를 다녀오고 태권도 유단자라서 쉽게 들어갔다고 했다.

"우리의 처지를 정말 모른단 말이요."

지부장의 안타까운 말에 용역은 고개를 꺾었다. 그때 재우는 절망했다. 비슷한 처지에 있는 사람들을 고용해 노조를 강제진압하는 저 악랄한 자들.

재우는 관객들을 벗어나 담배를 피워 물었다. 그 용역은 지금 무얼하고 있을까. 아직 취직도 못 하고 있다면 또다시 어느 회사 노조를 파괴하고 있을지 몰랐다. 재우는 담배연기를 길게 내뿜으며 무대를 돌아보았다.

연극 무대는 왕산을 등지고 평지에 설치되었다. 마치 마당극처럼 사람들이 무대를 중심으로 둥글게 반원을 그리며 앉아 연극을 구경하였다. 무대와 관객들 사이에는 몇 걸음 되지 않아 원하는 사람들은 무대에 올라 연극에 참여할 수 있었다. 물론 주요한 대목이야 연극을 주관하는 쪽에서 하지만 농민군들이 성으로 몰려가 만세를 부르고 소리를 지를 땐 관객들도 무대에 나아가 함께 어울렸다.

재우는 시화가 걸려 있는 왕산으로 올라갔다. 애초부터 연극에 관심이 없었던 터였다. 왕산은 정상까지 올라가는데 채 4-5여 분밖에 걸리지 않는 야트막한 동산이었다. 시내 중심지에 있는 산인데도 불구하고 처음으로 오르는 것 같았다. 고등학교 다닐 때는 우범지대였다. 소위 논다는 애들은 아침 학교에서 어젯밤에 왕산에서 어느 여고생을 따먹었느니, 하는 말들을 무용담처럼 지껄여댔다. 실제로 그 옆길을 가다 보면 고등학생 몇 명이 어울려 담배를 피우는 광경이 목격되기도 했다. 이제는 왕산 주변에 있는 집들을 철거하고 공원을 만들었다. 고등학교 다닐 때와는 확연히 다른 모습이었다. 왕산이 옛날 읍성안에 있었던 것도 연극을 왕산에서 하는 것과 연관이 있는 것 같았다.

ㄱ자로 된 쇠파이프를 땅에 심고 시화를 매달아놓았다. 왕산에 오르는 두 곳의 돌계단 양쪽과 산 곳곳에 설치되어 마치 무슨 깃발처럼 시화는 나부꼈다. 음성 점령 마지막날까지 전시한다고 안내판에는 적혀 있었다.

재우는 시에는 관심이 없었기에 계단을 오르며 건성으로 시화를 바라보았다. 대충 제목만 보는 식이었다. 재우는 시들을 보며 계단을 올라 정상에 올랐을 때 아내가 떠올랐다.

– 나 홍보부장 맡았어.

가족대책위에 나가던 아내는 생글생글 웃으며 말했다.

– 당신이 왜?

아내는 활동적인 사람이 아니었다.

– 시를 좋아한다고.

– 시를 쓰는 게 아니라 시를 좋아한다고?

재우는 어이없어했다.

– 그러게 시를 좋아한다고. 깔깔깔.

아내는 웃었다.

참으로 오랜만에 웃는 웃음이었다. 회사가 중국의 S자동차로 팔리고부터 웃을 일이 없었다. 오히려 울 일은 많았다. 갑자기 솟구쳐오르는 울음에 목구멍이 쏴했고 가슴이 먹먹했다. 전태일 묘 앞에서 그랬다. 6개월 동안의 감옥 생활을 끝내고 나오자마자 간 곳이 모란공원 전태일 묘였다. 가고 싶은 마음이 별로 없었지만 정리해고특별위원회에서 미리 일정을 맞추어 놓았기에 가지 않을 수 없었다.

묘 앞에 왔을 때에도 그냥 무덤덤했었다. 그냥 평범한 묘에 무심하게 눈길을 주었을 뿐이었다. 그런데 이상한 일이었다. 묵념을 하는 순간 마음이 편안해지는 걸 느꼈다. 마치 어머니를 만난 것처럼 마음이 평온해지는가 싶더니 갑자기 목구멍이 쏴했고 눈이 뜨거웠다. 순간적인 일이라 재우는 당황하였다. 그러다 마치 핏덩이가 올라오듯 뜨거운 것이 목구멍에서 쿨렁쿨렁 솟구쳤다.

어, 어, 어.

마치 벙어리처럼 입에서 기괴한 소리가 났다. 눈은 뜨거워지고 눈물이 주르륵 흘러내렸다. 그냥 서러웠다. 서럽고 또 서러웠다. 바로, 하는 소리를 듣지도 못 하고 한참 동안 그렇게 뜨거운 울음을 토했다. 함께 간 사람들이 등을 두드려주었을 때에야 재우는 겨우 진정할 수 있었다. 그 뒤로는 여러 열사들의 묘를 어떻게 돌아다녔는지 기억에도 남아 있지 않았다.

갑자기 그때의 일이 생각난 것은 왜일까. 재우는 S 시내가 보이는 정상에서 전태일 묘역 앞에서 운 일이 떠오르자 가슴이 먹먹하고 눈이 뜨거워졌다. 어쩌면 연극하는 내내 그런 마음이 있었던지도 몰랐다. 저 읍성을 점령한 농민군들처럼 그렇게 좋은 적이 있었던가. 저 농민군들이 읍성을 점령하고 느꼈을 희열을 맛본 적이 있었던가. 재우는 고개를 저었다. 생각해보면 파업에 참가하기 전까지는 그냥그냥 살아온 인생이었다. 고등학교를 졸업하자마자 군대를 다녀왔고 고향을 떠나 직업훈련원을 거쳐 SS자동차 회사에 입사했다. 대기업에 입사했다는 기쁨은 있었다. 만족했다. 그러다 아내를 만났고 결혼했다. 아이 둘이 생겼고 이제는 큰애가 대학에 들어갈 나이가 되었다.

내 소원이 뭔 줄 알아? 그냥 우리가족 둘러앉아 밥 먹고 애들 학교 보내고 집안 청소하고, 끝나고 나면 거실에 앉아 커피를 마시며 시를 읽는 거야.

파업이 끝난 후 회사측의 기만으로 정리해고자들이 복직이 되지 않아 투쟁이 길어지고 있을 때 아내가 한 말이었다. 그런 작은 소망이 허물어진 징조는 애초부터 SS자동차가 중국 S차에 팔린다는 소문이 나고부터였다.

몇 명이 해고될까.

나는 해고 명단에 오르지 않을까.

S차는 100% 고용 승계와 1조 몇 천억 투자를 약속했지만 소문을 잠재우지는 못 했다. 노조에서 격렬히 반대를 했지만 재우는 참가하지 않았다. 정부 차원에서 이미 결정했다면 반대하나마나였다. 또한 정부에서 결정한 일인데 노조에서 반대한다는 것도 이해하지 못 했다. 다만 해고자 없이 100% 고용이 된다는 말에 안도를 했다. 하지만 기술유출과 하청기지화를 우려하는 노조의 말처럼 결국 S차는 5년 동안 신차 개발을 위한 투자는 전혀 하지 않았다. 3-4년 안에 빈 깡통이 된다는 노조의 말이 자꾸만 현실이 되는 것 같아 불안했다.

불안. 일을 하면서도 이게 아닌데, 라는 생각이 들었다. 사람들은 몇 명만 모여도 담배를 물고 어떻게 될 거냐고 수군거리기 일쑤였다.

법정관리에 들어갔다.

2,646명을 정리해고한단다.

어느 날 회사 안에 소문이 퍼졌다. 5월 8일 어버이 날이었다. 그 말은 사형선고라는 말과 다름없었다. 해고는 살인이다. 이미 5여 년 동안 1,500여 명이 떠난 상태였다.

아마도 그때부터 웃음을 잃은 지도 몰랐다. 동료들과 만나도 말을 별로 하지 않고 술만 마셨다. 누가 정리해고 명단에 오르느냐가 문제였다. 모두들 초조해 하며 술잔을 기울였다. 회사를 욕하는 사람은 없었다. 말 잘못했다가 정리해고자 명단에 오를까 그것이 걱정되었다. 점점 회사 동료들끼리도 아주 절친한 경우가 아니면 어울리지 않았다. 퇴근 시간이 빨라졌다. 노조에서는 총파업을 선언했다.

20여 년 동안 열심히 일한 직장이었다. 노조 활동도 하지 않았다. 아니 노조 자체가 불필요하다고 생각했다. 일하기 싫으며 나가면 되고 회사가 내 것도 아닌데 저들이 시키는 대로 일하고 주는 대로 받는 게 옳다는 생각이었다. 그런데, 그렇게 열심히 일만 했는데 정리해고라니. 재우는 피우던 담배를 발로 비벼끄고 새 담배를 물었다. 그리고 산 아래 무대를 내려다보았다.

새 세상

"쌀이다."

누군가 소리쳤다. 사람들이 한쪽으로 우르르 몰려갔다. 곳간이었다. 누군가 곳간 문을 때려부순 것이었다.

"놔라. 이거."

"저리 비켜."

서로 쌀을 가져가려고 야단법석이었다. 너도나도 서로 바가지에 쌀을 담으려니 흘리는 게 오히려 더 많았다.

"모두들 물러가시오."

농민군 지도자가 달려가서 말했다. 하지만 사람들은 들은 척도 안했다. 오직 쌀을 평생 처음이라도 본 것처럼 앞다투어 서로 많이 가져가려고 할 뿐이었다.

"쌀을 주겠소. 주겠으니 제발 물러가시오."

장정 여럿이 나서자 바가지를 든 사람들이 그 자리에서 눈치를 보며 슬금슬금 물러났다.

"우리가 도둑이요?"

농민군 지도자가 곳간 주위에 있는 사람들을 둘러보며 말했다. 모두들 아무 말도 없이 오직 쌀만 바라보았다.

"우리가 강도요?"

"집에 노모가 굶고 있소. 벌써 여러 날째요."

한 사람이 나섰다. 눈이 퀭하니 들어가고 볼이 홀쭉했다.

"우리 집엔 아이가 굶어 죽어가고 있소. 이 쌀은 우리가 애먹게 농사지었다가 애달게 뺏긴 거요."

또 한사람이 나섰다. 그 사람 또한 입술은 불어터지고 볼은 홀쭉한 게 며칠은 굶은 거 같았다.

"그렇소. 이 쌀은 모두 우리가 부당하게 착취당한 것이요. 그러니 이 쌀의 임자는 우리요. 쌀을 나눠주겠소. 하지만 이렇게 도둑질하는 것처럼 가져가면 안 되오. 자 한 줄로 서시오."

쌀을 주겠다는 말에 사람들은 서로 앞에 서려고 밀고 당기고 난리를 쳤다.

"빨리 주시오."

뒤에는 앞쪽에 서려고 다툼을 벌이는데 앞줄에 미리 선 사람들이 재촉했다.

"좋소. 우선 각자 한 바가지씩만 주겠소. 그리고 나중에 곡식이 얼마나 있는가 파악한 후 나머지도 집집마다 다 나눠줄 것이오."

쌀을 받은 농민들은 입이 쩍 벌어졌다. 이게 꿈인지 생시인지 살을 꼬집어보는 사람도 있었다. 쌀을 받은 농민은 품에 안고 성밖으로 뛰어갔다.

"밥을 하시오. 오늘 성안에 들어온 사람들을 모두 배불리 먹이시오. 모두들 아침을 안 먹었을 테니 빨리 하시오. 저녁 땐 잔치를 벌이겠소."

와, 사람들은 환호성을 질렀다. 아침에 나왔던 여자들이 쌀을 받아갔다. 남자들도 거들었다. 여자들에게는 미리 취사 쪽으로 일이 주어진 것 같았다.

어느 정도 쌀을 나눠주는 게 끝날 무렵이었다.

"무기다."

이번엔 무기고에서 소란이 벌어졌다. 농민군들은 무기고 문을 뜯어낸 후 무기들을 마당으로 끄집어냈다. 그러나 쓸 만한 무기는 거의 없었다. 화승총이 수십 자루 있고 창과 칼이 각각 백여 자루가 넘었으나 모두 녹이 슬어 쓸 수 있을 지 의문이었다. 화승총을 먼저 가지려는 이들이 녹슨 것을 보자 주춤했다.

"죽일 놈의 목사놈. 백성을 지켜줄 무기는 전혀 관리 안 하고 백성의 고혈만 짜내 제 배만 채웠구나."

사람들은 어이없어 허탈하게 웃었다.

“자 각자 무기는 한 쪽으로 모아 쓸 수 있는 것과 수리해야 할 것을 구분하시오.”

털보가 말했다.

“저기 저 화승총은 내 것이니께 아무도 넘보지 말어.”

농민군 한 사람이 눈을 부릅떴다.

“난 창이 좋으니께 저 것이 내 꺼여.”

다른 농민군이 말을 받았다. 주로 농기구를 든 사람들이었다. 자신들이 든 농기구가 영 미덥지 않았다.

“아부지.”

멀리서 울부짖는 소리가 났다. 사람들은 소리가 나는 쪽을 돌아보았다. 머리카락이 헝클어지고 허리가 구부러진 중년의 남자를 젊은 사람이 부축하며 눈물을 흘리고 있었다. 사람들이 옥문을 부수고 갇힌 사람들을 데리고 나온 것 같았다.

“허허허.”

중늙은이는 얼굴은 웃는데 입에서는 울음이 터져 나왔다.

“저 사람 봉대 천서방 아니여?”

“맞는 것 같은데?”

“안즉도 살아있었구먼. 다행이여, 다행.”

저마다 사람들이 혀를 끌끌 찼다.

천서방이라는 중늙은이는 아내가 지주에게 겁탈을 당하자 밤에 지주 방에 들어가 지주에게 낫을 찍었다. 하지만 지주는 팔만 다치고 천서방은 그 집 하인들에게 잡혀 죽도록 얻어맞고 관에 끌려온 것이었다. 물론 관에서도 매질은 계속되었다. 부인은 자살을 했고 소작은 떼였다.

옥에 갇힌 모든 사람들은 풀려났다. 대부분 목사가 없는 죄 씌워 뇌물을 받으려고 잡아넣은 사람들이었다. 간혹 도둑질을 한 사람들도 있었으나 그들 또한 잘못된 세상의 희생자라 하여 다시는 나쁜 짓을 하지 않겠다는 맹세를 하고 풀려났다.

"나도 여기 있을라요."

"나도 싸우겠소."

옥에서 풀려난 사람들은 집으로 돌아가려고 하지 않았다.

"집으로 돌아가서 우선 몸을 추스르시오. 그래야 싸울 수 있지 않겠소."

농민군 지도부가 만류했으나 그들은 말을 듣지 않았다.

"이 좋은 세상이 왔는데 집에 가서 누워 있다니요. 그리고 저들이 언제 쳐들어올지 모르는데 싸워야하지 않겠소. 여러분들이 우리의 은인이오."

옥에서 풀려난 사람들은 함께 있게 해달라고 애원을 했다. 농민군 지도부들은 몸이 아주 안 좋은 사람들은 집으로 보내 치료하게 하고 나머지 사람들은 성안에 있되 의원을 불러 치료하게 했다.

"밥 먹으시오."

사람들이 큰 그릇에 밥과 반찬을 날라왔다. 사람들은 그대로 바닥에 퍼질러앉았다. 아직 체계가 잡히지 않아 음식 도구를 제대로 준비를 못 했다. 큰 그릇에 여럿이 모여 밥을 퍼 먹었다.

"이게 쌀밥이라는 것이로구나."

"이 사람아 천천히 먹어. 체할라."

"그냥 입에서 사르르 녹네, 녹아."

사람들은 반찬은 먹지 않고 밥만 퍼먹었다. 금방 밥이 동이 났다.

"이리 주시오. 더 가져오리다."

누군가 밥을 가져왔다. 금방 동이 났다. 또 가져왔다. 그제야 사람들은 절인 배추 반찬을 먹기 시작했다. 직접 농사를 지으면서도 정작 그들은 쌀밥을 한 번도 먹지 못 했던 것이었다.

"아이고, 대장님들은 동헌 마루로 올라가시지요."

밥을 가지고 온 여인이 농민군 지도자들을 보고 말했다.

"그러시오. 우리들이야 맨땅에서 먹어도 괜찮지만."

농민군들도 지도자들에게 동헌 마루로 올라가라고 했다.

"아니요. 우리도 똑같이 땅에 앉아서 먹겠소."

"아이고 송구스럽게서리 왜들 이러시오."

여인과 농민군들이 강권했지만 지도자들은 아랑곳하지 않았다.

"우리도 똑같은 농민군이요. 다만 하는 일이 다를 뿐이요. 하는 일이 다르다고 행동도 다르게 한다면 지금 세상과 우리가 바꾸고자 하는 세상이 뭐가 다르겠소. 모든 사람은 다 똑같소."

지도자들은 농민군들이 먹던 곳에 퍼질러앉았다. 그리곤 숟가락을 들고 농민군들이 먹던 그릇에서 밥을 퍼먹었다.

밥을 다 먹고 한참이 지났을 무렵 목사 윤태원을 쫓던 사람들이 돌아왔다. 공성 쪽과 화서 쪽이었다. 좀 지나자 낙동 쪽과 문경 쪽으로 갔던 사람들도 돌아왔다. 한결같이 허탈한 표정이었다.

"쥐새끼 같은 놈이 하늘로 솟았는가 땅으로 꺼졌는가 본 사람이 없네요. 무슨 귀신 곡할 노릇이요."

좇아갔던 사람들이 분을 못 이겨 죽창이나 낫을 부르르 떨며 말했다.

"무슨 일이 있어도 목을 매달아야 하오."

"물론이요. 곡식을 빼앗긴 것도 그렇지만 곤장맞아 죽은 사람이 어디 한두 사람이요."

주위에 몰려든 사람들도 애통해서 울부짖었다.

"언젠가는 목 매달 날이 있을 거요. 수고했소. 우선 밥이라도 드시오."

지도자의 말에도 좇던 사람들은 한동안 그 자리에 서 있었다. 마치 자기들이 잘못해서 목사를 놓친 표정들이었다.

지도자들은 동헌 마루에 올라가 한참동안 회의를 하였다. 사람들은 동네별로 모여서 담배를 피우거나 휴식을 취했다. 한참 후 지도자들이 동임들에게 지시했다.

"자 모두들 동헌 마당에 동네별로 모이시오."

각 동임들은 손나발을 불면서 자기의 동네 사람들을 불러모았다. 죽창 든 사람들뿐만 아니라 농기구를 든 사람들도 재바르게 움직였다.

"지금부터 회의 결과를 말씀드리겠습니다."

깡마른 체구가 동헌 마루 댓돌에 올라서서 말했다. 역시나 목소리가 쩌렁쩌렁했다. 사람들은 숨을 죽이고 귀를 기울었다.

"먼저 창의도소를 설치하겠소. 도소는 다 아시다시피 우리들의 자치기구입니다. 말하자면 이제부터 우리들 스스로 S의 행정 및 모든 일을 하겠다는 것입니다."

"좋소!"

"옳소!"

여기저기서 소리가 넘쳐났다.

"먼저 총책임자인 집강은, 비록 못났지만 제가 맡기로 했습니다. 저는 강희영올시다. 서기는 저 화서의 김정익 씨가 맡고 성찰은 조윤서 씨가 맡기로 했습니다."

집강으로 뽑힌 강희영은 집강소를 운영해 갈 간부들을 일일이 소개시키고 한 마디씩 하라고 했다. 간부로 뽑힌 사람들은 한 사람씩 앞으로 나와 열심히 하겠다고 했고, 사람들은 옳소, 옳소, 하는 소리로 화답했다.

"그럼 우선 우리가 지켜야할 것을 말씀드리겠소. 우선 사사로운 보복을 하지 말라는 것입니다. 이해 못 할 바는 아니나 우리가 사사로이 보복이나 하자고 일어난 것은 아니오."

갑자기 웅성거리는 소리가 났다.

"난 어미의 원수를 갚아야겠소."

"난 아비의 원수를 갚아야 속이 풀리겠소."

여기저기서 불평이 쏟아졌다. 주로 농기구를 든 사람들이었다. 죽창을 든 사람들은 대부분 가만히 있었다. 같은 동학교도들이라 미리 대충 얘기가 된 탓이었다.

"그렇다고 사사로이 원수를 갚아야겠소?"

"난 그 땜에 나왔소. 밥도 밥이지만 구천에 헤맬 아버지의 원수를 갚아야겠소."

사람들은 지지 않고 말을 되받았다. 난감한 표정을 짓던 집강은 웅성거리던 사람들을 보고 있다가 말문을 열었다.

"우리 전체의 이름으로 원수를 갚자는 것입니다. 탐관오리들 모두 잡아다 죄목을 일일이 따져보고 그에 맞게 엄징할 것입니다. 꼭 여러분들의 원대로 탐관오리들을 징치하겠소."

사람들은 잠시 조용해졌다가 누군가 손을 번쩍 들었다.

"그럼 악독 지주들은 어떡할 거요?"

"못된 양반들은 그냥 두고 볼 거요?"

"동학을 배척하자고 통문을 돌리던 서원도 때려부숩시다!"

한 사람의 말이 또 다른 사람의 말을 끄집어냈다.

"그건 곧 얘기하려던 참이었소. 횡포한 부호들을 엄징할 것입니다. 또한 불량한 유림과 양반들을 징벌할 것이오."

그제야 사람들은 조용해졌다.

"또한 노비문서는 불 태우고 칠반천인(七班賤人)의 대우를 개선하고 백정이 쓰는 평양립을 없애겠소."

"옳소!"

"옳소!"

"잘 한다!"

"수운 최제우 대신사께서는 집에 있던 여자 노비 한 명은 수양딸로 또 한 명은 며느리로 삼았다지 않소."

누군가 나서서 말했다.

"맞소. 나도 들은 적이 있소."

여기저기서 사람들은 옆 사람과 소리치며 손을 높이 흔들었다. 집강은 그제야 얼굴 표정이 많이 밝아졌다.

"청춘과부의 재혼을 허락할 것입니다."

"이야, 과부들 살판났구나."

누군가의 말에 와, 하고 웃음을 터뜨렸다.

"무명잡세는 모두 폐지하고 왜와 내통한 자는 엄징할 것입니다."

집강은 잠시 말을 끊고 주위를 둘러보곤 말을 이었다

"그리고 공사채를 막론하고 지난 것은 모두 무효로 할 것입니다."

"그럼 지주한테 꾸어온 돈은 안 갚아도 된다는 말이여."

"말인즉 그렇다는 거 같네."

"그들이 가만히 있을까?"

"가만히 안 있으면? 이 죽창으로 배따지를 콱 찍어버릴텡께."

또다시 웅성거림이 일어났다.

"마지막으로 모든 토지는 평균으로 분작하도록 하겠습니다."

집강은 상기된 표정으로 주위를 둘러보았다.

"뭐여? 그럼 땅을 우리한테 준다는 애기여?"

"설마 그냥 주겠어?"

"방금 애기할 때 통시깐에 갔었는가? 토지를 똑같이 주겠다고 분명히 말하는 걸 못 들었는가?"

집강은 여러 사람들이 말하는 걸 듣고 있다가 말을 이었다.

"그렇소. 땅은 농사짓는 사람들이 가져야 합니다. 농사짓는 사람들에게 땅을 모두 나눠주겠다는 말입니다. 양반들도 직접 농사를 지어야 땅을 줄 것입니다."

사람들은 너무나 파격적인 말이라 무슨 말을 못 하고 서로의 얼굴만 바라보았다.

"지금까지 말한 것은 몇개월 전 농민군 대장이신 전봉준 장군과 전라감사가 서로 합의한 사항을 바탕에 두고 말씀드렸습니다. 꼭 실행하도록 하겠습니다. 그러니 여러분들께서도 저희 집강소의 말을 잘 듣고 행동해 주시길 바랍니다."

"대장님 만세!"

"집강님 만세!"

사람들은 손을 높이 들며 소리를 질렀다. 눈물을 흘리는 사람도 많았다.

"문서를 가져오시오."

집강은 옆에 선 서기에게 말하였다. 그러자 몇 사람이 동헌 안으로 들어가 문서를 안고 나왔다.

"저 마당에 쌓으시오."

사람들은 문서를 마당에 놓고는 또다시 동헌 안으로 들어가 문서를 한 아름씩 안고 나왔다.

"여러분 이게 무엇인지 아십니까? 바로 노비문서입니다. 모두 불태울 것입니다. 이제 관에 딸린 노비는 면천이 될 것입니다. 양반 개인에 속한 사노비도 모두 속량하도록 하겠습니다. 이 문서 중에는 또 다른 문서도 있습니다. 우리 S목 모든 사람들의 가족관계, 농사짓는 땅, 이런 것을 상세히 적은 것입니다. 아마도 목사가 백성들의 생활상을 자세히 파악해서 돈을 우려낼 목적으로 만들었던 것 같습니다."

"불태웁시다!"

"그렇소, 불태웁시다."

사람들은 고함을 질렀다.

"그렇소. 불을 질러 우리의 세상이 왔다는 걸 보여주겠소."

집강은 옆을 돌아보며 불을 붙이라고 했다. 서기는 제일 밑에 있는 문서에 불을 붙이자 불이 금세 활활 타올랐다. 앞에 선 농민 한 사람이 앞으로 나아가 불을 여기저기 옮겨놓았다. 그러자 불길이 사람 키보다도 더 높이 솟았다. 사람들은 문서를 빙둘러 섰다.

"아따, 그 잘 탄다."

누군가 속이 시원하다는 듯 말을 했다.

"이제 무명잡세는 안 내도 되는 것이지?"

사람들은 아직도 못 믿긴다는 듯 수군거렸다. 불은 오래도록 탔다. 불에 비친 사람들의 얼굴이 모두 벌겋게 빛났다.

"난 이게 꿈인가 생신가 모르겠네."

"근데 이렇게 해도 되는가?"

사람들은 한편으로 좋아하면서도 걱정이 되는 것 같았다. 그때 한 무리의 사람들이 주위를 두리번거리며 동헌 앞으로 달려왔다. 모두들 너덜너덜한 옷을 입고 있었다. 사람들은 수군거리며 그 사람들을 돌아보았다. 그들은 집강 앞에 무릎을 꿇었다.

"집강님. 저희들은 관에 속한 노비들입니다. 이렇게 저희들을 속량해주시니 감격해 눈물이 흐를 뿐입니다."

관노비들은 어깨를 들썩거리며 흐느꼈다.

"저희들도 농민군에 들어가게 해 주십시오. 죽을 힘을 다 해 싸우겠습니다."

"잘 왔소. 일어서시오."

집강은 일일이 노비들의 손을 잡고 일으켜 세웠다.

"시키는 일은 무슨 일이든 다 하겠습니다. 우리가 관에서 궂은 모든 일을 했으니 여기서도 그런 일 시키시면 성심성의껏 다 하겠습니다."

노비들은 눈물을 흘리며 얘기했고 집강은 잠시 듣고만 있더니 정색을 했다.

"그 무슨 소리요. 여러분도 우리와 똑같은 사람입니다. 우리하고 똑같이 행동할 겁니다. 누구는 천한 일하고 누구는 쉬운 일하고 그런 일은 없을 겁니다. 똑같이 일하고 똑같이 밥을 먹을 겁니다."

집강은 여전히 손을 잡은 채 말했다.

"말도 안 되는 소리입니다. 저희들이 감히 어떻게 같이 합니까. 그저 궂은 일 마다하지 않을 테니 시켜만 주십시오."

노비들은 울음을 그치지 않은 채 말을 이었다.

"여러분도 여러분에게 맞는 일이 있을 겁니다. 곧 시킬 테니 돌아가서 기다리십시오. 또한 어떻게 될까 걱정되어 아직도 숨어 있는 사람이 있을 텐데 그 사람들도 나오게 하시오."

"여부가 있겠습니까. 감사합니다."

노비들은 큰절을 하고 물러났다. 상황이 어떻게 될까 싶어 나오지 못 한 노비들이 숨어서 지켜보고 있는 걸 집강은 눈치를 챈 것이었다.

"목사놈이 옷도 제대로 안 입혔구나. 저 떨어진 옷 좀 보게. 불알이 다 보이겠네."

사람들은 욕을 하면서도 와, 하며 웃었다. 농민군들은 스스로를 자랑스러워했다. 마치 자기들이 노비들을 면천시켜준 것 같았기 때문이었다. 태어나서 이렇게 가슴 뿌듯한 일이 있었을까. 코끝이 찡했다.

"이제야 실감이 나는군."

"그러게 말이야. 노비하고 우리가 같다니."

"좀 이상하긴 해도 어쨌든 좋은 세상 아닌가."

"그래도 뭔가 찜찜하네."

"그러게."

못마땅한 이들도 있었지만 드러내놓고 반대하지는 않았다.

"양반 상놈 없는 세상 아닌가."

"모두 평등한 세상일세."

"우리 농민들이 주인인 세상이야."

대부분 사람들은 감격에 겨워했다. 불은 사람들의 열기를 받고 더욱 더 활활 타올랐다. 사람들의 얼굴이 불에 벌겋게 달아올랐다.

불길이 거의 꺼질 무렵이었다. 성문에서 보초를 서던 농민군이 안으로 들어와 집강에게 무어라 말을 했다. 집강은 고개를 끄덕였다. 보초가 성문으로 간 뒤 말 한 필이 성안으로 들어왔다. 집강을 비롯한 지도자들이 다가갔다. 농민 복장을 한 사내가 말에서 내렸다. 지도자들이 그를 둘러싸고 뭐라고 얘기를 하더니 갑자기 크게 웃었다. 사람들은 무슨 일인가 그들을 바라보았다. 잠시 뒤 집강이 댓돌에 올라섰다. 사람들은 하던 일을 멈추고 집강에게 눈길을 돌렸다.

"여러분 희소식을 전해드릴까 합니다."

재만 남고 중앙에만 하얀 연기가 모락모락 피워 올랐다.

"방금 들어온 소식이오. 우리 옆 고을인 선산에도 오늘 농민군들이 읍성을 점령했다는 소식이요."

"선산 농민군 만세!"

"만세!"

사람들은 손을 높이 치켜들고 환호성을 질렀다.

"이제 전국 곳곳에서 모든 백성들이 들고 일어날 것입니다. 이제 우리의 세상이 되었습니다."

집강은 흥분을 감추지 못 하고 큰소리로 말을 했다.

"만세!"

"만세!"

사람들은 옆 사람과 부둥켜안고 고함을 질렀다. 농민군들은 말은 못했지만 일말의 불안이 있었던 것은 사실이었다. 대구에서 감영군이 쳐들어온다면? 나중에 다시 저들 세상으로 온다면? 마음속에 불안이 스멀스멀 기어올랐다. 하지만 선산에서 농민군들이 일어나 읍성을 점령했다면 다른 지역에서도 들고일어난다는 사실이었다. 다른 곳에서도 일어난다면 정말이지 나라가 뒤집혀질 것이라 확신이 생겼다는 것이었다.

"에이씨!"

"에이, 정말."

감격스러워하는 사람들 중에서 몇몇 사람이 손을 부르르 떨며 분개를 했다.

"왜 그러시오?"

옆 사람이 의아해서 물었다.

"우린 예천서 왔소. 지난 8월에 우리도 예천읍성을 공격했지만 실패했잖소."

"분하오. 그때 읍성을 점령하고 수령 모가지를 땄어야 했는데."

예천에서 온 사람들은 주먹을 쥐며 이를 갈았다.

"여기 정리가 되거든 예천으로 총공격하면 되지 않겠소. 이 많은 농민군이 몰려가면 어떠한 방어를 하더라도 이길 것이오."

주위 사람들이 위로를 했다.

"거긴 양반과 지주들이 민보군을 결성해서 쉽지 않다오."

"그래도 여러 고을에서 합세하면 누가 당할 것이오."

한 사람의 말에 사람들은 고개를 끄덕였다.

"자 그럼 우선 이것으로 회합을 마치고 저녁 무렵에 잔치를 열겠습니다. 그 사이에 창고에 있는 곡식과 재물 목록을 작성하는 대로 군량미로 쓸 것은 제쳐 두고 나머지는 여러분들에게 골고루 나눠드리도록 하겠습니다. 물론 양반들이나 지주들에게 빼앗긴 재물도 되찾아주도록 하겠습니다. 그리고 당장 시급한 것은 우리 농민군을 군대조직으로 편성하는 것입니다. 동학교도들은 이미 대충 얘기가 되었으나 동학교도 아닌 사람들이 많이 모였기에 다시 군대 조직을 편성하도록 하겠습니다. 그 부분은 여기 고명환 씨가 담당하도록 하겠습니다. 참고로 이분은 12년 전 임오군란 때 장교로 있다가 군란에 참여한 사람입니다. 저녁때까지 모두들 휴식을 취하시기 바랍니다."

집강이 댓돌을 내려가고 털보가 올라왔다.

"잠깐만 기다리시오. 제가 고명환올시다. 우선 군대 조직에 대해 간단히 말씀드리겠습니다. 군대조직은 총 쏘는 부대, 창 쓰는 부대, 칼 쓰는 부대로 나뉘겠습니다. 그리고 몸이 불편하신 분들은 희망에 따라 밥하는 취사부 등에서 일할 수 있게 하겠습니다. 그러니 우선 여러분들이 어느 부대로 갈 것인가 각 동네 동임들에게 말씀해주시면 희망대로 부대를 편성하고 내일부터 훈련에 들어가도록 하겠습니다."

털보가 내려가자 사람들은 흩어질 생각은 안 하고 그대로 서서 옆 사람을 보며 수군거렸다. 칼을 써 본 사람도 창을 써 본 사람도 없었기에 사람들은 같은 동네에서 온 사람에게 서로 어디로 갈 것인가 묻기에 바빴다.

해질 무렵 집강은 다시 사람들을 불러 모았다. 깃발 세 개가 동헌 마당에 세워졌다. 군대 조직에 들어갈 사람 명단을 발표했고 사람들은 동네별로 서 있다가 각 부대 깃발이 있는 곳으로 몰려갔다. 이제는 뭔가 다르구나 하며 사람들은 긴장된 표정들이었다. 털보가 댓돌에 올라갔다.

"여러분."

수군거리던 사람들은 조용히 입을 다물었다.

"이제 우리는 군인입니다. 군인은 명령에 죽고 명령에 삽니다. 한 사람이 군율을 어기면 그 부대는 몰살합니다. 나 한 사람 때문에 내 부대가 죽을 수도 있다는 말입니다. 그러니 각 부대 대장의 말을 절대로 따라야 합니다. 만약 명령을 어기는 자가 있다면 군율로서 엄하게 다스리겠습니다. 아시겠습니까?"

털보의 목소리는 우렁찼다.

"알겠소!"

"좋소!"

사람들은 털보의 말이 끝나기가 무섭게 복창을 했다. 털보는 각 부대의 대장을 발표했다. 그리고 각 대장 밑에 참모 몇 명을 지명하고 인사를 시켰다.

"대장님 만세."

사람들은 각 대장들이 인사를 할 때마다 큰소리로 화답을 했다. 털보는 곧이어 보초 당번을 정해줬고 내일부터 훈련에 들어간다고 했다. 불평을 하는 사람은 한 명도 없었다. 각각 소속 부대가 정해지자 집강이 댓돌에 올라섰다.

"오늘 밤에는 잔치를 벌입니다. 소를 열 마리나 잡았습니다. 쌀밥도 넉넉히 했습니다. 많이들 드시고 마음껏 놀도록 하십시오. 쌀밥은 오늘만 먹고 내일부터는 잡곡밥으로 아껴 먹도록 하겠으니 그리 아십시오. 오늘 밤새도록 흥겹게 노십시오."

집강이 내려가자 여자들이 고기와 술을 가져와 동헌 마당 여기저기에 놓았다. 어느새 여자들의 숫자가 많이 늘었다. 사람들은 음식이 놓인 곳에 모여앉았다. 떡과 밥이 날라왔다. 하지만 사람들은 밥은 먹지 않고 고기만 먹었다. 명절 때조차도 먹지 못하던 고기였기에 걸신이 들린 듯 사람들은 먹었다. 언제 소문을 들었는지 봉기에 참여하지 않은 사람들도 슬그머니 끼어들었다. 그래도 사람들은 탓하지 않고 나눠먹었다. 아이들도 모였고 골방에서 골골 기침하며 오늘내일하던 노인들도 엉금엉금 기어왔다. 농민군 지도자들은 그들에게 오시느라 수고 많았다며 먼저 인사했고 그들은 송구스러워했다. 성안에는 사람들이 꽉 차서 성밖까지 사람들이 몰려들었다. 소를 더 잡느니 밥과 떡을 더 하느니 야단법석이었다. 그래도 일하는 여자들은 불평불만이 없었다. 태어나서 처음으로 이렇게 일한 적은 없었기에 오히려 신이 나서 일을 했다. 농민군 지도자들도 따로 먹지 않고 여기저기 돌아다니며 술도 따라 주고 또 받아먹었다. 너무 많이 먹었다고 손사래를 치면 왜 남의 술만 받고 자기 술은 안 받냐며 화를 내기도 했다.

깨깽, 깽깽깽.

어느 정도 배불리 먹자 풍물패가 사람들을 비집고 들어왔다. 어떤 이들은 일어서서 덩실덩실 춤을 추었다.

에해야디야, 상사디야.

누군가 상소리를 했다.

에해야디야, 상사디야.

사람들은 뒤를 받았다. 하나 둘 사람들은 일어섰다. 양 팔로 서로서로의 어깨를 둘렀다.

에해야디야, 상사디야.

에해야디야, 상사디야.

사람들은 밤이 깊어가는 줄도 모르고 춤을 추며 노래를 불렀다.

증언

밤이라 공원 곳곳에 등을 켜놓아 공원은 대낮같이 밝았다. 시화는 낮에 사람들이 놀러와서 보는지 밤에는 보는 사람이 별로 없었다. 재우는 올라갔던 방향과 다른 방향으로 시화는 보지 않고 계단을 내려왔다. 아버지를 모시고 집으로 가야 하는데도 여든이 넘은 아버지는 주최 측의 젊은 사람들과 스스럼없이 술을 마시며 떠들고 있었다.

"이리 오시지요."

재우가 산을 내려와 평지에 걸린 시화를 흘끔거리며 걷고 있는데 연극하던 사람들이 불렀다. 재우는 갈까 말까 순간적으로 망설였다. 별로 어울리고 싶은 생각이 없었다. 그러나 아버지를 모시고 집에 가려면 어차피 가야 했다.

"자 술 한 잔 하셔요."

마흔 중반쯤 되었을까 자신을 동학계승사업회 사무국장이라고 소개한 사내가 술잔을 내밀었다.

"운전 때문에."

재우는 자리에 앉지도 않고 거절했다. 재우는 대신 아버지를 바라보았다. 어서 일어서서 집으로 갔으면 좋겠는데 아버지는 일어설 기미가 전혀 없었다.

"어제는 정말 죄송했습니다. 끝나고 집에까지 모셔드리려고 했는데 어느새 가고 안 계시더라고요. 죄송합니다."

사무국장은 사과를 했다.

"아닙니다. 다만,"

재우는 담담하게 말했다.

"제 아버지가 좀 편찮으시거든요."

우회적으로 불만을 표시했다.

"심하지 않잖아요. 괜찮으신데요."

사무국장은 서글하게 웃음을 띠며 말했다. 재우는 더 말을 하려다 입을 다물었다. 빨리 집에 가고 싶은 생각뿐이었다.

"번번이 어르신께서 도움을 주시고, 우리에겐 큰 힘이 됩니다. 이번 연극도 어르신 아니면 엄두도 못 냈지요. 어떻게 그때 상황을 상세히 알고 계시는지. 또한 경제적으로도 도움도 주시고. 여러모로 고맙습니다."

계승사업회 이사장이라고 자신을 소개한 사람이 공치사를 했다. 그럼 돈까지 냈단 말인가. 재우는 그러냐며 말을 얼버무렸다.

"20여 년 전 H대학교 곽교수가 찾아갔을 때 그렇게 완강하게 증언을 거절하시던 분이었는데. 하여튼 대답하십니다."

이사장은 재우가 다 알고 있는 것처럼 얘기했지만 사실 재우는 아는 게 거의 없었다. 동학농민혁명에 대해 아버지에게 들은 게 없었다. 이사장이 말하는 동안 아버지는 마치 남의 얘기를 듣는 것처럼 고개를 끄덕였다.

20여 년 전 동네에 대학교 교수란 사람이 동학에 대해 묻고 다닌다는 소문이 돌았다. 강형석 노인은 동학이라는 말에 가슴이 철렁 내려앉았다. 밭에 일하러 갈 때도 낯선 차가 눈에 띄면 가슴이 철렁 내려앉았다.

"계십니까?"

어느 날 자신이 H대학교 교수라고 소개한 사람이 찾아왔다. 강형석 노인은 문만 빠끔히 열고 밖을 내다보았다. 밭에 일하다 집으로 와 점심 먹고 담배에 불을 붙인 참이었다.

"혹시 강형석 어른 되십니까?"

"그렇소만."

노인은 경계를 했다. 불청객을 곁눈질하며 담배 연기를 길게 내뿜었다. 경북 북부지역 동학농민혁명에 대해 논문을 준비 중이라며 자신을 소개한 불청객은 조심스럽게 물었다.

"동학 농민군하셨다는 강선보 어른에 대해 여쭈어보려고 왔습니다.”

“난 모르는 일이요.”

마루에 올라오라는 말도 않고 일언지하에 거절했다.

“제가 알기론 강선보 어른이 어르신의 종조부가 되시는 걸로 알고 있습니다만.”

“난 모른다지 않소.”

노인은 문을 덜컹 닫았다. 벌써 족보까지 다 훑고 왔구나. 노인은 헛기침을 했다. 그러나 한편으로 동학난이 아니라 동학혁명이라고 하는 걸 보니 조금 안심이 되었다. 하지만 마음 한 구석에 자리 잡은 경계를 풀 수는 없었다.

“갑오년에 일어난 동학농민혁명에 대해 강선보 어른께서 어떤 역할을 하셨는지 알고 싶어서 왔습니다. 혹 아시는 게 있으면 말씀 좀 해주십시오.”

“아는 게 없소. 난 동학에 대해 모르오.”

노인은 피우던 담배를 끄고 새 담배를 입에 물었다. 불청객은 가지 않고 마당에 서서 한참동안 서 있었다.

다음날도 또 찾아 왔다. 이번엔 밭으로 찾아왔다.

“여기 임곡이 S와 보은 경계라 동학이 굉장히 성행했었다고 합니다. 화동 모동 모서 화서 모두 동학이 흥행했던 곳이지요.”

“난 모르오.”

노인은 완강히 고개를 저었다.

“자료에 보면 강씨 성을 가진 농민군이 갑오년 당시 많이 죽었습니다. 그중에 강선보 어른도 있고요. 제삿날이 혹 음력으로 십일 월 초이

례 아니십니까?"

"아니요."

"다 알고 왔습니다. 이 동네에 그 날 며칠 사이로 제삿날이 많다는 것도 알고 있습니다."

불청객은 지지 않았다.

"우연이겠지요."

"우연이 아닙니다."

"그만 돌아가시오."

노인은 일하다 그만 집으로 왔다.

며칠이 지난 후 불청객은 또 찾아왔다. 이번엔 정종을 한 병 들고 왔다.

"모서에서 김해 김씨 삼형제 얘기도 듣고 왔습니다. 갑오년에 돌아가신 김현영이라는 어른은 동학혁명 때 대접주로서 크게 활동하셨고, 그 동생이신 김현동 어른도 활발하게 활동하셨는데, S 소모영 유격대에 체포되어 중모 장터에서 처형되었더군요. 막내 동생 분은 사십오년 돌아가실 때까지 독실하게 동학을 믿으셨고요. 증언들이 자료와 일치하고 있습니다."

"흠흠."

노인은 담배를 피우며 헛기침을 했다.

"이제는 걱정하실 필요 없습니다. 난이 아니라 혁명이고 나라를 위해 싸웠다는 것이 국가에서도 인정하는 분위기입니다. 전체적으로 자세히 밝혀지면 그때 싸웠던 분들에 대한 평가도 많이 달라질 것입니다."

"흠흠."

노인은 헛기침을 하더니 담배를 끄고 일어섰다. 옷장을 열고 두루마기를 입었다. 그리고 문을 열었다. 부엌으로 들어가 잔과 북어 한 마리를 비닐봉지에 담았다.

"갑시다."

노인은 신발을 신고 마당에 나섰다. 마루에 앉았던 불청객은 벌떡 일어섰다.

"따라 오시오."

노인의 말에 불청객은 가방을 들고 마당으로 나섰다.

"그 정종도 들고 오시오."

노인은 흠흠 헛기침을 하며 앞장섰다. 마을을 벗어날 때까지 노인은 아무 말도 없었다. 마을을 한참 벗어나더니 잡풀이 우거진 길옆으로 내려섰다. 노인은 익숙하게 내려갔지만 불청객은 몇 번이나 휘청거렸다. 조금 내려가니 개울물이 흘러내리는 도랑이 나왔다. 불청객은 완강하게 벌어진 노인의 등을 바라보며 따라가기만 했다. 도랑을 따라 조금 내려가니 봉분이 하나 나타났다.

"여기요."

"예?"

불청객은 놀라서 노인과 봉분을 번갈아 보았다.

"내 종조부 되시오."

"그럼 강선보 어른이요?"

불청객은 놀라서 입을 다물지 못 했다.

"어떻게 개울 옆에다. 산이 아니고."

불청객은 믿기지 않는 표정을 지었다.

"머리 무덤이요."

"머리 무덤이라면?"

"그렇소. 머리만 있소."

노인은 담담하게 말했고 불청객은 놀라 입을 다물지 못 하다가 사진기를 꺼냈다. 앞에서 찍고 뒤에서 찍고 옆에서 찍었다. 노인이 봉분 옆에 서 있도록 해서 찍었다. 불청객은 주위를 둘러보았다. 동네에서 걸어온 길은 보이지 않았다. 주위엔 잡풀만 무성했다. 위치를 정확하게 모르면 찾지 못 할 지경이었다. 불청객은 고개를 끄덕였다. 전라도 쪽에서도 효수형을 당한 사람의 몸은 어쩔 수 없이 옮기지 못 하고 머리만 가져가서 봉분을 만들었다는 기록을 기억해 냈다.

"어떻게 해서?"

불청객은 녹음기를 꺼냈다. 노인은 개의치 않았다.

"내게는 종조모 되시는, 그러니까 이 분의 모친 되시는 분이 100리 길을 걸어 치마로 싸와서 여기에다 무덤을 만들었소."

"효수형을 당했군요."

"그렇소."

농민군 대장으로 활동하던 종조부는 읍성을 점령했다가 일본군에게 패퇴해서 물러난 후 피신해서 다시 봉기할 기회를 엿보고 있다가 잡혔다고 했다. 읍성내 태평루 앞에서 효수형을 당했고 그걸 본 모친은 밤이 되도록 기다렸다. 밤이 깊어가자 모친은 장대에 높이 매달려 있는 아들의 머리를 내려 치마에 쌌다. 그리고 밤새 길을 걸어 고향 마을로 왔다. 그러나 무덤을 쓸 수가 없었다. 선산에 쓰면 표가 나기 때문이었다. 효수형을 당한 시체를 가져가면 효수형을 당했다. 그래서 눈에 잘 띄지 않는 개울가에 무덤을 만들었다. 길에서 보면 무덤은 전혀 보이지 않았다. 누가 개울가에 무덤이 있으리라 생각이나 하랴. 어쩌면 어머니는 그걸 노렸는지도 몰랐다. 그때엔 동학을 믿는다면 모두 잡아가서 효수를 시키던 시대였다.

노인은 봉분 앞에 북어를 놓고 잔에 술을 따랐다. 이배를 했다. 술잔을 들어 봉분 옆으로 세 번에 걸쳐 뿌렸다.

"저도 인사 올리겠습니다."

불청객이 봉분 앞에 무릎을 꿇었다. 노인이 술을 쳤다. 불청객은 이배를 하였다. 노인은 역시 술잔을 들어 봉분 옆에 세 번에 걸쳐 뿌렸다.

"자, 한 잔 하시오."

노인이 불청객에게 권했다. 불청객은 먼저 마시라고 하고 자신은 다음 잔을 받았다.

집으로 돌아온 두 사람은 정종 한 병을 다 비웠다. 불청객 옆에 있던 녹음기는 쉴 새 없이 돌아갔다. 노인은 누구보다도 음성 점령 기간인 음력 9월 22일부터 28일까지 일을 잘 기억했다. 아버지한테 들었다고 했다. 노인의 친척되는 어느 분이 만주 전쟁이 일어났을 때 옆 동네에 살던 강씨 성을 가진 순사에게 맞아죽었다고 했다. 그 순사는 갑오년 때 지주 후손인 것 같다고 했다. 노인은 아마도 맞을 거라고, 확신이 서지 않는 듯 말했다.

"그래서."

노인은 뜸을 들였다가 말했다.

"아무에게도 말하지 않았소. 심지어 우리 아들놈한테도."

종조부와 함께 읍성을 점령했던 조부는 읍성 패퇴 시 행방불명되었다고 했다. 노인은 지금껏 그 누구에게도 동학의 동자도 꺼내지 않았다. 이제 속이 후련하다고 했다.

병에 든 정종이 떨어질 때까지 노인은 전혀 술 취한 기색이 아니었다. 목소리는 카랑카랑했다. 불청객은 녹음기의 테이프를 몇 개나 더 갈아 끼웠다. 여분의 공테이프를 가져오기를 잘 했다고 속으로 생각했다.

"전국적으로 자료 발굴이 진행되고 있는데 끝나는 대로 머리 무덤에 안내판과 비석을 세워드리겠습니다."

불청객이 말했다.

"아니요. 그건 내 몫이요. 제를 크게 지내고 비석을 세워드려야지요."

노인은 담담하게 말했다.

아버지를 모시고 집으로 돌아온 재우는 마당에서 서성거렸다. 이대로 들어가도 잠이 올 것 같지가 않았다. 아버지는 방안으로 들어가고 재우는 한참동안 마당을 돌며 망설이다 아내에게 전화했다. 아마도 당분간 집에 못 갈 것 같다고 했다.

"당신 괜찮아?"

아내는 이유를 묻지 않고 괜찮으냐고 대뜸 물었다.

"괜찮아."

"근데 왜?"

그제야 아내는 이유를 물었다.

"동학 연극을 하는데 아버지를 모시고 다녀야할 것 같아서."

아내는 무슨 연극인데 아버님이 매일 가시냐고 물었다. 재우는 입에 나오는 대로 그냥, 유족이라서, 우리 조상 중에 동학에 관련되신 분이 있어서라고 했다.

"약 꼭 챙겨 먹어요."

아내는 갑자기 존댓말을 했다.

"알았어."

내가 곁에 있어야 되는데, 하는 소리가 멀어지며 전화가 끊겼다. 재우는 막막한 심정으로 불이 꺼진 동네를 바라보았다.

둘째날

보복

날이 밝자마자 죽창을 든 사람들은 성문을 빠져나왔다. 농기구를 들었던 사람들도 이젠 대나무를 깎아 죽창을 만들었다.

……

아무도 말하지 않았다. 앞장 선 사람의 그림자를 뒷사람이 따라 걸었다. 손에 죽창을 꽉 쥐었다. 손바닥에서 땀이 났다. 백여 명의 사내들은 이제 갓 보랏빛을 띤 새벽을 뚫으며 길을 나섰다.

……

아무도 말하는 자가 없었다. 다만 거친 숨소리만이 하늘로 모락모락 피어올랐다. 자박자박. 발걸음 소리는 낮게 깔렸다. 서둘렀다. 빨리 가자고 거친 콧김이 재촉했다. 이젠 우리 세상이다. 그동안 당한 대로 돌려주리라.

어느새 악덕한 양반에 대한 보복이 있을 거라는 소문은 바람보다 먼저 퍼져있었다.

죽창을 든 사람들이 성밖을 몰래 빠져나간 지 얼마 되지 않아 큰 나무 뒤에서 인기척이 났다.

"애야."

큰 나무 옆에 서있던 한 여인이 무리 속의 한 젊은이를 불렀다.

"어머니가 여기 왠일이요? 어서 가세요."

아들은 손을 홰홰 저었다.

"아버님이 오셨단다. 잠시만 보잔다. 제발."

어머니는 빌듯이 아들에게 말했다.

"일 없어요."

"아니다. 날 봐서라도 만나주려무나."

어머니는 애원했다. 아들은 어쩔 수 없이 어머니의 팔에 이끌려 큰 나무 뒤로 들어갔다. 어둠 속에는 큰 갓을 쓴 양반이 뒷짐을 지고 있었다.

"흠흠."

아들이 다가오자 양반은 헛기침을 했다. 아들은 양반 곁에 가서 먼 산바라기를 했다.

"어찌 양반의 자식으로서 난에 참여한단 말이야."

"제가 양반의 자식입니까?"

"양반의 자식이 아니면?"

"첩의 자식인데 양반이라니요? 저는 한 번도 자식 대접 받아본 일이 없습니다."

"세상 법이 그런 걸 난들 어떡하느냐. 어쨌든 넌 내 자식이다. 근데 어떻게 저런 무지렁이들과 어울린단 말이야."

"무슨 말이에요? 선량한 사람들입니다."

"양반을 욕보이러 가는 놈들이 선량하다고?"

"그동안 양반들에게 사람 취급을 받기나 했나요?"

"그들은 사람이 아니다. 게으르고 조금만 기회가 나면 양반을 속이는 자들이다."

"살기 위해선 그보다 더 한 일은 못 할까요."

"문자를 읽을 줄도 쓸 줄도 모르고, 공맹 사상도 모르고 오직 짐승일 뿐이다."

"그럼 전 갑니다. 나도 짐승이요. 난 저들과 같습니다."

"우리 집과 재물을 지켜라."

"이제 와서 무슨 소리입니까. 그동안 백성들한테 빼앗아온 재물이 아닙니까. 지금까지 흙 한번 만져본 적이 있습니까. 흙 한번 만져본 적이 없는 사람은 쌀밥을 먹고, 하루 종일 뙤약볕 아래서 일만 했던 사람들은 쌀밥은커녕 죽조차 실컷 못 먹는 세상 아닙니까. 직접 농사짓지 않는 땅, 농사짓는 백성들한테 돌려주는 게 도리 아닙니까."

"네가 단단히 미쳤구나. 난 저들에게 정당하게 받았을 뿐이다."

"아닙니다. 전 갑니다. 그동안 양반이라고 백성들 고혈을 짜내고 눈에 피눈물이 나게 한 양반들을 징치하러 전 갑니다."

"우리 가문을 지켜라. 제발, 부탁이다."

"이제 세상이 바뀌었습니다. 양반 상놈 없는 세상입니다."

아들은 팔을 잡는 양반의 손을 뿌리치고 대열 속으로 달려갔다. 양반은 분을 못 이겨 부들부들 떨었다.

"네 놈들 세상이 오래 갈 것 같으냐 두고 보자."

잠시후,

"야야."

노파의 가냘픈 소리가 울려 퍼졌다.

"안 된다이."

사람들의 물결은 노파의 목소리를 밀쳐내며 몰려갔다. 하지만 한 사내가 옆을 돌아보았다.

"어무이."

"야야. 이리 오거래이."

노파는 쓰러질 듯 앞으로 나아가 아들의 손을 잡았다.

"이러면 안 된다. 그만 돌아가자. 저들이 우릴 지금껏 먹여 살렸잖니."

"어무이, 그들이 우릴 먹여 살린 게 아니라 우리가 그들을 먹여 살렸소."

"야야, 무슨 그런 소릴 하느냐."

"우린 죽도록 일만 했었잖아요. 그런데 저들은 일은 안 하고 좋은 음식에 첩에 맨날 풍류만 즐기던 사람들이요."

"그들은 그들만의 세상이 있다. 우린 그들이 먹여 살렸다."

"그런 저들이 우리가 일한 만큼 주었나요? 이제 그만 돌아가세요."

아들은 어머니를 밀어냈다. 하지만 노파는 아들의 손을 놓지 않았다.

"그냥 살자. 그 사람들이 순순히 물러갈 성 싶으냐."

"난 이대로는 못 삽니다. 이 더러운 세상을 뒤엎어야지요."

"그렇다고 세상은 안 바뀐다."

노파는 아들의 팔을 잡고 놓아주지 않았다. 아들은 대열에서 벗어났다. 사람의 물결은 아무 일도 없었던 듯 그대로 흘러갔다. 아들은 어머니의 손을 잡고 울었다.

"어무이. 보내주이소."

"야야, 가면 안 된다카이."

노파는 잡은 팔을 놓지 않았다.

"우리가 평생 이렇게 살아야하나요?"

"우린 그저 죽은 듯 살면 된다. 주면 주는 대로 먹고, 시키면 시키는 대로 살면 된다."

"어무이. 전 그렇게 못 삽니다. 사람이 하늘이라 캤습니다."

"앞에 나설 사람은 따로 있다."

"다른 사람들도 다 가는데 우째 나만 가만히 있습니까."

"두 눈 꼭 감고 그냥 있으래이. 지금은 난이다. 난이 일어났을 땐 가만히 있는 게 상수다. 세상이 바뀌면 삼 대가 몰살이다. 저 놈들은 그런 놈들이다."

"어무이. 저도 새 세상에서 살고 싶소."

"새 세상이 그렇게 싶게 올 것 같더냐. 저들이 그렇게 쉽게 물러 갈 것 같더냐. 그 사람들은 그런 사람들이다. 절대로 그냥 물러설 사람들이 아니다."

"어무이. 그럼 아부지의 원한은 어찌하오."

"그건 천지신명의 소관이다. 우린 어쩔 수 없다. 타고난 팔자인 걸."

"할무이가 아플 때 저들이 약 지어 먹으라고 준 돈이 배가 부르고 씨앗을 까 결국 있던 땅도 빼앗기고 빈털터리가 됐지 않았소."

"운명이다. 그건 나라 임금도 어쩔 수 없다카이."

"나라 임금도 못 할 일을 우리들이 한다 하지 않소. 우리의 세상은 우리들이 만들 거요."

"제발 돌아오거래이."

백여 명이 넘던 군중에서 십여 명이 떨어져 나갔다. 어머니가 데려가고 아버지가 데려가고, 아내가 데려갔다. 끌려가는 자는 울었다. 끌려가지 않는 자는 외면했다.

"여보. 지금은 당신 세상 같지만 절대로 그렇지 않소. 그들은 잠시 움츠리고 있을 뿐이소."

"제발 돌아오소. 삼십여 년 전 임술년 그때 못 보았소. 그때도 우리의 세상이 왔지만 며칠 못 갔지 않았소. 그때 해산하면 요구를 들어주고 추후 죄를 묻지 않겠다고 해놓고도 막상 물러나니 저들은 얼마나 많은 사람들을 죽였소. 저들은 그런 자들이오."

"아녀. 이젠 그렇게 쉽게 물러서지 않을 거여."

"아니오. 제발 가지 마오."

아낙들은 군중에 달려들어 남편들의 팔에 매달렸다. 몇몇 남자들은 아내에게 끌려갔고 다른 남자들은 고개를 외로 틀었다.

죽창을 든 사내들은 아랑곳없이 40리 길을 걸어 소리마을에 도착했다. 고래등같은 기와집이 즐비한 마을이었다. 소작인들에게 너무나 지독해서 같은 양반들도 고개를 틀고 지나간다는 소리마을이었다. 앞장선 사내들은 맨 먼저 보이는 27칸 기와집 대문에 몰려들었다.

"문 여시오."

앞에 선 사람이 문을 두드리며 외쳤다. 아무 대답이 없었다.

"때려 부수시오."

뒤에 선 사람들이 아우성을 쳤다.

"문 여시오. 안 열면 때려부수리다."

최후통첩을 했다. 그때 문이 열렸다.

"왜들 이러시오."

하인인 듯한 맨상투를 한 사내가 얼굴을 내밀었다.

"주인장 좀 보세나."

"나으리는 외타중이요."

"직접 보리다."

앞장 선 사내가 하인의 가슴을 힘껏 밀치며 들어갔다. 그러자 뒤따르던 열 댓 명의 사람들이 와, 하며 안으로 들어갔다. 여러 명의 하인들이 몰려 있었다. 사람들은 하인들의 놀란 표정에 아랑곳없이 주위를 휘둘러보았다.

"우리는 저 집으로 가겠소."

"우리는 이쪽 집으로 가겠소."

집밖에 있던 사람들은 무리를 지어 여러 집으로 흩어졌다.

"물러가시오."

하인은 두 팔을 벌렸다.

"뒤지시오."

앞장 선 사람이 개의치않고 소리쳤다.

"주인 끌어내라."

사람들은 사랑방으로 몰려갔다. 신발을 신은 채 마루에 올라 사랑방 문을 열었다. 언제나 마당에서 엎드려 보던 문이었다. 그때는 엄청나게 크고 높아보였는데 이제 보니 손바닥만 했다. 처음엔 떨리던 손이 이젠 떨리지 않았다. 안에는 아무도 없었다. 병풍 뒤를 보았다. 문갑 뒤를 보았다. 어떤 이는 다락문을 열고 들어갔다. 주인은 보이지 않았다.

"없다."

누군가의 소리에 사람들은 작은 사랑채로 몰려갔다. 그러나 역시 작은 사랑채를 다 뒤져도 주인은 보이지 않았다. 사람들은 허탈해서 서로를 바라보았다.

"안채를 뒤져라."

누군가 소리쳤다. 사람들은 잠긴 중문을 때려부수고 안채로 뛰어들었다. 안채 역시 여자 종들만 있을 뿐 주인 가족은 보이지 않았다.

"돌아가시오."

하인이 소리쳤다. 앞장섰던 사람이 하인에게 다가갔다.

"어디로 도망갔소?"

"난 모르오. 제발 돌아가시오. 무슨 일이 나면 우리들은 살아남지 못 할 거요."

"이제 세상이 바뀌었소. 당신들도 이제 면천될 거요. 노비 문서를 불태우리다."

그때 몰려 있던 하인이 앞에 나섰다.

"면천 된다 한들 우리가 무엇으로 먹고 살라요. 돈이 있소. 땅이 있소."

"집강소에서 돈도 주고 땅도 농사짓도록 줄 것이요. 이제 우리의 세상이요.”

“좋소. 나도 동참하겠소.”

몇몇 하인들이 앞으로 나왔다. 하지만 나머지 하인들은 서로의 눈치를 보며 머뭇거렸다.

“빨리 이리 오시오.”

죽창 든 사람들이 재촉했다.

“우리 여기 남을 거요.”

“그럼 우리 일에 방해하지 마시오. 그러다 상할 거요. 곳간을 열고 쌀을 꺼내시오”

말이 떨어지자마자 사람들이 곳간으로 달려가 문을 부수었다. 곳간에 쌀이 가득히 쌓였다. 비단이며 어물도 많았다.

“모두 꺼내 집밖으로 꺼내시오.”

사람들은 쌀을 집밖으로 옮겼다. 비단이며 어물들도 집밖으로 옮겼다. 사람들이 사랑채로 들어가 문서를 한 아름 들고 왔다.

“노비 문서다.”

“불을 지르시오.”

“땅문서다. 돈이다. 어음도 있다.”

사람들은 금고를 몇 개나 들고 나왔다.

“그것은 재물들과 함께 놔두시오.”

사랑채에 있던 돈과 재물들을 집밖으로 가져갔다. 사람들은 노비문서에 불을 붙였다. 문서는 활활 타올랐다. 봉기에 동참하려고 앞으로 나왔던 하인들은 멍하니 서로 바라보다가 눈물을 흘렸다. 누군가 불붙은 문서를 방안으로 던졌다. 방에서 불이 치솟았다.

"안채로 갑시다."

사람들은 안채로 몰려가 문갑에 든 재물들을 꺼냈다. 안채에도 불을 질렀다. 불은 활활 타올랐다. 짚단에 불을 붙여 방마다 던졌다. 방안에서 불길이 치솟았고 연기가 쿨렁쿨렁 터져나왔다.

와!

사람들은 불타오르는 집을 보며 환호성을 질렀다. 한 번도 허리를 펴고 들어온 곳이 아니었다. 감히 접근 못 하던 곳이었다. 죽창을 든 사람들과 사는 방식이 다른 그들만의 별천지였다. 사람들은 환호성을 지르며 눈물을 흘렸다. 주인을 못 잡은 것이 아쉬웠지만 불길이 집을 잡아먹는 것을 보니 주체할 수 없을 정도로 가슴이 벅차왔다. 기둥에 줄을 묶어 수십 명이 잡아당겼다. 우지끈, 거리며 기와지붕이 풀썩 주저앉았다.

와!

사람들은 고함을 질렀다. 그렇게 큰사랑채와 작은사랑채가 무너졌다. 안채가 무너졌고 별채가 무너졌다. 옆집에서도 연기가 치솟았고, 쿵쿵, 집 무너지는 소리에 사람들의 환호성이 하늘을 찔렀다.

"불 끌 생각은 마시오."

집에 남겠다는 하인들에게 다짐을 하곤 다른 집으로 옮겼다. 거기서도 재물을 밖으로 끄집어내놓고 불을 질렀다. 고래등같은 기와집 수십 채가 불길에 휩싸였다.

회유

재우는 어제처럼 연극을 보다 슬그머니 일어나 산으로 올랐다. 시화는 건성으로 보았다. 연극은 자꾸 볼수록 빠져드는 느낌이었다. 이러기 싫은데, 싫은데도 한참 보노라면 자신도 모르게 주먹을 쥐고 있었다. 소리마을이 불타고 있을 때 재우는 자신도 모르게 엉덩이가 들썩거렸다. 뛰쳐나가 자신도 불을 지르고 싶었다. 우리의 세상이 왔다, 농민군이 소리쳤을 때 재우는 명치끝이 쏴, 하는 느낌에 몸을 떨었다. 하지만 그럴수록 자신의 두 다리가 버티고 있는 현실이 초라하게 느껴졌다. 저 멀리 떨어진 아버지는 아예 일어서서 연극을 보고 있었다. 얼굴이 붉었고 주먹을 쥔 손은 떨렸다. 마치 소리마을을 불태우는 농민군 같았다. 아버지는 당신 자신이 지금 농민군이라고 생각하는 걸까. 낮에 담당 의사를 만나보았다. 치매 진행 상태를 알아보기 위해서였다. 치매는 기억이 퇴행한다는 신경과 의사의 말에 재우는 아버지가 동학농민혁명 연극에 집착하는 것 같다고 하자 고개를 끄덕이며 말했다.

"가족 중에 동학과 관련해서 피해를 입었거나 하지 않았나요?"

"아버지의 조부 되시는 분이 그때 활발히 활동하시다 행방불명되셨고요. 종조부님도 그러셨고. 근데 저에겐 통 말씀을 안 하시니."

의사는 아버지를 돌아보며 그런 일이 있었냐고 물었지만 아버지는 완강하게 고개를 저었다.

"치매는 기억이 퇴행하면서 어느 지점에 고착될 수도 있습니다. 어릴 때 아주 큰 충격을 받은 적이 있으면 그 기억에 매달릴 수도 있지요."

"그럼 그때와 현재를 혼동한단 말입니까?"

"혼동할 수도 있지요."

의사는 아버지에게 연극이 실제상황으로 느낄 수도 있다고 했다. 어쩌면 현실보다 그때 상황이 환자에겐 더 생생할 수 있다고 했다. 혹 충격을 받을지 모르니 옆에서 잘 지켜보라고 했다. 재우는 병원에서 나오면서 아버지에게 물었다.

"어제 어땠어요? 읍성도 점령하고요."

아버지의 눈치를 살폈다.

"좋았지. 진작 그렇게 했어야 했는데."

대번에 아버지의 눈빛이 달라졌다.

"양반들이나 지주들은 어떻게 할 거예요? 징치한다고 했잖아요."

"징치해야지."

"양반들이 그렇게 미우세요?"

재우의 말에 아버지는 무슨 말이냐는 듯 돌아보았다.

"양반들 징치하자고 했을 때 아버지도 무대에 올라가 해야 한다고 소리치셨잖아요. 증조부께서도 많이 당하셨어요?"

"네 증조부는 양반이셨다. 육 촌 형이 사헌부 감찰을 지냈다."

"양반인데 왜 혁명에 참가했어요?"

아버지는 또다시 돌아보았다. 답답하다는 표정이었다.

"양반들도 많았다. 악독한 양반도 많았지만 스스로 노비를 면천시키고 땅도 나눠준 양반도 있었다. 읍성안에서 양반이나 상놈 관계없이 다 같이 존댓말을 썼다. 서로에게 접주님 접주님. 이렇게 불렀지."

"양반이라면 우리 집이 왜 그렇게 가난했어요?"

재우는 비꼬는 듯한 말투로 물었다. 고등학교를 졸업하자마자 대학에 못 가고 공장에 들어간 게 한이 되었다. 특히 파업이 일어났을 때

관리직들이 그렇게 부러울 수가 없었다. 어릴 때부터 가난하고 무능했던 아버지의 삶도 기억하기 싫은 것 중에 하나였다.

"부자였다. 아주 큰 부자. 근데 조부가 혁명 때 행방불명되고 나자 집안이 풍비박살 났지. 동학 가족들은 다 죽인다 해서 피난 갔다가 되돌아오니 어느새 양반들의 세상이 됐고 그들에게 재산을 다 뺏겼다."

히히. 재우는 갑자기 웃을 뻔했다. 우리 집이 이렇게 가난하고 내가 회사에서 쫓겨난 것도 다 그것과 연관이 있군요. 그 많은 재산 안 뺏겼으면 난 대학가고 좋은 직장에서 펜대 굴리며 살고 있을 텐데 말이지요. 그럼 후손들은 뭐예요? 후손은 안중에 없었어요? 성공한다는 보장이 있었어요? 실패하면 가족이 다 몰살당한다는 것은 삼척동자도 아는 일이잖아요? 재우는 속에서 올라오는 무수한 말들을 삼켰다. 히히. 또 웃음이 나올 것 같았다.

"잘 났어요. 정말."

재우는 자기도 모르게 말을 툭 내뱉었다. 아버지는 무슨 말이냐는 듯 돌아보았다. 재우는 아무 말 없이 히히, 웃었다. 히히. 웃음이 터져 나왔다. 히히히.

산 중턱으로 난 길을 걸으며 시화를 보다가 재우는 또다시 히히, 웃고 싶은 충동을 느꼈다. 이럴 땐 감정 조절을 잘 해야 한다고 노조 사무실에 상담하러 온 정신과 의사는 얘기했지만 그렇게 쉽게 마음이 차분해지지 않았다. 히히. 재우는 속으로 웃어보았다. 기분이 한결 나아지는 것 같았다. 히히히. 속으로 계속 웃었다.

"이리오세요."

산을 내려오자 관객들 뒤편에서 술을 마시던 사람들이 재우를 불렀다. 재우는 망설이며 가까이 다가가다 깜짝 놀랐다. 경찰복을 입은 남자가 그를 지켜보고 있었다. 등에서 씩은 땀이 주르륵 흘러내렸다. 얼굴이 화끈거리며 숨이 가빠왔다. 그때였다.

"야, 오랜만이다."

경찰관 옆에 선 이가 웃으며 말했다. 재덕. 옆 동네에 살던 친구였다.

"그래, 오랜만이다."

"잘 지내지?"

"응."

재덕은 경찰관을 가리켰다.

"너 이 노마 모르냐? 동기잖아. N중학교."

"어어. 그래."

재우는 건성으로 대답하며 자세를 고쳐 잡았다. 여인이 종이컵에 술을 따라 재우 앞에 놓았다. 재우는 단숨에 술을 다 마셨다.

"목마른 모양이구나."

이번엔 친구가 술을 따랐다. 또다시 재우는 다 마셨다.

"그래 생각난다, 이제 보니. 재우. 그래 강재우."

경찰관은 야, 반갑다, 악수나 하자, 하며 손을 내밀었다. 재우는 떨리는 손을 진정시키며 손을 내밀었다.

"손이 왜 이리 차갑냐? 자 한잔해라."

경찰관은 종이컵에 술을 가득 따라 재우 손에 쥐어줬다.

"참 S는 좁아. 세 걸음만 걸으면 아는 사람 만난다잖아. 시골이라 여기에 사는 사람들 중에 선후배 안 걸리는 사람이 누구 있냐."

"그러게요."

“자 우리 거국적으로 건배합시다.”

경찰관의 말에 모두들 술잔을 옆 사람과 부딪쳤다. 재우도 옆의 경찰관과 잔을 부딪치고 술을 다 마셨다. 이제 마음이 조금 진정되는 것 같았다. 불안하고 가슴이 답답해올 때 술을 마시면 진정되었다. 이 친구는 어떻게 왔을까 생각하며 앞에 앉은 재덕을 바라보았다. 예전에 농민회 활동을 활발히 하던 친구였다. 쟈는 소를 수백 마리 키운단다. 명절에 집에 오면 어머니가 말했다. 하지만 한미 FTA가 체결되고 난 후 파산했다는 소문을 들었다. 지금은 곶감농장을 하고 있다고 했다. 제덕과 경찰관이 웃으며 말하는 행동이 꽤나 친한 것 같았다. 어째서 둘이 친할까. 농민운동하는 사람과 경찰관이 마주 앉아 웃으며 술 마시는 광경이 생경스럽게 느껴졌다.

“자 한 잔 해.”

경찰관이 술을 따르며 요즘 뭐 하고 지내냐며 물었다.

“그저, 회사에.”

재우는 말을 얼버무렸다. 해고당했다느니, 지금은 대리운전하고 있다느니, 하는 것들이 창피해서 그런 것이 아니었다. 경찰하고 함께 있는 것 자체가 불안하고 가슴이 떨렸다. 어디 숨고 싶은 충동이 자꾸 일었다.

교도소에서 나와 며칠 안 돼 가족과 함께 중국 음식점에 외식하러 갔을 때였다. 재우와 아내는 짬뽕을 시키고 아이 둘은 자장면을 시켜 놓고 기다리고 있을 때였다.

삐용. 삐용. 삐용.

갑자기 사이렌을 울리며 경찰차가 지나갔다. 순간 재우는 앞이 노래졌고 등에서 식은땀이 흘렀다. 재우는 자신도 모르게 탁자 밑으로 들어갔다. 얼굴이 하얗게 질린 채 바들바들 떨었다.

여보! 아내가 탁자 아래를 내려다보며 손을 잡았다. 아이들은 울먹였다. 그날 아내와 재우는 짬뽕을 먹지 못 했고 아이들만 자장면을 먹었다. 집으로 오는데 다리가 후들거렸다. 파업 뒤로 경찰차 소리만 들어도 잠을 이룰 수 없었다. 어떨 땐 선풍기 소리도 헬기 소리로 들렸다. 선풍기를 켤 수 없었다. 에어컨이 있었지만 그 소리도 마찬가지로 헬기 소리로 들렸다.

"자 마셔."

재덕은 재우와 경찰관의 잔에 술을 따랐다. 재우는 술을 받아 아무 말 없이 마셨다. 취기가 오르는 느낌이었다. 아까보다는 많이 안정이 되었지만 곁에 경찰관이 있는 것 자체가 불안했다. 보아하니 연극 때문에 온 것 같지는 않았다. 순찰 중에 지나가다 친구를 만났고 그래서 한잔하는 것 같았다. 시골에서는 충분히 있을 수 있는 일이라고 재우는 애써 생각하며 무대로 눈길을 돌렸다. 여전히 농민군들이 기와집을 돌며 불을 지르고 있었다. 이제는 마을 전체가 불에 타는 것 같았다. 곧 마을이 없어질 모양이었다.

"근데 이거 근무 중에 민중의 지팡이가 술 마셔도 되는가 몰라."

경찰관은 웃으며 술을 마셨다.

"경찰이 민중의 지팡이야?"

재우는 듣고 있다 고개를 돌리며 말을 툭 뱉었다. 꼭 경찰관에게 한 말은 아니었다.

"그럼. 우리가 민중을 위해서 얼마나 일하는데. 안 그래?"

결찰관의 말에 누구는 웃었고 어떤 이는 피, 했다.

"민중의 지팡이라. 씨발."

재우는 혼자말로 지껄였다.

"너 취했냐?"

경찰관은 재우를 돌아보았다. 재우는 눈을 감았다. 몸이 흔들흔들거렸다. 취기가 올랐다. 안주를 먹지 않고 술을 연거푸 마셔서 그런지 금방 취하는 것 같았다.

"회유. 협박. 자살."

재우는 입안에서 맴도는 말을 내뱉었다.

"머라카나 이짜슥."

경찰관의 말.

"많이 취했는 것 같아. 술 그만 줘라."

재덕의 말.

재우는 귀에서 앵앵거리는 말에 머리를 흔들었다.

– 전 동료를 팔아먹었습니다. 경찰관의 회유와 협박에 못 이겨 동료 조합원을 팔아먹었습니다. 죽음으로서 사죄를 구합니다.

동료는 자살을 했다. 수없이 경찰관에게 회유와 협박에 시달렸다고 했다.

– 빨간 줄 쳐지면 좋겠냐고 협박을 했습니다. 자식들의 미래를 생각하라고 회유했습니다.

– 동지 여러분들에게 죽음으로서 용서를 구합니다. 동지 여러분 사랑합니다.

마지막 유서에는 그렇게 적혀 있었다.

사실 그런 일을 당한 사람은 자살한 동료뿐만 아니라 많은 파업 참가자들이 당했다. 재우도 당했다. 조합원들은 경찰서에 달려가 항의를 했고 언론에 알렸다. 경찰은 그런 일이 없다고 했다. 언론에는 한 줄도 나오지 않았다. 가서 항의한 사람들은 다시 잡혀 들어갔다. 재우는 경찰서에 항의하러 가지 않았다. 물론 장례식장에도 가지 않았다. 차마 갈 수가 없었다. 영정을 똑바로 볼 자신이 없었다. 영정에는 자신의 사진이 있을 것 같았다.

– 당신 안 가?

아내가 의아해서 물어보면 몸이 안 좋다고 핑계를 댔다. 조합원들뿐만 아니라 가대위에서도 가서 일을 도와주었지만 재우는 끝내 가지 못 했다. 술로 나날을 지냈다. 불안했다. 자신도 자살을 할까 두려웠다. 죽는 것이 두려운 게 아니라 자살하는 자신의 모습이 두려웠다. 한동안 재우는 보이지 않는 죽음의 공포와 싸워야 했다. 특히 교도소에 있을 때 유독 자살 충동이 일었고 또한 그 충동에 겁을 먹고 불안에 떨었다.

"죽었다고. 씨발."

재우는 고개를 숙인 채 중얼거렸다.

"니들은 다 똑같아."

재우는 천천히 일어섰다. 재덕이 다가와 팔을 잡고 나무의자가 있는 곳으로 데려가 자리에 앉혔다.

"야. 한 대 피워라."

재덕은 담배를 꺼내 불을 붙여 재우에게 주었다. 재우는 떨리는 손으로 담배를 받아 입에 물었다.

"야, 재덕아."

"말해."

"나 있지. 동지를 팔아먹었다."

"노조 했었냐?"

"동지를 팔아먹었어. 씨발."

"그런 일 흔하다잖아."

재덕은 하늘을 보며 담배연기를 길게 내뿜었다. 구름 때문인지 별이 보이지 않았다.

"복직시켜준다는 말에."

재우의 눈에서 눈방울 툭, 떨어졌다.

"다른 공장에 취직시켜준다는 말에. 씨발."

"……."

재덕은 말없이 담배 연기만 뿜었다.

"너 하나쯤은 빼내준다는 말에."

눈물 한 방울이 또 툭, 떨어졌다.

"한 명 불면, 또 한 놈 불으라고."

"그런 일 많아. 자책하지 마."

"가족을 먹여살리려고. 내 가족이 굶을판인데. 복직시켜 준다는데. 취직시켜준다는데."

"죽일 놈들."

재덕은 이를 갈았다.

"보지도 않은 걸 봤다고. 누가 쇠파이프를 휘둘렀다고. 누가 협상을 반대했다고."

재우는 피우던 담배를 버리고 새 담배를 꺼내 입에 물었다.

"너무 자책하지 마라."

"결국은 나도 죽고 싶었다. 가끔 정신을 차리고 보면 내가 베란다에 있어. 아, 재덕아 무섭다. 내가 죽을까봐."

"짜슥아, 죽긴 왜 죽어. 맘 단단히 먹어 인마."

재덕은 어깨를 두드렸다.

"그래. 단단히 마음 먹어야지. 언제 우리가 단단히 맘 안 먹으면 살 수 있었냐."

"어디 있었나?"

"SS자동차라고."

"칠 십 며칠이나 파업했던데?"

"아네?"

"그럼 알지."

"쪽 팔리게."

"왜 쪽 팔리냐."

"졌잖아."

"질 수밖에 없었지."

"그래도."

"그게 본보기라는 거라."

"왜 하필이면 우리가."

"누구나 다 그렇다. 하필이면 우리가. 농사짓는 사람도 꼭 자기가 짓는 품목이 대량 생산되어 값이 폭락한다. 너 근데 그게 자기가 봄에 품종을 잘못 선택해서 그런 줄 알지. 자기 탓이라고. 자기만 품종 잘 선택했으면, 남들이 안 짓는 품종 지어 비싸게 팔 낀데."

"……."

"그게 정부의 교묘한 홍보야. 제도적으로 잘못된 것을 숨기려고 농민 개인 탓으로 돌리지."

"다들 힘들게 사는구나."

"다 힘들어. 나만 힘들구나 하면 더 힘들어. 두 눈 뜨고 잘 봐. 잘 사는 놈 누구 있는가."

"있잖아. 재벌들."

"그래. 그들만 잘 살지."

재덕은 그만 일어나자고 한다. 재우는 답답한 마음에 먼저 가라고한다. 그러면서 눈길을 돌려 아버지를 돌아보았다. 아버지는 여전히 일어서서 연극을 보고 있다. 아버지는 지금이 갑오년 동학농민혁명 시대로 알고 계신다. 아버지한테는 그게 현실인가.

휴.

재우는 한숨을 내쉰다. 어쩌면 아버지와 자신이 같은 시대에 살고 있다는 생각이 들었다. 농민이 죽창을 든 시대나 노동자가 기름 묻은 장갑 대신 주먹을 쥔 시대나.

"니들 뭘 그렇게 얘기하냐."

경찰관이 걸어왔다. 순간 재우는 몸이 굳는 걸 느꼈다. 몸이 먼저 알아차렸다.

"그만 집에 들어가라. 술 많이 마셨는데."

이게 민생치안인가. 재우는 고개를 들었다.

"너는 술 처먹어도 되고 난 안 되나?"

"너 왜 그러냐. 말에 뼈가 있다?"

"좆까는 소리하고 자빠졌네."

재우는 담배를 꺼내 물었다. 이러지 말아야 되는데, 싫은데도 계속 말이 어깃장을 놓았다.

"곱게 처먹지. 너 술버릇이 안 좋구나."

"뭐?"

재우는 담배를 바닥에 던지며 경찰관을 노려보았다.

"아, 이 새끼."

경찰관은 어이없다는 표정을 지었다.

"이 새끼야. 넌 근무 시간에 술 처먹어도 되냐?"

"아, 이 새끼가 정말,"

"너 룸살롱 갈까? 니들, 뇌물 그런 거 좋아하잖아. 새끼야."

"아, 이 새끼가."

"왜, 네 맘대로 안 돼서 그래? 나를 첩자로 만들고 싶어? 해봐. 해볼게. 네 똥구녕 닦아줄게."

경찰관은 주먹으로 가슴을 친다. 아, 이 새끼.

"다 똑같아. 이 새끼들아."

"아, 이 새끼. 또라이 아냐."

"뭐 또라이? 이 새끼가."

재우는 경찰관의 멱살을 잡았다. 그래, 이판사판이다. 재우는 노려보았다.

"아, 이 또라이 새끼가."

경찰관은 재우의 팔을 뿌리쳤다. 재우는 옆으로 픽 쓰러졌다.

"야. 이 새끼야. 해 보자고."

재우는 일어섰다. 주먹을 쥐었다. 지금껏 아무도 때려본 적이 없는 주먹이었다. 하지만 무수히 많이 쥐어본 주먹이었다.

"뭐 이런 또라이가 있어."

경찰관은 노려보며 말했다. 재우는 한동안 경찰관을 노려보다 자리에 털썩 주저앉았다. 담배를 꺼내 물었다. 그때 재덕은 라이터를 켜고 불을 붙였다.

"그만 해라."

재우는 고개를 끄덕끄덕거린다. 그래 고만 하자. 씨발.

"힘들구나."

우리가 언제 힘 안 든 적이 있었냐? 개 좆같은 세상.

"힘내라. 나중에 얘기하자."

재덕은 재우의 등을 두드렸다.

그래, 그래. 씨발. 재우는 담배 연기를 길게 내뿜었다.

징치

저녁 무렵. 선산 가는 길목인 낙동의 처가에 숨어 있던 이방과 함창 마름 집에 숨어 있던 호방이 잡혀왔다. 다른 아전들도 친척 집이나 소작인 집에 숨어 있다가 잡혀왔다. 사람들이 어제부터 잡으러 다녔던 것이었다. 아전들을 동헌 마당에 꿇어앉혔다. 아전들은 끌려오면서 사람들에게 맞아 입술이 터지고 볼이 부어올랐다. 거친 숨을 내쉴 때마다 이방의 비대한 몸이 움찔거렸다.

"사람들이 공성으로 몰려가 소리마을을 작살냈다는데 큰일이요."

농민군 지도부는 동헌 마루에 앉아 회의를 했다.

"그만큼 사사로운 보복을 말라 했거늘."

집강이 혀를 쯧쯧, 찼다.

"워낙 악독하게 군 지주들인지라 원한을 많이 산 것 같소이다."

"지주들에게 사사로이 곤장을 안 맞은 사람이 없을 정도이며 고리채에 땅을 날리고 심지어 목숨까지 잃은 사람들도 있다고 하더군요."

"오늘 오전에는 봉대마을에도 몇 집이 불에 탔다고 하더이다."

지도부 사람들의 표정에는 근심이 가득했다. 사람들이 지주들에게 보복하는 것을 이해하면서도 걱정이 되었다. 잘못된 제도를 바꾸자고 혁명을 일으켰지 사사로운 보복을 하자고 일으킨 것은 아니었다.

"악독한 지주들을 하루빨리 잡아들여 죄를 밝히고 그에 합당한 벌을 주어야겠소."

집강이 말했다.

"잡아들이려고 해도 악독한 지주들은 이미 도망을 가버려 어쩔 수 없소이다. 도망가지 않고 집에 있다 끌려온 자들은 오히려 죄가 가벼운 자들이요."

"하여튼 소리마을과 봉대마을에 사사로운 보복을 한 사람들에게 다음부터 하지 말라고 단단히 일러야겠소."

집강은 입술을 깨물었다. 잡혀온 아전들과 악덕 지주들을 빨리 징치해야 했다. 집강은 동헌 마루에 정좌를 했다.

"우선 이방부터 시작하겠소. 다른 아전들은 옥에 가두시오."

카랑카랑한 목소리가 떨어지자 창을 든 사람들이 이방을 제외한 다른 아전들을 옥으로 데려갔다.

"살려주시오. 원하는 대로 다 해주리다."

호방은 끌려가면서 우는 소리를 했다. 그때 서기가 집강에게 다가가 귓속말을 했다.

"쯧쯧."

집강은 끌려가는 호방을 바라보며 혀를 찼다. 모두들 집강을 바라보았다.

"삼만 냥을 내놓았다는군요. 살려 달라고. 나에게 일만 냥을 따로 가져왔다고 하고요."

"뇌물이군요. 쯧쯧."

사람들은 혀를 내둘렀다.

"이방을 형틀에 묶으시오."

집강은 정색을 하고 마당의 이방을 내려다보았다.

"네 이놈."

이방은 형틀에 묶이지 않으려고 발버둥치며 집강을 노려보았다.

"이방은 아직도 그대의 죄를 모르겠소?"

"네 놈이 감히 무슨 자격으로 이러는가."

이방은 고함을 질렀다.

"무슨 자격? 난 이 나라 백성의 한 사람으로서 부정부패한 아전을 벌주려 하고 있소."

"관속에게 손을 대다니. 그 죄가 목숨이 떨어질 죄라는 것을 아는가."

"부정부패한 아전을 징치하는데 죄라니. 이방은 아직 세상이 어떻게 바뀌었는가 잘 모르겠소?"

"이 세상이 오래갈 것 같으냐. 네 놈들은 꼭 나라의 법으로 죄를 받을 것이다."

"이방은 아직 그대의 죄를 모르시오?"

"난 죄가 없소. 단지 목사가 시키는 대로 한 일 뿐이오."

그때였다.

"저 놈을 죽여라."

"저 놈이 아직도 자신의 죄를 모르고 있다."

둘러싼 사람들이 삿대질을 하였다.

"그래요? 그럼 목사 혼자만 나쁜 짓을 다 했다는 말이군요. 여보시오, 당장 곤장을 치시오."

그때였다.

"악!"

이방은 비명을 지르며 옆으로 쓰러졌다. 이방 옆으로 주먹만 한 돌멩이가 굴러 떨어졌다. 누군가 돌을 던진 것이었다.

"이러지 마시오."

집강이 엄하게 말했다.

"저 놈은 곤장 가지고 안 되오. 저 놈이 아무 죄 없는 우리 아버지를 끌고 가 물고를 낸 사람이요. 이십 냥을 내면 풀어주겠다는데 내가 돈이 어디 있소. 그래서 매를 맞았다가 장독이 퍼져 사흘 만에 돌아가셨소."

사내가 앞으로 나와 또다시 돌을 던질 자세를 취했다. 사람들이 달려들어 말렸다.

"저 놈을 죽여야 하오. 내 아비의 원수를 갚아야겠소."

사내는 끌려가며 악을 썼다.

"악!"

또다시 비명소리가 났다. 넘어졌던 이방이 자세를 고쳐 앉으려는데 누군가 달려들어 얼굴에 주먹을 날린 것이었다. 옆으로 이방은 꼬꾸라졌다. 그러자 누군가 뛰쳐나와 발길질을 했다.

"으억!"

이방은 죽는다고 비명을 질렀다. 여러 사람들이 달려들어 말렸지만 악에 박힌 사람을 말리지 못 했다.

"멈추시오."

집강은 일어서서 소리쳤다. 이방은 널브러져 움직이지 않았다. 깨끗하던 비단옷이 흙에 묻어 검게 변해 원래의 색깔을 알 수가 없었다. 찢어진 등 쪽의 옷에서 피가 묻어나왔다. 그래도 사람들은 집강의 말을 듣지 않고 계속 주먹질과 발길질을 했다. 지도부가 나서서 말리자 겨우 진정이 되었다.

"아무 죄 없는 사람을 잡아가서 돈 주면 풀어주고 돈 안 주면 곤장쳐 내쫓았는데 그렇게 당한 사람이 수백 명이 넘을 거요."

지도부에게 밀려 뒤로 물러나며 사람들은 씩씩거렸다.

"징치한다지 않소. 죄를 조사해서 그에 합당한 벌을 내리겠소."

집강이 말했다.

"그까짓 곤장 몇 대 칠라고 그러시오?"

사람들은 수긍하지 않았다.

"사람은 하늘이요."

"난 동학을 안 믿으니께 사람이 하늘인지 모르겠고 그냥 내 아비 복수만 하면 되오."

많은 농민군들이 악에 받혀 집강의 말을 잘 들으려 하지 않았다.

"옥에 가두시오."

집강은 서둘러 명을 내렸다. 이러다가 무슨 사단이라도 벌어질 것 같았다. 그때 쌀을 실은 달구지가 줄을 지어 성안으로 들어왔다.

"이방 집과 호방 집에서 가져온 것이오."

"곳간이 넘쳐나서 비가 오면 젖는 쌀이 태반이요."

"돈과 어음만 수십만 냥이 넘소."

사람들은 집강에게 보고를 했다.

"한 쪽으로 잘 쌓아두고 목록을 적으시오. 일일이 피해 조사를 해서 농민들에게 다 돌려줄 것이오."

집강이 말을 하고 있는 중에도 달구지는 계속해서 들어왔다. 예방 공방 등 다른 아전들의 집에서 나온 재물을 가져오는 중이었다. 특히 이방과 호방의 집에는 주먹만한 금송아지가 몇 개나 나와 사람들을 놀래켰다.

"호방을 데려오시오."

집강은 사람들을 멀찍이 떨어지게 하고선 명을 내렸다. 하지만 걱정이 되었다. 호방 또한 이방보다 더 하면 더 했지 못 하지는 않았다. 그렇다고 피해 조사나 징치를 나중으로 미룰 수는 없었다.

"아이고 살려주시오."

호방은 끌려나오며 벌벌 떨었다.

"에이, 쥐새끼 같은 놈."

평소엔 거들먹거리며 농민들에게 위세를 부리던 호방이 벌벌 떠는 모습을 보자 농민군들은 한심하다는 듯 혀를 끌끌 찼다.

"형틀에 묶으시오."

"살려주시오. 내 재산 다 내놓겠소. 원하는 것은 다 하겠소."

호방은 형틀에 묶이면서도 집강을 보고 손을 비비며 하소연했다.

"에이 죽일 놈아."

누군가 달려들어 주먹을 쳤다.

"아고고. 나 죽네."

호방은 죽는 시늉을 했다.

"그렇게 돈을 우려먹고 사람을 못 살게 굴어놓고도 살기를 바라느냐."

"저 놈도 죽여야 해."

사람들은 달려들어 주먹질과 발길질을 했다.

"아고고. 살려주시오."

금세 몸이 축 늘어진 호방은 살려달라는 말만 되풀이 했다.

"멈추시오."

집강은 마당으로 내려와 소리쳤다. 몇 번 더 발길질을 하던 사람들은 마지못해 뒤로 물러섰다.

"옥에 가두시오."

집강은 명했다.

다른 아전들도 데리고 왔지만 사람들의 주먹이 먼저 날아와 죄를 따질 수가 없었다. 아전들 모두 옥에 가두고 따로 날을 잡아 죄를 밝히고 벌을 주기로 했다. 몇몇이 이의를 제기했지만 집강의 생각은 완고했다.

아전들에게 가져온 쌀만해도 곳간에 넘쳤다. 임시로 천막을 치고 쌀과 비단 등 재물을 쌓았다.

"오늘도 쌀을 나눠드릴 테니 우선 당장 먹을 양만 가져가시오. 조사가 끝나는 대로 공평하게 나눠주겠소. 그리고 저녁들 드시고 오늘밤도 맘껏 놀도록 하시오. 술과 안주는 넉넉히 준비할 것이오."

집강의 말에 사람들은 와, 하고 환호성을 질렀다.

사람들이 저녁을 먹으러가고 동헌 마당에 아무도 없을 때였다. 농민 한 사람이 보자기를 들고 동헌 마당에 기웃거렸다.

"집강 어른."

농민은 조심스러운 목소리로 불렀다.

"왜 그러시오."

집강은 문을 열고 나왔다. 방안에는 지도부 몇몇이 얘기를 나누고 있었다.

"약소하지만 이것 좀 드시라고 가지고 왔습니다."

농민은 보자기를 내밀었다.

"이게 뭐요?"

집강은 받지 않고 물었다.

"집에 기르던 닭을 잡았소이다. 그리고 마침 어제가 아버지 제사라 술이 조금 있고요. 드시라고 가져왔습니다."

"이러면 안 되오. 가져가시오."

집강은 손사래를 쳤다.

"아니올시다. 집강 어른 덕분에 태어나서 처음으로 쌀밥을 먹었습니다. 쇠고기도 처음 먹어보았습니다. 집강 어른 아니면 저희들이 어떻게 그런 쌀밥에 쇠고기를 먹을 수 있었겠습니까. 집강 어른 덕분에 우리 세상이 되었습니다. 받아주십시오."

농민은 눈물을 흘렸다. 비쩍 마른 몸에 볼은 푹 꺼졌다.

"먹은 걸로 하겠소. 쌀밥은 당연히 먹어야 될 것을 먹었을 뿐이오. 가져가시오. 마음만 받겠소."

집강은 농민의 손을 잡았다. 아, 이런 사람이 하늘이구나. 집강은 속으로 탄복하였다.

"아니올시다. 받아주시오."

농민은 떼를 썼다. 집강은 망설이다 말했다.

"그럼 받겠소. 잘 먹겠소이다."

"고맙구만요."

농민은 큰절을 하고 물러났다. 집강은 농민이 가고 나자 밥하는 여인을 불렀다.

"이거 밤에 술안주로 내놓도록 하시오."

여인은 웬 닭이냐는 듯 집강과 닭을 번갈아 보았다.

"드시지 그랬어요."

집강이 방안으로 들어가자 지도부의 일원들이 말했다.

"아니요. 저렇게 큰선물을 어떻게 나 혼자 먹겠소. 저건 하늘이 내려주신 음식이요. 다 같이 먹어야지요."

"허허."

지도부들은 웃었다.

"또한 자꾸 무엇을 받으면 습관이 됩니다. 내 목구멍으로 들어오는 것을 제일 관리 잘 해야지요."

허허, 웃으며 집강은 자리에 앉았다.

가장

연극이 끝나자 관객들 일부는 돌아가고 일부는 연극하던 사람들과 술을 마셨다. 떡과 술에 오늘은 닭고기가 있었다. 농민군이 집강에게 갖다 준 고기였다. 재우는 멀찍이서 바라보기만 했다. 아버지는 계승사업회 사람들과 닭고기를 먹고 있었다. 재우가 담배를 무는데 재덕이 라이터를 꺼냈다.

"고만 집에 가라."

그래. 재우는 담배연기를 길게 내뿜었다. 왠지 쓸쓸한 기분이 들었다.

"거기 대리운전이죠?"

재덕은 휴대폰에 대고 소리쳤다. 그래 집에 가야지. 씨발.

"차 곧 온단다. 아버지 잘 모시고 가라."

재덕은 어깨를 두드린다. 그래, 씨발. 재우는 술 마시는 아버지를 돌아보았다. 아버지만 없다면 어디 가서 쓰러질 때까지 술이나 퍼마셨으면 싶다. 재우는 피우던 담배를 발로 비벼 끄곤 다시 담배를 꺼내 물었다.

"왔다. 차 어디 있냐?"

미처 담배를 다 피우기도 전에 대리운전 기사가 왔다.

"주차장에."

재우는 담배를 바닥에 던졌다. 주차장으로 가는데 재덕은 아버지에게 가서 차 있는 곳으로 모셨다.

"여기요."

재덕은 만 원짜리 몇 장을 기사에게 건넸다. 미리 장소를 얘기한 것 같았다.

"내가 낸다."

재우가 손을 저었지만 재덕은 팔로 막으며 재우를 차안으로 밀어넣었다.

"조심해서 가라."

재덕은 손을 흔들었다. 재우는 손을 흔들며 주위를 둘러보았지만 경찰관이 보이지 않았다. 다시 순찰 돌려 간 모양이었다.

재우는 눈을 감고 있다가 눈을 떴다. 어느새 차는 시내를 벗어나 암흑 속을 달리고 있었다. 곁눈으로 보니 아버지는 고개를 돌리고 창밖을 보고 있었다. 아무것도 안 보일 텐데. 재우는 고개를 돌려 창을 보다가 깜짝 놀랐다. 창밖에서 아버지가 자신을 바라보고 있었다.

"아버지."

"……."

아무 말이 없었다.

"오늘 속이 후련했어요? 부패한 아전들 벌주었잖아요?"

"……."

"그래서 우리가 얻은 게 뭐죠?"

"……."

여전히 아버지는 말이 없다. 아. 답답하다. 재우는 고개를 뒤로 젖혔다.

"그런다고 우리가 이길 것 같아요?"

"……."

"그런다고 우리 세상이 올 거 같아요?"

재우는 울음이라도 터뜨리면 좋을 것 같다.

"지금 우리 꼴이 이게 뭐예요? 이게 그 좋은 동학해서 얻은 거예요?"

"……."

"그 많은 재산 다 날리고 이 꼴이에요? 그냥 살았으면 안 되었나요? 아버지도 아직도 증조부가 잘 하셨다고 생각해요?"

"……."

아버지는 멀뚱히 창밖만 바라보고 있었다. 재우는 눈을 감았다. 모든 게 귀찮았다. 내일은 집으로 돌아가야지. 내일부터 아버지 혼자 연극 보러 가세요. 눈을 감은 재우의 몸이 차가 흔들리는 대로 흔들렸다.

얼마나 달렸을까. 재우는 누군가 손을 잡는 것을 느꼈다. 처음엔 꿈결인 듯했다. 손이 따스했다. 아버지였다. 재우는 눈을 감은 채 자는 척 가만히 있었다.

"야야. 우리가 이긴데이."

아버지의 쉰 목소리가 들려왔다. 재우는 계속 가만히 있었다.

"우리 세상이 온데이. 걱정 말거래이."

재우는 아버지의 말을 들으며 아내를 생각했다. 아내에게 전화를 해야되는데. 걱정할 텐데. 하지만 아버지가 손을 잡고 있어 눈을 뜨지 않았다. 계속 자는 척 했다.

순임은 몇 번이나 전화를 했지만 남편은 전화를 받지 않았다. 무슨 일이 일어난 게 아닐까. 초조한 마음에 가만히 앉아 있지 못 하고 베란다에 가서 밖을 내다보았다.

저기, 저긴데.

어둠 속에서 금방이라도 남편이 다니던 SS자동차 회사 지붕이 보일 듯했다. 이게 아닌데. 또다시 울화통이 치민다. 다시는 베란다 너머로 보지 않으려 했는데. 다시는 남편이 다니던 직장 쪽으로 눈길을 주지 말자 했는데. 순임은 입술을 깨물었다. 다시 전화해 볼까. 손전화 폴더를 열고 1번을 길게 누른다. 우리 집의 가장. 손전화에 1번으로 저장된 사람. 신호는 가는데 전화를 받지 않았다. 무슨 일인가. 21명의 죽은 이들이 영상처럼 눈앞을 지나가는 듯하다. 누가 22번째가 될 것인가. 소름이 온 몸에 확 돋았다.

"여보세요?"

전화를 끊으려던 참인데 들려온 남편의 목소리.

"당신 어디야?"

순임은 자신도 모르게 큰소리로 말했다.

"응, 집."

가라앉은 목소리. 목소리에서 낮에 무슨 일이 있었던가를 감지하려는 순임의 촉각.

"근데 왜 전화 안 받았어?"

"전화했었나?"

남편은 미안하다고 했다. 그것보다 아무 일이 없었으면 괜찮은데, 하는 생각이 들었다. 근데 목소리가 가라앉은 게 영 마음에 걸렸다.

"오늘도 연극 보러 갔었어?"

"응."

"재미있었어?"

"응."

"아버님과 함께 가고?"

"응."

이 남자 무슨 일이 있었구나. 대답이 단답형이었다.

"당신 오늘 낮에 무슨 일이 있었던 거야?"

"아니."

"술 마셨어?"

"응."

"정말 아무 일 없었어?"

"응."

그랬구나. 술 마셨구나. 혹 누구와 싸움은 안 했는지 걱정이 되었다. 남편은 술을 마시면 평소보다 자제력을 현저히 잃었다. 그렇다고 주먹질은 못 하고 비꼬는 투로 시비를 붙었다가 얻어맞기만 했다. 아무 일도 없었다는데 더 이상 따질 수도 없었다.

"잘 자."

"애들은?"

묻는 말이 반가웠다. 순임은 흘끗 현관문 옆에 있는 방을 쳐다본다.

"진수는 학원서 아직 안 왔고, 진숙이는 방에서 공부해."

순임은 말을 하고 나자 가슴 한 곳이 아려왔다. 남편이 해고당하고 난 뒤에도 애들 학원을 끊지 않고 버텨보았다. 하지만 1여 년이 지나자 도저히 학원비를 댈 수가 없었다. 먹는 것 입는 것 줄여도 어림없었다. 식당을 나가는 데도 그랬다. 고3인 아들 진수는 두 군데에서 한 군데로 줄였고, 고1짜리 딸인 진숙은 아예 두 군데 다 끊었다. 진수는 알았다고 수긍했는데 진숙이 난리를 쳤다. 나중에 대학 못 가면, 울고불고 하였다. 열심히 하면 되지, 하니 진숙은 어이없다는 표정으로 바라보더니 쌩 찬바람을 일으키며 제 방으로 들어갔다. 그 후 진숙은 이틀이나 밥을 굶었다. 나중에 결혼해서 지 닮은 딸 꼭 낳아라, 이년아. 속으로 악담을 퍼부었지만 가슴 한 쪽이 쏴해 오는 건 어쩔 수 없었다.

"잘 자."

"사랑해."

잘 자라는 말이 나올 줄 알았는데 갑자기 사랑해, 라니. 순임은 나도, 하고 나서 손전화를 끊었지만 이미 쿵, 내려앉은 가슴이 벌렁벌렁거렸다. 무슨 일이 있었구나. 남편은 무슨 일이 있을 땐 사랑한다는 말을 잘 썼다. 그게 자신이 저지른 일을 온 세상에 다 드러내는 방식인 줄은 정작 본인은 모르고 있었다.

언젠가 남편은 늦게 들어온 날 거실에 앉더니 사랑해, 했다. 얼굴에 붉은 빛이 도는 게 술을 한잔한 것 같았다. 정리해고특별위원회 회의에 다녀온 날이었다. 어깨가 축 쳐져 있었다.

"정말?"

순임은 이 남자가 또 밖에서 무슨 일이 있었나 하며 남편 가까이 다가갔다.

"좋아. 내 기분에 한번 서비스해준다."

순임은 남편의 손을 잡아 자신의 윗옷 속 가슴으로 가져갔다.

"왜이래?"

남편은 기겁을 하며 손을 빼려했다.

"날 사랑한다며? 그런 사랑에 대한 서비스야."

순임은 밝게 웃었다.

"야야. 그래도."

남편은 여전히 손을 빼려고 했다.

"힘이 난다며. 여기 만지면 힘이 난다며?"

남편은 직장 다닐 때 시간만 나면 가슴으로 손을 가져왔다. 만지면 힘이 난다고 했다. 그런데 정작 힘을 내야 할, 해고 되었을 때는 한 번도 그런 일이 없었다.

"됐어."

남편은 손을 뺐다.

"하랄 때는 안 하고."

순임은 혀를 쏙 내밀었다. 그런 남편이 성에 차지 않았다.

자기 전에 시나 읽어 볼까, 하며 순임은 침대에 누워 책장에 있는 책들을 바라보았다. 시 때문에 가족대책위원회 홍보부장이 됐는데. 순임은 책장으로 다가갔다. 예전에는 박노해나 김남주 시에 손이 자주 갔다. 남편이 해고 된 다음이었다. 노조에 강연 차 온 시인이 인용한 시는 박노해의 '손 무덤' 이었다.

안사람과 아들놈 손목 잡고
어린이 대공원에라도 가야겠다며
은하수를 빨며 웃던 정형의

손목이 날아갔다

작업복을 입었다고
사장님 그라나다 승용차도
공장장님 로얄살롱도
부장님 스텔라도 태워주지 않아
한참 피를 흘린 후에
타이탄 짐칸에 앉아 병원을 갔다

……

아직도 외우는 시였다. 이 시를 처음 들었을 때 순임은 깜짝 놀랐다. 이런 시도 있다니. 이게 진짜 시다. 그런 생각이 들었다. 그리고 부끄러웠다. 자신도 무슨 뜻인가 모르는 시를 쓰던 자신이 부끄러웠다. 당장 박노해와 김남주의 시집을 사서 읽었다. 그리고 마음에 드는 시를 남편에게 읽어주고 다른 동료들에게도 보여주라고 몇 장이나 복사해 주었다. 남편도 시를 읽고 감동하는 눈치였다. 물론 순임은 가족대책위 사람들에게는 매일 주다시피 하였다.

"뭐, 시 별 거 아니네. 나도 쓰겠다."

남편은 고개를 끄덕이며 웃었다.

이젠 그런 시보다 김수영 시가 좋았고 백석 시가 좋았다. 박노해나 김남주에게 미안한 마음이 들었지만 그런 시에 선뜻 손이 가지 않았다. 순임은 백석의 '나와 나타샤와 흰 당나귀' 란 시집을 들고 침대로 갔다. 제목이 마음에 들었다.

셋째날

살반계

선산쪽 방향인 승곡이란 고을에서 새벽에 살인이 났다고 소문이 퍼졌다. 평소에 소작인들에게 악독하게 굴던 조민희(趙珉熙)라는 양반이었다. 아침에 일어나지 않아 하인이 방에 들어가 보니 목에 칼을 맞고 죽어있더라는 것이었다. 다섯 군데에 칼에 찔렸다고 했다. 그의 부인은 자객들에게 겁간을 당했다는 말도 돌았다. 사랑채와 안채에 있던 재물이 없어졌다고 했다. 단서라면 어제 낮에 대문에 방이 붙어 있었다고 했다.

우리들이 모두 죽지 않는 한 끝내는 너희들의 배에 칼을 꽂으리라.

방은 죽은 양반의 집에만 붙어 있었던 게 아니고 사람들이 많이 다니는 읍내 곳곳에도 붙여 있었다.

"살반계다."

누군가 소리쳤다. 사람들의 얼굴에 일순 두려운 그림자가 스쳐갔다.

"고소하군."

"잘 죽었어."

하지만 대부분의 사람들은 빈정거렸다. 양반들은 비상이 걸렸다. 하인들을 번갈아 밤새도록 집을 지키게 했고 어떤 양반은 아예 S를 떠나 친척 집으로 피신하기도 했다. 살반계란 무엇인가. 글자 그대로 양반들을 죽이는 계였다. 그들의 행동 강령은 '양반을 죽일 것', '부녀자를 겁탈할 것', '재산을 탈취할 것' 등이라고 알려졌다. 살주계(殺主契)도 있다는 소문이 돌았는데 살주계는 노비들이 주인을 죽이는 계였다. 그들은 모두 칼을 차고 행동을 했다. 평소에도 가끔 양반들이 자객의 손에 죽었고 살주계의 짓이라는 소문이 돌았다. 그러나 소문만 무성할 뿐 실제로 그런 계가 있는지조차 관에서도 파악하지 못하고 있었다.

"이거 큰일이요."

집강소에서는 농민군 지도부 회의를 열었다.

"그렇소. 자칫 우리 짓이라고 소문이 나겠소."

집강이 우려를 표했다.

"당장 무슨 조치를 취해야겠소."

털보가 말했다. 만약 이 사건이 농민군이 한 짓이라고 소문나면 농민군은 큰 타격을 입을까 걱정이었다. 서원을 비롯해 향약에서도 가만히 있지 않을 것이었다.

"괜찮소이다."

칼부대 대장이 말했다. 그는 백정 출신이었는데 동학을 믿지 않으면서 처음부터 혁명에 적극 가담한 사람이었다.

"그 무슨 소리요?"

집강이 말했다.

"조민희 그 놈은 진작 죽을 놈이었소. 평소에 소작인들에게 얼마나 악독하게 굴었는지 논두렁에 심은 콩까지 소작 비율로 가져간 놈이요. 또한 흉년 때 양식을 빌려주고 하루라도 늦게 갚으면 가지고 있던 논을 빼앗은 놈이요. 그 때문에 걸인이 되거나 고향을 떠난 사람들이 한 두 명이 아니오."

예전부터 논두렁에 심은 콩은 두렁콩이라 하여 땅 주인도 눈을 감아주는 것이 관례였다. 근데 욕심 많은 지주들이 그 콩까지 소작료를 내라하여 말썽이 생기기도 하였다. 주인이 달라하면 안 줄 수 없었다. 소작을 떼일 수 있기 때문이었다.

"그렇다고 사람을 죽여요?"

"농민들 대부분 좋아하고 있소."

"죽인다고 무슨 문제가 해결 되겠소."

집강은 음성을 높였다.

"양반놈들이 겁에 질려 다시는 소작인들에게 악독하게 못 굴겠지요. 양반들이 소작인 부녀자를 겁간하는 경우도 어디 한 둘이요?"

"허허 참."

지도부들은 난감하다는 표정을 지었다.

"그럼, 이렇게 합시다. 우리와 관련이 없다는 방을 붙이고 만약 농민군이 그런 일을 벌인다면 분명히 죄를 물을 것이라고요."

누군가 중재안을 내놓았다.

"그럴 필요 뭐 있겠소. 우리가 아니면 그만이지. 아니 할 말로 우리들이 해야 할 일을 그들이 한 게 아니요?"

칼부대 대장은 지지 않았다.

"그것보다 더 무서운 것은 혹시 농민군들이 살반계를 사칭해 사사로이 양반들을 죽일까 걱정이요. 워낙 양반들에게 당한 사람들이 한 두 명이 아니라서. 어제 아전들 징치할 때 보십시오. 자칫 잘못하면 무슨 사단이라도 날 뻔했지 않소.”

털보가 말했다.

“설마 그러겠소. 그동안 수없이 당했다 해도 농민들은 순박하오. 그런 일은 없을 것이요.”

집강이 단호하게 말했다.

“그렇게 안 하면야 얼마나 다행이겠소.”

“방을 붙이고 우리가 악독한 양반들을 빨리 잡아들여 공개적으로 죄를 밝히고 징치를 합시다.”

지도부의 입장은 정리되었다.

“에이, 그렇게 겁이 많아서야 무슨 일을 하겠소.”

하지만 칼부대 대장은 못마땅한 표정을 지었다.

“방을 붙이도록 하시오.”

집강은 서기에게 명했다. 서기는 곧장 초안을 잡았다.

이번 살변이 일어난 것은 우리 농민군과는 무관함을 밝힌다. 우리 농민군은 사사로운 복수를 하기 위해 혁명을 일으킨 게 아니라 잘못된 제도를 고치고 외세를 물리치기 위해서이다. 그러니 농민군들은 사악한 무리에 현혹되지 말라. 만약 농민군이 살변을 일으킬 경우 죽음으로서 죄를 묻겠노라.

S 집강소

“에이.”

칼부대 대장은 못마땅하다는 듯 방을 나갔다.

소문은 계속 퍼졌다. 이번엔 누가 죽을 것이며 그 사람의 가족까지 다 죽을 것이라는 소문이었다. 집강소의 방이 붙여지자 곧장 다른 방이 그 옆에 붙었다.

우리들이 모두 죽지 않는 한 끝내는 양반들의 배에 칼을 꽂으리라. 우리는 우리 식대로 세상을 바꾼다. 우리들에게 그동안 악독한 짓을 한 양반들은 꼭 그에 맞는 대가를 치러주겠다. 양반 없는 세상을 꿈꾼다.

살반계

"그려. 양반 없는 세상이 와야 해."

"잘 한다."

방을 본 사람들은 수군거렸다.

"그렇다고 사람을 죽이면 되나."

"그냥 몽둥이로 혼만 내주면 되지."

사람들의 의견은 두 패로 갈렸다.

"혹 혁명 일으킨 사람들이 한 짓 아니여?"

"그러게. 소리마을과 봉대마을도 재물 뺏고 불 질러버려 마을이 없어졌잖아."

"그래도 그땐 상한 사람이 없었다오."

사람들은 농민군 지도부들의 염려대로 일부 농민군들이 살반계를 사칭하고 그런 게 아니냐는 눈길을 보내곤 했다.

"혹 화적패들이 그런 게 아닐까. 문경 쪽에 화적패가 많다지 않소.

이번 기회에 한 몫 잡아보려고 농민군으로 위장해 온 것일지도 모르지 않소."

"맞소. 그럴지도 모르겠소."

"어쨌든 잘 한 일이네. 다시는 그렇게 못 살게 안 굴겠지."

"그 놈들 버릇이 어데 가겠는가. 세상이 바뀌면 복수한다고 더 그럴까 그것이 걱정이네."

사람들은 몇 명만 모여도 살반계 얘기였다.

흉흉한 소문들이 수시로 농민군 지도자들의 귀에 들어왔다. 지도자들은 소리마을과 봉대마을에 불을 지른 사람들을 불러 다시는 그런 일이 없어야 한다고 단단히 말했다.

"우리는 당연한 것을 했을 뿐이오."

"그 마을은 없어져야 다시는 그런 일이 없을 것이오."

"우리가 그들에게 당한 것이 얼마나 되는 지 아시오?"

그들은 불만을 제기했다.

"정식으로 그들을 잡아들여 죄를 묻겠다고 하지 않았소. 사사로이 보복을 하는 것보다 우리 농민군 전체 이름으로 해야 할 것이오."

"우리는 우리 식대로 할 것이오."

하지만 이미 많은 사람들이 집강의 말에 마음이 흔들렸다. 비록 그들 대부분이 동학교도는 아니지만 집강의 행동에 감복하여 존경을 하고 있었다.

"다시는 그런 일이 없도록 하시오. 만약 그런 일이 또다시 일어나면 분명 죄를 묻고 벌하겠소."

집강이 단호하게 나가자 그들은 더 이상 주장을 펼치지 못 했다. 그들은 성밖으로 나가지 못 하게 되었다. 미리 방패를 하자는 것이 지도부의 뜻이었다.

아침 무렵. 복면을 한 여섯 사람이 담을 넘고 있었다. 그들 손에는 칼이 들려 있었다. 집은 초가로 허름했는데 집안에는 아무도 없는 듯 조용했다. 복면을 한 사람들은 거리낌 없이 곧장 부엌으로 들어갔다. 그들은 이미 다 알고 있는 듯 했다. 이 집은 민부식이라는 양반의 소작인 집인데 지주가 농민으로 변장하고 숨어 있다는 정보를 입수했기 때문이었다. 정보를 준 사람은 바로 그 집 주인인 소작인이었다.

"이놈 민가야, 나오너라. 다 알고 왔다."

복면이 소리쳤으나 안에는 아무 소리도 나지 않았다. 뒤에 있던 복면이 창고 문을 발로 힘껏 찼다. 우지끈거리며 문이 떨어져 나갔다. 복면들은 안을 들여다보았다. 잡곡 가마와 각종 자루만 보였다. 복면은 가마를 발로 찼다.

"어이쿠."

안에서 사람의 비명소리가 났다.

"안 나오면 칼로 쑤시겠다."

복면이 소리쳤다.

"살려주시오. 나가겠소."

자루에서 비단옷을 입은 맨상투 차림의 사람이 고개를 내밀었다.

"민부식, 이 놈."

복면이 호통을 쳤다.

"살려주시오. 원하는 거 다 주겠소."

민부식은 창고를 나오며 벌벌 떨었다. 그는 살반계가 설친다는 말에 가족들은 멀리 있는 처가로 먼저 보내고 자신은 상황을 좀 더 살피다 도망간다는 것이 늦어져서 전날 밤에 부랴부랴 소작인 집으로 숨어들었던 것이었다. 아침에 빨리 떠난다는 것이 밤을 뜬 눈으로 새운 지라 새벽에 잠깐 졸아서 아직까지 도망가지 못 하고 있었다. 숨고 나서 소작인에게 밖의 상황을 보고 오라고 보낸 후 혼자 숨어 있다가 잡혔다.

"네 죄를 알겠는가?"

복면은 칼을 민부식의 목에 대었다.

"살려 주시오. 원하는 거 다 주겠소. 재물은 집에 다 있소."

민부식은 벌벌 떨면서 빌었다.

"벌써 네 놈 집에는 갔었다. 네 놈 애비와 가족들은 어디로 갔느냐?"

"처, 처가로 갔소."

"이 죽일 놈."

복면이 발로 찼다. 민부식은 옆으로 꼬꾸라졌다.

"아이고 나 죽네."

민부식은 죽는 소리를 냈다.

"가소로운 놈."

복면들은 혀를 찼다. 평소엔 고래등같은 기와집에서 호통을 치던 모습을 생각하면 지금의 모습은 어이가 없었다.

"임술년 때 네가 야소교(천주교)로 몰아 그 가족들이 풍비박살난 것을 기억하느냐?"

"전 모르는 일입니다요. 살려만 주십시오."

민부식은 살려달라는 말만 되풀이 했다.

“그 때 그 가족들은 네 놈에게 재산을 다 빼앗겨 뿔뿔이 헤어져 아직까지 생사도 모르고 지낸다. 나를 알겠느냐? 그때 아홉 살 먹은 그 집 아들이다.”

“아이고. 재산 다 돌려주겠나이다.”

“재산 가지고 되겠느냐. 네 목숨을 내놓아야지.”

복면이 발로 옆구리를 찼다.

“아고고.”

민부식은 비명소리를 냈다.

“정말 재산을 다 내놓겠느냐?”

“그렇소이다. 집에 있는 재산 다 가져가시오.”

민부식은 손으로 빌었다.

“그리고 특히 네놈은 얼굴 반반한 소작인들의 부인을 수시로 집으로 불러들여 몸을 탐했다는데 그 죄를 알고 있으렷다!”

“아이고 그건…….”

말이 채 끝나기도 전에 주먹이 얼굴을 강타했다.

“아이고고.”

민부식은 뒤로 벌렁 넘어졌다.

“만약 반항하면 소작을 안 준다고 협박하고.”

또다시 발길질을 했다.

“살려만 주십시오. 다시는 안 그러겠습니다.”

“다시는 그러지 않겠다고?”

복면들은 발길질을 멈추고 그를 보았다.

"그럼요. 다시는 안 그러겠나이다."

"다시는 안 그러겠다."

복면은 잠시 말을 중얼거리더니 고개를 끄덕였다.

"좋다. 모든 재물을 뺏고 다시는 아녀자를 겁간 못 하게 해 주겠다."

복면들은 민부식의 옷을 홀라당 벗겼다.

"왜, 왜 이러시오."

민부식은 의혹의 눈초리를 보냈다.

"다시는 아녀자를 겁탈하지 못 하게 해 주겠다고 하지 않았느냐."

복면들은 그를 밖으로 끌고 나와 마루 기둥에 묶었다.

"불알을 까라."

복면들은 작은 칼을 들고 민부식에게 달려들었다.

"왜, 왜 이러시오. 한번만 용서해 주시오."

민부식은 죽을 인상을 쓰며 애원을 했다.

"너는 그동안 아녀자를 많이 겁간했고 나쁜 짓을 많이 했으니 그걸 잘라야겠다. 다시는 너 같은 종자가 이 세상에 태어나지 않도록 말이다."

"아이고. 그건 죽은 목숨이나 같소이다."

"이 판국에도 그걸 걱정을 하냐. 고얀 놈."

북면들은 민부식의 아랫도리에 칼을 들이댔다. 고환을 들어냈다. 피가 다리로 흘러내렸다.

"으악!"

민부식은 찢어지는 비명을 질렀다.

그 시각에 한 소문이 퍼지고 있었다. 양반의 시체가 길에 버려져 있다고 했다. 목에는 새끼줄이 매어 있었는데 아마도 이리저리 끌고 다녔던 것 같다고 했다. 시체는 공검에 살던 조경희(趙慶熙)인데 재작년에 죽은 이였다. 그러니까 살반계에서 죽은 지 2년이 된 시체를 산소에서 끄집어내어 끌고 다녔다는 소문이었다. 조경희의 자식들은 집을 떠나 있었기에 피해를 입지 않았다.

조경희는 특히 32년 전인 임술년에 악독한 짓을 많이 하였다. 당시에 농민군이 읍성을 점령했는데 조정과 대구 감영에서 해산하면 모든 요구를 들어주고 죄를 묻지 않겠다고 했다. 그래서 농민군들은 요구조건을 내걸고 해산을 하였다. 그런데 S 목사로 새로 임명된 이는 그날부터 군사를 풀어 농민군 지도자뿐만 아니라 참가한 모든 사람을 잡아들였고 지도자들은 효수형에 처했다. 사람들은 속은 걸 알고 분노했지만 어쩔 수 없었다. 나라 임금도 거짓말을 하는구나. 경상 감사도 거짓말을 하는구나. 농민군들은 어처구니가 없었다. 그때 조경희는 만석꾼 지주였는데 소작인들에게 읍성 점령 당시 많은 피해를 입었다.

"난에 앞장 선 소작인들을 잡아들여라."

하인들을 풀어 앞장 선 소작인들뿐만 아니라 혁명에 참가한 모든 소작인들을 잡아들였다. 그리곤 하인청에 있는 형장 기구로 물고를 내고 소작을 모두 떼버렸다. 나라 법에는 양반이라도 사사로이 곤장을 치는 것은 금지되어 있었으나 조경희는 아랑곳하지 않았다. 그때 곤장을 맞고 풀려난 많은 사람들은 장독에 걸려 죽었고 살아남았다 해도 불구가 된 이가 상당하였다. 또한 소작을 떼였기 때문에 먹고 살기도 막막해 S를 떠나거나 음식을 빌어먹었다. 그 후로도 말을 잘 안 듣는 소작인들은 집으로 수시로 잡아들여 형틀에 묶고 물고를 냈다.

"잘 됐어."

"암 잘 했고 말고."

사람들은 소문을 듣고 좋아했다.

"그 아들놈도 죽였어야 했는데."

사람들은 미리 피신해 화를 모면한 아들을 죽이지 못 한 것을 아쉬워했다. 그 아들 또한 아버지에 못지않았다. 며칠 동안 산소에서 끄집어낸 시체가 몇 구 더 되었다. 조경희처럼 악독한 지주나 양반이 있었고 명당자리라 하여 산을 강제로 빼앗아 산소를 썼던 양반들도 포함되어 있었다.

소망

재우는 악독한 양반들을 좇아 죽이는 살반계와 시체의 목에 새끼줄을 묶어 끌고 다니는 농민군들의 행동에 진저리를 쳤다. 마치 자신의 모습을 보는 것 같았다. 재우도 처음엔 옥상에 경찰특공대가 투입되고 무자비한 진압이 시작되었을 때 이러다 죽는구나, 하는 공포를 느꼈고 정말이지 무슨 일이든 할 수 있을 것 같았다. 누구든 걸리면 죽이거나 휘발유를 몸에 끼얹고 불을 붙일 수도 있을 것 같았다. 재우는 눈을 감았다. 살아온 날이 서러웠다.

밤새 뒤척이다 일어나면 온 몸이 땀에 젖어 있었다. 멍했다. 그냥 막막한 기분이 들었다. 살아남아야 하는데. 무얼 먹고 살지 막막함. 이제는 애들 학원비 걱정이 아니라 급식비가 걱정이었다.

새벽 3시나 4시 경에 일어나 멍하게 있는 기분. 배신감. 하물며 무얼 잘못해서 해고를 당했다면 덜 억울했을 것이었다. 20여 년을 열심히 일한 것밖에 없는데. 분노감. 밤이 두려웠다. 밤새 무언가와 사투를 벌이는 꿈. 누구와 싸우는 꿈.

갑자기 눈물이 흐를 때가 있었다. 이유가 없었다. 그냥, 가만히 있는데, 멍하니 있는데, 눈물이 줄줄 흘렀다. 그것도 금방 알아차리지 못하고 한참 뒤에야 알았다.

SS자동차에 다녔다고 하면 아예 면접조차 볼 수 없었다. 어디에 취직할 때가 없었다. 이력서에 적어넣을 것이라곤 SS자동차 경력밖에 없었다. 가정을 살려온 이력이 이제는 가정을 죽이는 괴물이 되었다.

한번은 이력서에 SS자동차 경력을 빼고 지원을 했더니 취직이 되었다. 다 사는 방도가 있구나, 죽으란 법은 없구나, 싶었다. 그날 밤 재우는 가족과 외식도 하였다. 그러나 며칠 가지 못 했다.

"어이. 강기사."

어느 날 상무가 불렀다. 직감했다. 들켰구나.

"당신 SS에 있었다며?"

"예."

부정하고 싶지 않았다. 자존심이었다. 다음날부터 나오지 말라고 했다. 그것으로 끝이었다. SS자동차 다녔다하면 아예 발을 들여놓지 못하게 했다. 할 수 없이 재우는 새벽에 인력 시장에 갔다. 막일이라도 해야 입에 풀칠을 할 수 있었다. 아내가 식당에 나가서 벌어오는 돈은 아파트 할부금 갚고 반찬 몇 가지 사면 없었다. 인력시장에서 제일 난감한 일은 SS자동차 노조원들을 만나는 것이었다. 서로가 무안했다. 그래서 누군가 먼저 본 사람이 피했다. 그럴 때마다 우리는 무엇 때문에 싸웠나, 하는 자괴감이 들었다.

"밥 먹읍시다."

몇몇 사람들이 봉고차에 실려가고 어디에도 팔려가지 못 한 사람들은 한 종교단체에서 무료로 제공해주는 곰탕을 먹었다. 이름도 성도 모르는 사람들과 플라스틱 탁자에 앉아 김치 한 보시기에 곰탕 한 그릇을 먹었다. 먹을 때마다 목이 멨지만 먹어야 했다. 먹먹했지만 그래도 속에 뜨거운 것이 들어가니 한결 기분이 나아지는 것 같았다. 그러고 나면 갈 데가 없었다. 근처에서 소주를 한 병 가서 산에 올랐다.

그래 체력을 기르자. 그래야 나중에 복직하면 일을 더 잘 할 수 있지.

그런 마음으로 산을 올랐다. 언제일지도 모르는 복직을 생각하며 정상에 올랐다. 정상에는 재우 또래의 사람들이 많이 있었다. 서로 아무 말도 하지 않고 눈길을 피했다.

정상에서 소주를 마셨다. 점심이었다. 한 잔 마시는데 속에서 화가 났다. 서러운 느낌. 막막한 느낌이 들면서 눈물이 흘러내렸다. 회사를 위해 어떻게 일해 왔는데 이럴 수가. 어떻게 나에게 그럴 수가. 내 삶도 끝이구나, 하는 생각이 들었다. 눈길을 돌리다 큰 바위를 보자 가슴이 쿵 내려앉았다. 나도 결국은 저기서 뛰어내리는 건 아닐까.

한 잔. 두 잔. 무의식중에 안주를 찾아 손을 들었다가 허공에서 멈추었다. 참, 안주가 없지. 야속한 배는 배고픔을 참지 못 하고 무얼 달라고 아우성쳤다. 그러다 옛날 동료들이 생각났다. 도장 공장 점거 파업을 벌일 때였다. 문을 봉쇄한 사측과 경찰은 음식물 반입을 금지시켰다. 파업이 장기화되면서 2개월이 넘어설 무렵 매 끼마다 주먹밥으로 연명할 때였다.

"야, 너 파업 끝나고 나가면 제일 먼저 무얼 먹을래?"

누군가의 갑작스런 말에 서로를 멍하니 바라보았다. 한참동안 침묵이 흘렀다. 마치 먹는 것을 한 번도 생각하지 못 했다는 표정들이었다.

"난…… 소주에 곱창."

한 사람이 말을 이었다.

"난, 생맥주에 튀김닭. 그래도 이 더운 날에는 생맥주가 제일이지."

다른 사람이 말을 이었다.

"난, 포장마차에 가서 소주와 곰장어. 캬, 그 씹는 맛이란."

마치 입으로 곰장어를 씹는 듯 말했다.

"난, 막걸리에 파전. 그래도 술은 막걸리가 제일이여. 파전에 막걸리면 세상 부러울 게 없겠다."

"난, 소주."

"난, 캔 맥주."

"난 히야시된 맥주."

"난, 막걸리."

사람들의 입에서 음식 이름이 봇물처럼 터져 나왔다.

"하하하."

"하하하."

사람들은 말을 해놓고 나서 서로를 바라보며 웃었다. 오랜만에 웃었다.

"난……, 아내를 안아 주고 싶소."

누군가 진지하게 말했고, 일순 사람들은 말을 멈추었다.

"파업 끝나면, 아내를 꼬옥, 안아 주고 싶소."

사내는 허공을 보며 말했다.

"………."

"………."

사람들은 아무 말 없이 고개를 숙이거나 치켜들었다.

"그래여. 많이 안아 주구려. 돈 드는 것도 아닝께."

누군가 침묵을 못 참겠다는 듯 말을 툭, 던졌다.

"난 목욕이나 했으면 좋겠소. 일단 사우나부터 갔다가, 시원한 생맥주 마시고 싶소."

"맞소. 생맥주를 마셔야지. 집에 가면 맨날 안는 마누랄 그렇게 생각하슈."

누군가 통을 줬다.

"그럽시다. 우리 밖에 나가면 먹고 싶은 거 마시고 싶은 거 맘껏 먹읍시다."

노조 지부장의 말에 또다시 사람들은 와, 하며 웃었다.

쿵, 짝짝, 쿵 짝!

누군가 젓가락 장단을 쳤다.

쿵, 짝짝, 쿵 짝!

누군가 받아 그대로 쳤다.

"좋고! 한 잔 하세."

누군가 소리쳤다. 웃음이 터졌다.

쿵, 짝짝, 쿵 짝!

쿵, 짝짝, 쿵 짝!

"좋다!"

누군가 후렴을 넣었다.

쿵, 짝짝, 쿵 짝!

쿵, 짝짝, 쿵 짝!

소리는 점점 커졌다. 처음엔 몇 사람이 시작했지만 한 사람 한 사람 따라하면서 도장 공장에 모인 모든 사람들이 막대기나 쇠붙이로 따라 쳤다. 막대기나 쇠붙이가 없는 사람들은 손바닥을 쳤다. 소리는 커다란 울림이 되어 노조원들의 어깨에 내려앉았다.

좋다!

노조원들은 각자 먹고 싶은 것을 먹었다. 소주를 마시고 곱창을 입으로 가져갔다. 생맥주를 마시고 튀김닭을 뜯었다. 막걸리를 마시고 파전을 먹었다. 모두들 얼근히 취했다.

자~ 떠어나자. 동해 바아다로!

삼등 사암등 완행여얼차!

동해 바아다로!

쿵, 짝짝, 쿵 짝!

쿵, 짝짝, 쿵 짝!

"자 한 잔씩 쭈욱 드시고."

누군가 나와서 엉덩이춤을 추었다. 그러자 다른 사람이 나와서 곱사춤을 추었고 누군가는 허리띠를 풀어 이마에 메고 춤을 추었다. 사람들은 자연히 둥근형으로 둘러앉았다. 여기저기서 사람들이 앞으로 나왔다.

푸우른 언덕에! 베에낭을 메고~
황금빛 태양! 추욱제를 여는
광야를 향해서 계곡을 향해서!

쿵, 짝짝, 쿵 짝!
쿵, 짝짝, 쿵 짝!

머언 동이 트는 이른 아침에
도시의 소음 수많은 사람
빌딩 숲속을 벗어나봐요.

쿵, 짝짝, 쿵 짝!
쿵, 짝짝, 쿵 짝!

사람들은 춤추는 사람이나 앉은 사람이나 다 같이 합창을 했다.

메아리 소리가 들려오는
계곡속의 흐르는 무울 찾아!

그곳으로! 여행을 떠나요!

쿵, 짝짝, 쿵 짝!
쿵, 짝짝, 쿵 짝!

파업한 후 처음으로 노동가가 아닌 대중가요를 불렀다. 신나게 불렀다. 공장이 떠나가라 불렀다. 막대기를 버리고 옆 동료의 어깨에 팔을 둘렀다. 밤이 깊어가도록 불렀다.

하지만 먹고 싶은 것도 먹지 못 했다. 협상이 타결되고 밖으로 나오자 기다리는 건 경찰차였다. 식당으로 포장마차로 간 게 아니라 경찰서로 갔다. 거기서 밤새 조사를 받았다. 다음날도 그 다음날도 내리 조사를 받았다. 소주 한잔에 곱창 하나 못 먹게 하는 그들이 야속했다. 경찰은 마치 큰 죄라도 지은 양 노조원들을 다뤘다.

이제 어디로 가야 하나.

소주를 다 마시고 난 뒤 재우는 정상에서 망설였다. 지금쯤 집에 가면 아무도 없을 터였다. 이 시간에 아파트 앞 슈퍼마켓을 지나고 경비실을 지나는 게 참 못 할 짓이었다. 어쨌든 내려가야 했다. 소주를 마셔서 그런지 한결 다리에 힘이 들어갔다. 어디 가서 해질 때까지 시간을 죽여야 했다. 정리해고특위 사무실에는 갈 마음이 없었다.

언제까지 버틸 수 있을까.

언제부턴가 사람들은 담배를 끊었다. 술도 아주 친한 사람이 아니면 마시지 않았다. 언제 어떤 일이 닥칠지 알 수 없었다. 몸이라도 건강해야 했다. 돈을 쓸 만한 일은 아예 하지 않았다. 돈을 아껴야 했다. 언제 닥칠지 모르는 일에 대한 두려움으로 사람들은 몸을 떨었다.

소녀

농민군들은 오전에 군사 훈련을 하였다. 농기구 대신 잡는 칼이나 창이 낯설었지만 누구 하나 요령부리지 않고 열심히 하였다. 언제 대구 감영의 군사들이 쳐들어올지 모르는 일이었다. 정탐꾼을 대구에 보냈지만 감영에서는 아무 기척이 없다는 것이었다. 대구 감영에서는 조정으로 S의 읍성 점령에 대해 장계를 올렸는데 조정에서는 아직 아무 말이 없다고 했다. 군사가 쳐들어올 지 아니면 다른 목사를 내려 보내 요구조건을 들어줄 지 아무도 모르는 일이었다.

"다들 자루를 들고 창고로 오시오."

점심을 먹고 나자 지도부에서 사람이 나와 손나발을 불며 돌아다녔다.

"이제 목록을 다 뽑았는가."

"그러게. 우선 집집마다 한 말씩 준다고?"

"나중에 또 준다지 않아."

사람들은 자루를 들고 창고로 가서 줄을 서며 중얼거렸다. 군량미로 쓸 것을 제외하고 관아에 있던 것과 아전들한테 빼앗은 쌀을 나눠준다는 소문이 돌았다. 나중에 지주들에게 쌀을 회수하면 또 나눠준다고 했다.

"내 태어나서 이런 세상이 올 줄은 꿈에도 생각 못 했네 그랴."

"그러게 말이여. 이게 아니면 지금쯤 죽도 겨우 먹을 낀데 말이여."

"지주들은 오늘 오후부터 징치하려나. 그 놈들을 징치해야 쌀이 많이 나올 텐데 말이여."

"그러게 말이여."

쌀은 지주들한테 많았기에 농민군들은 오후부터 징치하는 지주들에게 기대를 걸고 있었다. 어떤 지주들은 욕을 보기 전에 미리 쌀 몇 섬이나 보내온 작자도 있었다.

"나도 줘."

주위에서 어슬렁거리던 소녀가 다가와 자루를 내밀었다. 긴 머리카락은 헝클어졌고 옷은 여기저기 찢어졌다. 읍성을 점령할 때부터 여기저기 다니던 소녀였다.

"네가 어데 쓸라고. 바쁘니까 저 쪽으로 좀 비켜라."

쌀을 나눠주던 여인이 손을 저었다.

"울 엄마가 타오랬어."

소녀는 지지 않고 땟국이 흐르는 얼굴에 인상을 썼다.

"허허 야가 참."

여인들은 혀를 찼다.

"네 어미가 어디 있다고 그러냐. 저리 좀 비켜라."

쌀을 받으려고 자루를 벌리고 있던 농민군이 말했다.

"집에 있다. 쌀 가져가면 밥 지어 줄 끼다."

소녀는 눈을 내리깔고 말했다.

"허허. 참."

사람들은 소녀를 보며 안타까운 눈길을 보냈다.

"야야, 바쁘니께 저리 비켜라이."

그때 쌀가마를 지고 와 땅에 부려놓은 남자가 소녀를 보고는 큰소리로 말했다.

"악!"

순간 소녀는 자루를 던지고 얼굴을 감싸며 자리에 주저앉았다.

"아이고 야가 왜 이런다야."

남자가 달려가 소녀를 일으켜 세웠다.

"살려주세요. 다시는 안 그럴게요."

소녀는 남자의 손을 뿌리치고는 벌벌 떨었다.

"쯧쯧."

쌀을 나눠주던 여인이 일손을 멈추고 소녀에게 다가갔다.

"얘야. 이 사람은 나쁜 사람이 아니란다. 괜찮다. 저리 가자."

여인이 소녀의 팔을 잡고 아무도 없는 창고 뒤로 갔다.

"여기 가만히 있으래이. 내가 쌀 많이 가져올 것이니께."

여인은 소녀의 등을 두드려주며 달랬다. 여전히 겁을 먹은 소녀는 미동도 않은 채 우두커니 서 있었다. 여인이 가고 나자 소녀는 두려운 듯 주위를 두리번거렸다.

그 남자는 어디로 갔나.

소녀는 겁먹은 얼굴로 주위를 둘러보다 냅다 뛰기 시작했다.

빨리 벗어나야한다.

소녀는 자루를 손에 꼭 쥔 채 뛰었다. 신발이 벗겨졌다. 아랑곳하지 않았다. 너덜너덜한 옷 속으로 속살이 비쳤다.

저기 저 남자들이 많다. 저리로 돌아가자.

소녀는 달려가다 쌀을 받으려 줄지어선 사람들을 발견하고는 획 돌아서서 뛰기 시작했다. 그러다 얼마 못 가 돌멩이에 걸려 바닥에 꼬꾸라졌다.

아악.

남자의 손길이 치마 속으로 들어온다. 소녀는 주춤 뒤로 물러선다. 남자는 부드러운 표정을 지으며 가까이 오라고 손짓을 한다.

집에 갈라요.

네가 집에 가면 네 어미는 죽어. 네가 말을 잘 들어야 네 어미가 살고 소작 땅도 부칠 수 있다.

남자는 가까이 다가와 가슴을 움켜쥔다. 소녀는 아무 말도 못 하고 벌벌 떤다.

우리 어무이 살려 주이소.

소녀는 떨리는 목소리로 말한다.

그래 살려준다지 않느냐. 네가 이렇게 말 잘 들으면 살려 주마.

남자는 옷을 벗긴다. 홑저고리라 금방 가슴이 드러난다. 소녀는 두 팔로 가슴을 감싼다. 남자는 치마를 벗긴다. 치마도 금방 벗겨진다. 속곳도 벗겨진다. 남자가 소녀를 쓰러뜨리고 위로 올라간다.

숨이 막힌다.

소녀는 발버둥친다. 소녀가 벗어나려고 할 때마다 남자는 더욱 더 우악스럽게 소녀를 짓누른다.

아악!

소녀는 찢어지는 듯한 아랫도리의 통증에 비명을 지른다. 벌린 입을 남자의 입이 막는다. 우악스럽게 움켜쥔 가슴이 아프고 아랫도리는 생살이 찢어지는 듯하다.

아악!

남자를 밀쳐내려고 하지만 꼼작도 하지 않는다.

착하지. 얘야. 잠시만 기다리거라.

남자의 몸이 거칠게 움직인다. 숨을 못 쉬겠다. 정신이 혼미해진다.

어무이.

소녀는 말을 하다가 까무러친다. 까무러친 소녀 위에서 벌거벗은 남자는 한동안 있다가 내려온다. 소녀는 미동도 하지 않는다. 남자는 아랑곳없이 소녀의 몸을 훑어 보다 옷을 입는다.

어무이.

배가 고파 울다 집을 나선다. 아침에 잠에서 깨니 어머니는 없다. 들에 갔겠지. 어머니한테 가자. 소녀는 집을 나선다. 몸이 무겁다. 쓰러질 것 같다. 어머니한테 가자. 어머니가 밥을 주실 거야. 어머니에게 가자. 소녀는 휘청거리며 걷는다. 고개를 넘는다. 안간힘을 쓰며 고개를 넘었는데 또다시 고개가 앞을 버티고 서 있다. 들이 보인다. 어머니가 보인다.

어무이.

소녀는 어머니에게 달려간다. 그러나 아무리 달려가도 어머니는 멀리 떨어져 있다.

어무이.

어머니는 돌아보지도 않고 앉아 일만 한다. 안간힘을 쓰며 걸어간다. 어머니한테 빨리 가자. 아랫도리가 아프다. 가슴이 아프다. 숨이 막힌다. 누가 입을 막는다. 몸뚱이가 아래로 추락한다.

어무이.

가까이 갈수록 어머니는 점점 멀어진다.

"어무이."

힘껏 소리친다.

"야야. 정신 차려라."

누군가 몸을 흔들었다. 웬 아주머니가 바라보고 있다. 여기가 어딘가 소녀는 두리번거리다 아주머니를 보고 히죽, 웃는다.

"히히."

소녀는 웃는다. 히히.

"이제 정신이 드나? 아이고 불쌍한 것."

아주머니는 소녀를 머리를 쓰다듬는다.

"히히."

소녀는 히죽, 웃는다.

"깨어났는 갑소?"

누가 죽사발을 들고 들어오며 말을 건넸다. 죽사발을 소녀 앞으로 내밀었다. 하얀 쌀죽을 본 소녀는 손으로 입에 퍼 넣는다.

"숟가락으로 먹어야지."

한 아주머니가 숟가락을 쥐어준다. 소녀는 아랑곳없이 히죽 웃으며 손으로 죽을 퍼먹는다.

"관두소. 숟가락을 줘도 소용없다오."

다른 아주머니가 쯧쯧, 혀를 찬다.

"천벌을 받을 일이지. 암, 천벌을 받고말고."

"임생원이 그렇게 덕망이 높고 어질었다면서?"

"그러게 말이요. 근동에 그만한 인물도 없다는데."

"우째 그런 사람이 이 어린 것을."

"양반 속은 알다가도 모를 일이요."

두 아주머니의 말에 신경을 쓰지 않고 소녀는 먹는 일에 바빴다.

"앞으로 야를 어찌할꼬."

한 아주머니가 탄식했다.

"누가 데려가서 키우면 좋으련만."

"있는 애도 양식이 없어 내다버릴 판인데, 누가 저런 애를 데려가겠소."

"맞소. 짐승이라면 묶어서라도 데리고 있지만."

"임생원도 잡아 들였소?"

"그런가 보오. 집강님께 이 애 얘기도 해야겠소."

"당연히 해야지요. 천벌을 받게 해야지요."

죽을 가져온 아주머니는 소녀가 먹고 내놓은 사발을 들고 밖으로 나갔다.

"히히."

소녀는 아주머니를 보고 히히, 웃는다. 어찌 저렇게 해맑은 웃음을. 나라도 데려가서 키워야겠다며 아주머니는 속으로 다짐을 한다. 그러면서 작년에 소녀에게 닥친 일을 생각하곤 몸서리를 친다.

소녀의 아비는 병에 걸려 시름시름 앓았다. 소녀의 어미는 지주인 임생원 집에서 돈을 꾸어다 아비의 약값에 썼다. 하지만 아비는 깨어나지 못 하고 죽었다. 몇 개월이 지나자 임생원 집에서 돈을 돌려달라고 독촉을 했다. 남자가 없으니 소작을 떼겠다고 했다. 조금만 참아달라고 어미는 사정을 했다. 낮이고 밤이고 닥치는 대로 일을 했다. 하지만 두 모녀의 입에 들어가는 곡식을 벌기에도 벅찼다. 소녀의 나이 아직 열두 살이었다. 어미는 아이를 데리고 임생원 집에 갔다. 스스로 노비가 되었다. 목구멍에 거미줄 치지 않으려면 다른 수가 없었다. 어미는 새벽에 일어나서 밤늦은 시간까지 일을 했다. 다행히 밥은 굶지 않았다. 소녀는 걸레질을 했다. 안채 별채를 하다 사랑채까지 했다.

너 왜 그러나?

소녀가 수시로 치마 속에 손을 넣어 긁는 것을 이상하게 여긴 어미는 소녀의 치마를 들치고 속곳을 내렸다. 여린 그곳이 벌겋게 부어올라 있었다.

여기가 왜 이래?

어미는 놀라서 물었다.

말하지 말랬는데.

소녀는 울상이 되었다.

누가 그랬어!

어미의 말에서 쇳내가 났다.

…… 나으리.

어이쿠.

어미의 입에서 탄식이 터져 나왔다.

며칠 후 어미는 사랑채 마당에서 곤장을 맞았다. 사랑채에 들어가 돈을 훔쳤다고 했다. 훔친 돈이 발견되었다고 했다. 양반이라도 사사로이 곤장을 칠 수 없으나 증조부가 대사헌까지 지낸 임생원이라 겁나는 게 없었다. 엉덩이가 터져 피가 치마를 적셨다. 며칠 후 장독이 퍼져 죽었다. 소녀는 어미가 죽고 나자 아예 사랑채에 지냈다. 덕망 높고 어진 임생원이 어미의 죄는 밉지만 아이가 무슨 죄가 있냐고 거둔다고 했다. 매일 사랑채에서 걸레질을 했다. 몇 개월 뒤 소녀는 사랑채 마당에서 곤장을 맞았다. 사랑채에서 돈을 훔쳤다고 했다. 씨는 못 속인다고 그 어미가 한 짓 그대로라고 했다. 훔친 돈이 발견되었다고 했다. 소녀는 곤장을 맞다가 기절을 했고 하인청에 갇혔다. 아랫도리에서 피가 쏟아졌다. 물컹한 것이 나왔다. 소녀는 임신을 했었고 유산을 했다.

히히. 소녀는 항상 웃고 다녔다. 히히, 웃으면 세상이 소녀의 것이 되었다. 하지만 꿈이 무서웠다. 꿈에서 어미가 나으리에게 사정을 했다. 차라리 나를 취해 주시오. 저 아이는 이제 열 살이 넘었소. 이런 발칙한 것. 나으리는 어미를 내쫓고 나서 장서방을 불렀다. 한참동안 둘이는 속닥거렸다. 소녀는 마루에서 걸레질을 하다가 두 사람이 얘기하는 것을 다 들었다. 장서방에게 돈을 건네는 소리가 들렸다. 방을 나서던 장서방이 소녀를 보았다. 소녀가 먼저 놀랬다. 장서방도 놀랬으나 주위를 두리번거렸다. 손을 입에 가져갔다. 아무한테도 말하지 말아라. 말하면 너도 죽는다. 다음날 어미는 곤장을 맞았다. 어미가 죽고 나자 나으리는 수시로 소녀를 불렀다. 잠은 항상 나으리 방에서 잤다. 잘 때 옷은 입지 않았다. 몸에 회초리 상처가 가신 적이 없었다. 나으리는 소녀가 시키는 대로 하지 않으면 회초리로 때렸다. 어떨 땐 아무 잘못이 없는데도 벌거벗은 몸을 회초리로 때렸다. 그리곤 소녀를 덮쳤다.

소녀는 생시가 좋았다. 꿈에서는 나으리가 나타나지만 낮에는 나으리가 보이지 않았다. 가끔 남자들이 보여 무서울 때도 있었지만 피해

다니면 되었다. 히히, 웃으면 그냥 좋았다. 꿈에서는 왜 아버지와 어머니가 멀리만 있는지 몰랐다. 안기고 싶어 달려가면 저만치 물러서 있곤 했다. 소녀는 슬퍼서 히히, 웃었고 웃으면 기분이 나아져서 히히히, 웃고 다녔다.

저녁을 먹고 난 뒤 사람들은 동헌 앞에 모여 있었다. 대구 방향에 정탐을 하러 갔던 사람들이 돌아왔다고 했다. 집강소에서 제일 신경을 곤두세우고 있는 부분이 대구 감영의 움직임이었다. 그래서 선산 김천 방향으로 농민군을 배치시켜 놓고 정보를 수집했다. 아직은 별다른 움직임이 없다는 보고였다. 근데 문제는 다른 데서 터졌다. 정탐꾼 한 사람이 주민의 집에 들어가 재물을 훔치고 아녀자를 겁간했다는 것이었다. 함께 정탐한 사람들은 그 사람을 끌고 왔다. 농민군 지도부들은 당황했다. 전혀 예상치 못 했던 일이었다. 지도부들은 우선 죄인을 옥에 가두고 비밀에 부쳤다. 그리곤 회의를 하였다. 너무나 중대한 문제라 모두들 판단이 서지 않았다. 극형에 처하자는 입장은 같았으나 방법이 문제였다. 동학교도 지도자들은 농민군에서 탈퇴를 시키고 곤장에 처한 후 고을에서 추방하자는 입장이었고 칼대장을 비롯해 동학교도가 아닌 쪽 사람들은 목을 베자는 입장이었다.

"사람은 하늘이요."

"그 하늘을 위한다면서 그 당한 하늘은 어찌할 것이요. 그리고 비록 자발적이기는 하나 명색이 군대인데 이래서 영이 제대로 서겠소. 이번 기회에 백성을 위하는 우리의 의지를 명명백백 보여줍시다."

의견은 팽팽히 맞섰다. 집강은 고개를 들어 천장을 바라보며 침묵을 지켰다. 결국은 소문은 났고 소문이 더 퍼지기 전에 빨리 결정하자는 쪽으로 결론이 났다.

"죄인을 끌고 오시오."

동헌 마루에 선 집강의 명에 죄인은 포박당해서 끌려나와 사람들 앞에 꿇어앉혔다. 죄인은 집강 쪽으로 고개를 돌려 애원했다.

"살려주시오. 한번만 용서해 주시오."

집강은 죄인을 똑바로 보았다.

"그러고도 살기를 바라오."

"집에 병든 노모가 있소. 그만 약값 때문에……."

"그렇다고 남의 재물에 손을 대시오?"

"눈이 뒤집혔던 것 같소. 뒤가 급해 뒷간에 갔다가 그만. 한번만 용서해 주시오. 다시는 그런 일이 없도록 하겠습니다."

죄인은 애원을 했다.

"그리고 아녀자를 겁간했다는 것은 어떻게 발명할 것이오!"

"하지 않았소."

"본 사람이 있는데 거짓말을 하시오."

집강은 호통을 쳤다.

"처음엔 그런 마음이 있어 방에 들어갔으나 저항하는 바람에 범하지 못 했소."

"거짓말하지 마시오. 어떻게 사람의 탈을 쓰고 그런단 말이오."

집강은 허탈한 표정을 지었다.

"정말이오. 믿어주시오."

집강은 죄인을 외면하고 사람들을 바라보았다.

"어찌 이런 일이 있어났는지 침통할 뿐이요. 그리고 여러분들께 미안할 뿐이요."

집강은 고개를 숙였다. 사람들은 조용히 있었다. 침 넘어가는 소리만 간간이 들렸다.

"어찌하면 좋겠소? 우리는 백성을 살리고자, 너나없이 함께 평등하게 잘 살자고자 혁명을 일으켰소. 근데 어이없게도 그 잘 살게 하자는 백성에게 피해를 줬소. 있을 수 없는 일이요. 절대로 용서를 못 하오. 앞으로 이러한 일이 생길 줄 모르니 확실하게 죄를 물어야겠소. 어떻게 하면 피해입은 분들의 한을 풀어주겠소?"

사람들은 조용히 듣기만 했다. 모두들 침통한 표정들이었다.

"여러분, 이 죄인을 어떻게 하면 좋겠소. 의견을 말해 보시오."

집강을 사람들을 둘러보며 말했다. 하지만 아무도 말을 꺼내는 사람이 없었다. 고개를 숙이고 땅을 쳐다보거나 하늘을 바라보았다. 모두들 침통한 표정이었다.

"극형에 처합시다. 우리가 백성을 위해 일어났는데 백성을 괴롭히다니 그건 도저히 용서가 안 되는 일이오."

칼부대 대장이 칼을 뽑아 앞으로 나서며 말했다. 그때 사람들은 술렁거렸다. 집강은 아무 말 없이 하늘을 바라보았다.

"내가 처단하리다."

칼부대 대장은 칼을 높이 들었다.

"살려주시오."

죄인은 꿇어 앉은걸음으로 집강에게 다가갔다. 집강은 침묵했다. 군중들도 조용했다.

"잘 가시오. 저승에 가서 좋은 세상 만나시오."

칼이 허공을 갈랐다. 순간 목이 땅에 떨어졌다.

"앗!"

"억!"

사람들의 비명소리가 여기저기서 났다. 어떤 이는 고개를 숙이고 흐느꼈다. 누구는 땅에 주저앉았고 어떤 이는 눈을 감고 고개를 치켜들었다.

……

한동안 말이 없었다.

"장사를 후히 지내주시오. 그리고 노모에게 약값을 주고 양식도 넉넉히 보내주시오."

집강은 침통한 표정으로 말을 하고는 방으로 들어가서 잠시 서 있더니 무너지듯 털썩 주저앉았다. 두 팔로 바닥을 짚었다. 몸이 흐느꼈다.

또 다른 현실

재우는 나무 의자에 앉아 상념에 잠겼다가 눈을 떴다. 어느새 연극이 끝나고 사람들은 일어서고 있었다. 재우는 잠시 그대로 있었다. 나라면 그의 목을 쳤을까. 누가 그의 목을 칠 권리가 있나. 그런다고 세상이 달라지고 좋은 세상이 왔는가. 재우는 고개를 푹 숙였다가 일어섰다. 그만 다 치우고 집에 가고 싶었다. 정말이지 노조고 복직이고 다 때려치우고 싶었다. 재우는 주위를 두리번거리며 아버지를 찾았다. 어느새 아버지는 떡을 나르고 있었다. 앉아 있는 사람들에게 떡과 음료수를 가져다주곤 또 본부석에 가서 떡 쟁반을 들고 왔다. 연극 속에서 읍성 점령으로 매일 밤 잔치를 벌이는데 그 잔치에 쓴 떡을 관객들과 나누어먹는 모양이었다. 재우는 아버지를 지켜보다 가까이 다가갔다.

"아버지. 왜 그러세요."

재우는 짜증을 내며 말했다.

"왜 그러다니. 너도 떡 좀 먹거라."

"이제 그만 좀 하세요."

"야가 뭐라 하냐."

"이런다고 세상이 달라진데요?"

"우리 세상이 왔는데 무슨 소리냐?"

"제발 이러지 마세요."

재우는 음성을 높였다. 하지만 아버지는 무슨 말인지 모르겠다는 듯 재우를 바라보더니 떡을 가져올 테니 자리에 앉아 있으라고 했다.

"저리로 가시지요."

돌아보니 사무국장이었다. 서글서글한 눈에 미소를 띠고 있었다. 재우는 또다시 화가 치밀어 올랐다. 사무국장이 나무의자가 있는 구석으로 재우를 이끌었다.

"왜 아버지를 부려먹습니까?"

"무슨 말씀을요. 보시다시피 자발적으로 하고 있지 않습니까?"

"애초부터 못 하게 하셨어야지요."

재우는 지지 않았다.

"그냥 두시지요."

"당신 아버지 같으면 그냥 두겠소?"

"그럼요."

"제 아버지가 몸이 불편하신 것을 정말 모른단 말이요?"

재우는 어이없어했다.

"알고 있습니다. 하지만 그게 아버님한테 또 다른 현실이라면 인정해야지요."

"또 다른 현실이라고요?"

"아버님께서는 현재 동학혁명시댄 줄 알고 있지 않습니까? 그게 아버님한테는 현실일 수 있겠지요."

재우는 사무국장을 노려보다가 담배를 꺼내 물었다. 속에서 화가 치밀어 올랐다. 심호흡을 했다. 이러지 말아야 한다고 생각했지만 속에서는 계속 화가 치밀었다.

"SS자동차에 근무하신 걸로 알고 있습니다."

"……."

재우는 어이가 없어 피식 웃을 뻔 했다. 아니 웃어주고 싶었다. 히히.

"어떻게 알았소?"

재우는 의혹의 눈초리로 물었다.

"아버님이 말씀하셨지요."

"아버지가요?"

재우는 어이없어하며 담배 연기를 길게 내뿜었다. 동생 현숙이가 알려줬을까. 집에는 알리지 말라고 신신당부했건만.

"뭐라고 하셨는데요?"

"SS에서 정리해고당했다고요. 그래서 소값이 내려도 키우는 걸 포기할 수 없다고요. 언제 내려올지 모른다고 그랬소."

피식, 재우는 웃었다. 고향에 농사를 지으러 온다고? 물론 그런 생각을 안 한 건 아니었다. 회사측에서 복직을 시켜준다는 협약을 깨고 계속 미루고 있자 사람들은 먹고 살기 위해 하나 둘 일터를 찾아 떠났다.

"우리도 다른 직장 알아볼까?"

언젠가 아내에게 진정으로 물었다. 그런데 아내의 대답은 의외였다.

"억울하잖아. 지금까지 싸운 거."

"그래도 복직은 이미 글러먹은 거 같은데?"

"끝까지 싸워야지. 억울해서라도."

아내는 어림도 없는 일이라고 일축했다. 시골의 넓은 땅을 사서 닭도 키우고 과수원도 하고 싶다던 아내였다.

"그러니까 아버님을 이해하실 수 있지 않겠느냐는 말씀입니다."

사무국장이 말을 이었다.

"당신이 SS를 얼마나 안다고 그러시오?"

"칠십칠 일간 투쟁한 걸로 알고 있습니다."

"당신이 뭘 안다고."

"잘은 모르지만 치열하게 싸웠지요."

"진 싸움이오."

"지금은 그렇지만 나중에 가면 이긴 싸움이 될 거요."

"지금 뭐라 하는 거요?"

"재벌들이 해고를 쉽게 하기 위해 여러 해 발버둥치지만 결국은 그 흐름은 막을 수 없을 거요. 그 흐름 속에 SS투쟁이 있었단 말이지요.

시범 케이스지만 어찌 보면 선봉장일 수도 있지요."

"이 새끼가."

재우는 사무국장의 멱살을 잡았다.

"네가 무얼 안다고. 단수 단전에다 의약품까지 차단된 상황을 네가 있어 봤어? 기껏해야 촌구석에서 신문이나 봤을 거 아냐."

"그래서 늘 SS노조에 대해 미안한 마음이오."

사무국장은 재우의 손을 잡았다. 재우는 멱살 잡은 손을 풀지 않았다.

사용 금지된 최루액을 뿌리고, 간첩이나 테러 작전에만 사용하는 고무탄 총을 쏘고, 순간 수 만 볼트가 발생하여 생명을 위협하는 전자총을 쏜 것을 너희들이 알아? 아냐고! 도망가는 우리에게 뒤에서 방패와 곤봉으로 마구 치는 것을 너희들이 알아? 응?

재우는 목구멍으로 넘어오는 말들을 밀어 넣으며 땅에 주저앉았다.

"힘드시는 것 이해합니다."

"쫒까는 소리 하지마. 씨발."

재우는 히히, 웃고 싶은 걸 참았다.

"결국은 우리가 감당해야 할 몫이라고 생각합니다."

"너 자꾸 지껄이면 죽여버릴 거야. 씨발"

재우는 일어서서 자동차가 있는 곳으로 걸어가며 소리쳤다.

울고 싶다. 실컷 울고 나면 속이 후련할까. 재우는 비틀거리며 생각했다.

여보, 우리 저쪽 계단으로 내려가자.

아내가 말한다.

왜 엘리베이터를 안 타고.

그냥 걷고 싶어서. 좋잖아 운동도 되고.

아내는 어색하게 웃는다.

그래 계단으로 내려가자.

아파트 입구에서 주위를 둘러본다. 아는 사람이 아무도 없다.

빨리 와, 여보.

아내를 부른다. 아내와 슈퍼마켓을 흘끔거리며 걷는다.

빨리 걸어.

아내가 독촉한다.

등에서 땀이 난다.

이제 벗어났어.

아내가 말했지만 긴장을 늦출 수 없다.

저기, 정기사가 온다.

아내와 골목으로 들어간다. 예전 동료인 정기사가 빨리 지나가길 기다린다. 시간은 멈춘 것처럼 더디게 지나간다.

왜 우리가 숨어야 하는데.

아내가 억울한 듯 울먹인다. 할 말이 없다. 죄 지은 것도 아닌데. 왜 예전 동료를 피해야 하나.

관제데모에 나섰던 예전 동료나 가족을 만나면 할 말이 없다. 그들은 산 자였다. 정리해고당한 사람들은 죽은 자였다. 길에서 미처 발견하지 못 해 피하지 못 하고 만나면 어색하게 웃곤 한다. 회사 얘기는 금물이다.

…….

서로 말은 못 한 채 어색하게 웃고 헤어지면 등골이 서늘했다. 저들이 우리를 향해 각목을 휘둘렀던 자들인가. 우리를 향해 새총으로 볼트를 쏘았던 사람들인가. 함께 기름밥 먹었던 동료와 하루아침에 적이 되어 싸우는 게 가장 힘들었다.

저들이 불쌍해.

누군가 말했다. 해고 안 당하기 위해 동료에게 새총을 쏠 수밖에 없는 상황. 재우는 그런 상황을 이해할 수 없었고 저주했다.

재우는 뒤를 돌아보았다. 여전히 아버지는 떡을 나눠주고 있었다.

넷째날

민보군

Y서원에서 D서원으로 통문(通文)을 띄웠고, D서원은 각 서원에 다시 통문을 띄웠다. 서원과 향약을 중심으로 민보군을 결성한다는 소문이 돌더니 본격적으로 세를 규합할 모양이었다.

농민군 지도자들은 Y서원과 D서원의 통문을 구해 회의를 소집하였다. 서기가 D서원통문을 먼저 읽었다.

D서원통문

우리 서원이 이단을 물리치는 일에 먼저 일을 꾸미지 못 한 데 대해 이를 부끄럽게 생각한다.

"흠흠."

몇몇 지도자들은 헛기침을 하였다.

…… 동학이란 어떤 것인가. …… 즉 그들이 하는 말과 하는 일은 이미 참모습을 감추고 사악함이 만 가지가 하나 같으니 얻을 것은 아무것도 없다. 그들의 행위가 무엇이 요사하고 흉악한 기도인지, 서양의 학인 오랑캐 짐승의 도와 비해 심한지 심하지 않은 지를 실로 모르고 있다.

…… 하나같이 귀천의 차등을 두지 않고 백정과 술장사들이 어울리

며 엷은 휘장을 치고 남녀가 뒤섞여서 홀어미와 홀아비가 가까이 하며 재물이 있든 없든 서로 돕기를 좋아하니 가난한 이들이 좋아한다.

…… 그들 모두는 참된 이치를 어지럽혀 혹세무민하기 때문에 거기에 빠진 자는 후세의 화가 될 것이다. 어진 선비들이 배척한 것은 이런 때문임을 어찌 모르는가.

D서원 원장 전 별제 조현우
회원 전 참판 민부여

"에이 이놈들을 그냥!"

칼부대 대장은 주먹으로 가슴을 쳤다.

"흠흠."

집강은 헛기침을 했다.

"죽일 놈들. 나라가 도탄에 빠지게 된 연유는 한 마디도 없이 오직 동학만 배척하자는 말이군."

지도부의 한사람이 이를 갈았다.

"그러게 말이오. 혁명에 참가한 사람 중에 동학교도가 아닌 사람들이 많은데 동학 지도자와 그들 간의 관계를 끊어버리려고 그러는 게 아니오."

집강은 어이가 없어 했다.

"목사나 아전들이 백성들에게 가렴주구하여 백성들이 죽으로 연명할 때 저들은 무얼 했소. 목사에게 충언을 한 적이 있기나 있었소."

"꽃놀이나 했을 뿐이지요."

지도부의 성토가 쏟아졌다.

"이럴 게 아니라 서원을 당장 쳐부숩시다."

칼부대 대장이 나섰다.

"그건 어렵소. 우리가 싸우는 것은 잘못된 제도를 고치자는 것이오. 근데 유생들과 싸우게 되면 판이 커지게 되오."

농민군의 한 지도자가 말했다.

"어차피 민보군을 결성할 거 아니오. 민보군을 결성하기 전에 쳐부수자 이거요."

칼부대 대장은 반박을 하였다.

"일단 지켜볼 일이오."

"양반들은 할 수 없소. 혁명을 일으켰다 해도 양반은 양반일 뿐이오."

"말조심하시오."

거친 말이 오고가자 집강이 중재에 나섰다.

"어차피 민보군과 붙게 될 지도 모르오. 또한 지금 낙동강가에 있는 일본군도 염려가 되오. 우선 정탐꾼을 늘려 정보를 수집하고 군사훈련을 더욱 더 강화해야 할 거 같소."

집강의 말이 끝나자 총포부대 대장이 나섰다.

"총을 빨리 구해야 되오. 어차피 일본군하고 붙게 되면 총밖에 없소."

"포수들을 최대한 설득해서 우리 편으로 만들고 그들을 통해 총을 구입하도록 합시다. 돈이 많이 들어서 그렇지 구할 수는 있다지 않소."

지도부는 군사훈련과 무기조달에 대해 논의를 하는 중에 농민군들도 따로 모여 얘기를 나누고 있었다. 그들에게도 양반들이 민보군을 결성한다는 것이 제일 큰 관심사였다.

"서원에서 나섰다고?"

농민군 한 사람이 말했다.

"Y서원이 D서원으로 동학 배척 통문을 보냈고 또 D서원이 다른 서원으로 통문을 보냈다오."

한 농민군이 말을 받았다.

"에이 죽일 놈들."

"그러게 말이여. 양반들이 누구여? 백성들 피 빨아먹는 존재 아니여?"

"손에 흙은 안 묻히고 쌀밥에 고기반찬 먹는 놈들이여. 정작 손에 흙 묻히는 우리는 쌀밥 구경도 못 하고 말이여."

농민군들은 불만이 가득했다.

"저번에 D서원에서 시회(詩會)한 것 봤는가?"

"또 낙동강 물에 배타고 꽃놀이하던가?"

"말도 말게."

D서원에서 소작을 짓다가 쫓겨났던 한 농민군은 고개를 저었다. 소작지은 볏단을 숨겨놓았다가 들켰다는 것이었다. 원래 가족 수는 많은데 자기 땅은 없고 소작은 조금밖에 짓지 않아 항상 배곯던 이였다. 그래서 큰 맘 먹고 벼를 베고 난 뒤 볏단을 옆 논에 쌓아놓았다가 발각이 되었다고 했다. 그래서 서원에서 곤장을 맞고 그해 농사지은 곡식을 모두 뺏겼다고 했다. 올해 들켰으니 전에도 훔쳤을 거 아니냐, 그러

면서 예전에 훔친 거 가져간다고 일 년 농사지은 것을 모두 가져갔다고 했다. 그의 가족은 뿔뿔이 헤어져 아직도 합치지 못 하고 있었다.

"그니까 우리는 땡볕에 김매고 피 뽑을 시간에 그 공자왈 맹자왈 양반들은 낙동강물에 배 타고 시나 읊었다는 말이지?"

한 사람이 소태 씹은 표정으로 물었다.

"그렇다 뿐인가. 그러면서 하는 말이 농민들은 무지랭이여서 인간도 아니라는 거야."

"그건 또 무슨 소리여?"

누군가 물었다.

"아, 시회할 때 내가 심부름을 했다지 않소."

"심부름을?"

"술도 나르고 고기도 나르고 밥도 나르고. 말도 마소. 징그런 인간들이오."

"그놈들은 잔치도 매일 여는구만 그려."

"매일 열다마다. 그래 내가 몸이 안 좋아 짐을 나르다 좀 쉬지 않았겠소."

"그래서?"

"그런데 어느 양반이 보더니 혀를 쯧쯧 차며 뭐라 하더이다."

"뭐라 하는데?"

사람들은 궁금해 하며 말하는 사람을 보았다.

"농사꾼 저 놈들은 조금만 틈이 나면 놀려고 하고 게으르다고 하지 않겠소."

"허허, 참. 꼭두새벽에 일어나 해질 때까지 일만 하는 우리가 게으르다니."

사람들은 소태 씹은 얼굴을 하였다.

"그래서 이번 혁명에 참가하였는가?"

"나도 벼르고 있었지요. 양반 없는 세상에 살고 싶다고. 일하는 우리가 쌀밥을 먹고 일하지 않는 저 놈들은 죽을 먹어야 한다고."

그는 얼굴이 벌게서 흥분하였다.

"맞는 말이여. 양반 상놈 없는 세상이 와야 혀."

"살반계는 무얼 하는가. 그 놈들 혼쭐 좀 내지 않고."

사람들은 모두 고개를 끄덕끄덕거렸다.

"민보군을 만든다는데 어찌 되는가?"

누군가 물었다.

"그게 문제요. 이제 우리 농민끼리 싸우게 됐소."

다른 이가 말을 받았다.

"그게 무슨 소리여?"

또 누군가 눈이 휘둥그레 뜨며 물었다.

"민보군이 머여. 양반들이 백성을 보호한다는 구실로 저들에게 속한 노비들이나 소작인들을 끌어들여 만드는 조직 아니요. 그러니 싸움이 일어나면 양반들은 뒤에서 숨고 소작인들이나 노비들이 앞장서서 싸울 텐데."

"그러면 우리 농민들끼리 싸우는 게 아니요?"

"내 말이 그 말이요. 민보군을 양반들이 만들었다고 그 놈들이 앞장서서 싸울 거 같소?"

"천만에요. 뒤로 빠져 숨기가 바쁘겠지."

"그게 걱정이요. 결국은 민보군과 싸우면 우리 농투성이끼리 싸우게 되었소."

사람들은 할 말을 잃고 멍하니 있었다. 어이가 없었다.

"민보군을 양보군으로 해야 하는데 말이여. 백성을 위하는 조직이 아니라 양반들 재산이나 권세 보전하려고 그런 게 아니요."

"그러게. 근데 앞장서서 싸우는 건 상놈들이고. 쯧쯧."

"소작인들은 소작을 떼일까봐 할 수 없이 들어갔겠고. 옛날 임술년 때도 그랬다며."

"그러게 말이여."

사람들은 이를 악 물었다. 양반들의 권세욕에 다시 한 번 더 치를 떨었다. 지금껏 백성들을 위해 양반들이 한 일이 무엇이 있나. 오로지 농민들을 인간으로 취급하지 않았던 게 아닌가.

32년 전인 임술년에도 민보군이 결성되었다. 그때에도 양반들에게 딸린 노비들이나 소작인들이 가입되었다. 물론 소작인들은 강제로 가입하였다.

"앞에서 열심히 싸운 자는 소작을 더 줄 것이다."

"뒤로 물러서는 자는 소작을 뗄 뿐만 아니라 물고를 낼 것이다."

양반들은 협박을 하였다. 한참 일할 철이라 농민들은 투덜거렸다. 그러자 양반들은 소작료를 면해주겠다고 했다. 또한 다른 사람이 민보군에 가입하면 돈을 주고 양식을 주었다. 그러니 걸인들도 많이 가입하였다.

그 당시에 화서에 사는 천서방이라는 사람이 있었다. 그는 자진해서 민보군에 가입하였다. 양반들은 천서방이 자진해서 들어온 농민이라고 대대적으로 선전하였다. 그러나 속내는 그게 아니었다. 아내가 시름시름 앓다가 죽었고 많은 빚을 지게 되었다. 그에게 여섯 살 먹은 아이가 있었는데 아이는 굶길 수 없어 양반에게 찾아갔다.

"이 아이를 노비로 삼아 주시오. 나중에 돈을 벌어 찾으러 오겠나이다."

마침 그 양반에게도 여섯 살 먹은 아들이 있어 아들에게 놀이감으로 줄 겸 그 아이를 노비로 삼았다. 얼마 후 양반들이 민보군을 결성한다는 말을 듣고 그 양반을 찾아갔던 것이었다.

"잘 했다. 난이 끝나면 네 놈이 빚진 돈을 면해주고 아이도 돌려주겠노라."

양반은 반가이 그를 받았다. 천서방은 열심히 싸웠다. 몇 개월 동안의 난이 끝났을 때 천서방은 아이를 찾으러 갔다. 그러나 아이는 없었다. 양반은 아이를 서울에 사는 양반한테 뇌물로 준 것이었다. 알고 보니 그 시점은 난이 시작될 때였다. 애초부터 아이를 돌려 줄 마음이 없었던 것이었다. 빚진 돈도 면하지 못 하고 결국은 야반도주를 했다.

"그럼 소작인들에게 소작료를 면해준다는 약속도 안 지켰는가?"

누군가 물었다.

"그야 뻔한 말 아닌가. 뒷간에 갈 때하고 나올 때는 다른 법이야."

"저런 죽일 놈들."

사람들은 이를 갈았다.

농민군들은 민보군이 결성된다는 말에 크게 술렁거렸다. 결성된다면 언제 관군과 합세해서 쳐들어올지 모르는 일이었다. 또한 일본군 병참기지도 가까이 있어 여간 신경쓰이는 게 아니었다.

"오늘부터 훈련을 강화한다며?"

"그들이 언제 쳐들어올지 모르니."

농민군들은 사기는 높았지만 두려움이 없는 것은 아니었다. 싸움은 언제 죽을 지도 모르는 것이었다. 애들 소꿉장난이 아니었다. 또한 농민군들이야 수는 많았지만 오합지졸이라는 것을 그들 스스로 잘 알고 있었다. 평생 일만 했지 창이나 칼을 잡아본 적이 없었기에 정작 싸움이 일어나서 앞에 선 몇 사람이 죽으면 도망치기 바쁜 사람들이었다. 그들도 그런 것을 알고 있었기에 두려움을 느꼈다. 하지만 겉으로 드러내는 이는 없었다. 두려움보다는 이 세상을 바꿔야 한다는, 양반 상놈 없는 세상에 살고 싶다는 욕망이 더 컸다. 내 땅을 가지고 싶다는 소망이 두려움을 잊게 했다.

친구

광호는 재미있다는 듯 연극을 집중해서 보았다. 광호에겐 연극이 생각보다 더 충격적인 것 같았다.

"그럼 이제 본격적으로 싸우는 건가?"

광호는 재우를 돌아보았다.

"그렇겠지. 싸우겠지."

재우는 고개를 끄덕이며 말했다. 마음이 편치 않았다. 가슴이 답답해져왔다.

"신나겠다."

광호가 호기심을 나타냈다.

"그게 신날 일이야?"

재우는 가까스로 화를 삭였다. 저들은 자기 것을 지키기 위해선 무슨 짓이든 하지. 재우는 속으로 중얼거렸다. 파업할 때 재우는 회사 뒤에 엄청난 괴물이 있다는 것을 느꼈다. 자기들이 싸워야하는 상대가 회사뿐만 아니라 그 뒤에 있는 괴물과도 싸워야 했다. 회사는 괴물의 지원을 받고 괴물과 협의했다. 어느 시대나 민보군이 존재하는구나, 가슴이 쓰려왔다.

잊자. 재우는 광호에게 화를 내지 않아 다행이다 싶었다. 순간순간 솟아오르는 화를 삭이기는 싶지 않았다.

오이 하우스로 농사를 짓는 광호가 낮에 재우한테 전화를 했다. 재덕한테 애기를 들었다며 비닐하우스로 놀러오라고 했다. 광호는 옆 동네에 사는데 초등학교부터 고등학교까지 같은 학교를 나온 동기였다. 재우는 바람 좀 쐴 겸 비닐하우스로 갔다. 광호는 아내와 둘이서 오이의 순을 자르고 있다가 반갑게 맞았다.

"이거 드릴 게 없어서요."

광호 부인은 믹스커피를 타 주었다.

"나중에 한잔하면 되지 뭐."

광호가 말했다.

"자기는 맨날 나가면서. 나는 안 데리고 다니고."

광호 부인은 갑갑하다고 했다. 아침에 일어나서 저녁때까지 매일 비닐하우스에서 일하니 지겹다고 했다. 남편이란 작자가 영화도 보여주고 외식도 시켜주면 좀 좋으련만 꼭 혼자서 나가서 친구들과 어울리다 밤늦게 돌아온다고 했다.

"일 끝나고 친구랑 어울리고 그러지요."

재우는 진정으로 광호의 아내를 생각해서 말했다.

"내 말이 그 말이여. 친구들하고 좀 어울리라고 해도 집에서 텔레비전만 본다니까."

광호가 딴전을 피웠다.

"집에 가면 어디 할 게 한두 가지에요? 애들 밥 차려줘야지요. 빨래해야지요. 청소해야지요. 거들어주면서 그런 말하면 밉지나 않지."

광호 부인은 미워 죽겠다는 표정으로 말했다.

"아직도 이렇게 간 큰 남자 데리고 살아요?"

재우는 웃으며 말했다.

"그래도 나만한 남자 있냐?"

광호는 먼저 선수를 치곤 껄껄 웃었다. 재우는 두 사람을 보며 문득 부럽다는 생각이 들었다. 우리 부부는 저렇게 웃어 본적이 얼마나 됐나. 저렇게 농담도 하며.

"오늘 연극하는데 같이 가시지요."

재우는 진정으로 말했다.

"무슨 연극인데요?"

광호 부인은 관심을 드러냈다.

"동학이요. 100여 년 전에 동학농민군이 여기 S 읍성을 점령했다는 얘기래요."

"재미없겠다. 좀 로맨스한 거 안 하나. 난 그런 거 보고 싶은데."

광호 부인은 말갛게 웃었다. 그 모습이 너무나 순진하게 느껴졌다.

"같이 가세요. 연극보고 이 녀석한테 맛있는 거 사 달라하고요."

"피, 저 사람이 사 줄 거 같아요? 안 그래도 재우 씨랑 한잔하려고 벼르고 있는데."

"야, 너 좀 잘 해라, 안 쫓겨나려면."

재우는 광호를 툭 쳤다.

"나만큼 잘 하는 사람 있으면 나오라고 해."

"아이고 줄을 섰겠다, 섰겠어."

광호 부인의 말에 셋은 크게 웃었다.

"남자들은 좋은 세상이에요."

"그래요?"

"남자들은 좋잖아요. 술도 마시고. 밥도 안 하고. 또."

"그렇구나."

재우는 씁쓸하게 웃었다.

"근데 참. 아버지 많이 편찮으시냐?"

재덕한테 아버지 병 때문에 휴가냈다는 얘기를 들은 모양이었다.

"연세가 많으시니까."

"그러게요. 그래도 저번에 길에서 한번 뵈었는데 정정하시던데요."

"예. 근데 언제 따냐?"

광호 부인의 말에 재우는 말머리를 돌렸다. 아버지 얘기는 불편했다.

"한 달 정도 있으면 따지."

"언제까지 따냐?"

또 물었다.

"내년 6월까지."

"야, 그러면 돈 많이 벌겠다."

재우의 말에 광호 아내가 손사래를 쳤다.

"기름 값 인건비 제하면 남는 게 없어요."

재우는 낮에 광호의 비닐하우스에서 있었던 일을 생각하며 빙긋이 웃었다. 가난해도 가정이 화목하면 되었다. 해고된 동료 중에는 이혼을 하거나 아내가 자살한 사람도 있었다. 한순간에 가정이 풍비박살났다.

재우는 광호의 어깨를 쳤다.

"야 너, 집사람한테 잘 해줘라. 집에 갈 때 맛있는 거 좀 사 가고."

"말도 마라. 아홉 시면 잔다. 하긴 피곤하기도 하겠지."

광호는 고개도 돌리지 않은 채 연극을 보며 말했다.

예천 농민군

군사훈련이 강화되었다. 오전에만 하던 훈련을 오후에도 하고 저녁을 먹고 밤에도 이어졌다. 주로 훈련 담당은 임오군란 때 장교로 활동했던 총포대장 털보가 맡았다. 군대에 있던 경험으로 총뿐만 아니라 칼과 창 쓰는 법을 가르쳤다. 지도부의 기미가 이상하다는 걸 느낀 농민군들은 힘은 들었지만 누구 하나 불평을 터뜨리지 않았다. 사기는 높았다. 새로운 세상, 새 세상이 왔다는 것을, 그것도 그들 힘으로 만들어냈다는 자부심이 강했다. 새 세상을 빼앗기고 다시 옛날로 돌아갈 수는 없었다.

오전 오후 훈련이 끝나자 사람들은 저녁을 먹기 위해 둘러앉았다.

밥을 타 와서 곳곳에 놓인 반찬 곁으로 가서 여럿이 먹었다. 농민군 지도자들도 예외가 없었다. 같이 줄을 서고 함께 밥을 먹었다. 밥하는 여자들이 밥을 동헌으로 날라주었다가 혼이 나기도 했다. 밥은 잡곡밥이었다. 쌀을 아껴야한다는 지도부의 설득에 사람들은 동의했다. 대신 실컷 먹게 했다. 자신이 먹을 밥을 자신이 가져오니 양껏 퍼올 수 있었다. 또한 식사 때가 되면 농민군이 아니더라도 집에 양식이 떨어진 사람들도 몰려와 항상 북적거렸다. 사람들은 농민군이거나 아니거나 상관하지 않았다. 오는 사람은 모두 밥을 주었다.

"야 이노마야 좀 작작 처먹어라."

터벅머리 총각이 밥을 먹는데 옆에 앉은 중늙은이가 퉁을 줬다. 총각의 밥그릇 위로 밥이 몇 배는 올라가 있었다.

"앗따, 먹을 때는 개도 안 건드린다는데."

총각은 밥을 미어지게 퍼넣고 씹으면서 말했다.

"개는 물까봐 안 건드리지. 근데 봐라. 시방 네가 먹는 게 다른 사람 두 배는 넘지 않냐."

"뭐가 두 배요. 조금 많구만."

총각의 말에 같이 밥을 먹던 사람들은 하하하, 웃었다.

"하는 것도 다른 사람 두 배는 해 봐라. 낮잠이나 좀 자지 말고."

중늙은가 다시 말을 했다. 총각은 밥을 먹고 나면 잠을 자다가 훈련하는 시간을 놓치기 일쑤였기 때문이었다.

"인제는 안 잘라요. 밥 먹자마자 훈련장에 제일 먼저 가 있을라요."

총각은 결기를 다졌다.

"오메, 철 들었고만."

중늙은이는 그만 웃고 말았다.

"많이 드이소."

지도부들이 밥을 다 먹고 돌아다니다 한 무리의 사람들에게 다가가 말했다. 예천 농민군들이었다. 농민군들 모두가 열심히 훈련했지만 그 중에서도 제일 열심히 한 사람들은 예천 농민군이었다. 예천에서 패한 경험이 있었기에 두 번 다시 패배할 수 없다는 결의가 있었다. 또한 힘을 길러 예천으로 쳐들어가 양반들과 향리들이 만든 집강소를 때려 부수어야 한다는 절박감도 있었다.

"이거 미안해서리."

머리에 흰 수건을 두른 사람이 말했다.

"무슨 말씀이오. 다 같은 농민군이오. 또한 우리에게 많은 도움이 되고 있소. 진정 고맙소이다."

지도자는 말했다. 예천군 농민군이 비록 민보군에게 패했다고 하지만 그 경험은 소중한 것이었다. 지도부로서는 전략을 짜는데 많은 도움이 되었다. 또한 S 농민군들은 직접 싸워본 경험이 없는데 반해 그들은 두 번씩이나 큰 싸움을 했기에 앞으로 싸울 경우에도 크게 힘이 될 터였다.

예천은 양반 향리계층이 두터웠는데 그들은 사회 경제적 기득권을 잃어가자 7월에 스스로 자구책으로 민보군을 결성했다. 그리곤 예천 관아에 집강소도 설치했다. 노비들과 소작인 그리고 돈과 소작으로 회유한 인근 농민들을 편입시켜 군세를 확장하고 관아의 무기로 무장했다. 이들이 만든 집강소는 다른 지방과 달리 양반 향리층의 기구였다.

다른 지방엔 농민군이 집강소를 만들었던 것과는 많이 달랐다. 집강소 조직 직책을 맡은 구성원도 양반 4명에 향리는 32명에 달했다. 한마디로 예천의 집강소는 향리층이 군권을 장악한 민보군 조직이었다.

"손을 보아하니 댁은 농민이 아닌데 어떻게 참가 하셨슈?"

옆에서 밥을 먹던 S 농민군이 예천 농민군에게 물었다. 탓하는 투는 아니었다. 다른 사람들과 달리 하얀 손이 유난히 눈에 띄었기 때문이었다.

"이 분은 원래 천석꾼 양반이었다오. 예천 농민군에 돈과 재물을 많이 내놓았지요. 뜻이 광대한 분이오."

옆에 앉은 사람이 말을 받았다. S뿐만 아니라 어느 지역이나 뜻있는 양반이나 지주들도 많이 참가했다.

"그럼 우리 S 농민군에도 몇 백석을 내놓으셨다는 분이오?"

방금 물은 사람이 눈이 휘둥그레져서 물었다.

"그렇소. 언젠가는 S 농민군과 안동 의성 농민군들이 합세해서 예천 관아를 치리라 믿소."

천석꾼은 가만히 있었고 그 옆 사람이 말했다. 사람들은 고개를 끄덕끄덕거렸다.

"한천 모래밭에서 생매장 당한 농민군의 한을 풀어드려야지요."

S 농민군이 말했다. 예천 한천 모래밭에서 11명이 생매장 당한 사건은 인근 지역에 널리 퍼져 모르는 사람이 없었다. 예천 민보군이 농민군 11명을 생포했고 사람들을 모아 공개적인 심문을 하였다. 그러나 생포당한 농민군들은 그동안 농민군 활동을 털어놓기는커녕 오히려 민보군들을 강력히 규탄하고 나섰다. 예천 군수를 비롯한 아전들과

지주들의 수탈을 규탄하고 새로운 세상을 만들어야 한다고 소리쳤다. 이에 구경나온 많은 사람들이 고개를 끄덕였고 놀란 민보군은 11명을 한천 모래밭으로 끌고 가 생매장을 했다.

"그래서 예천 읍내로 가는 길목을 차단해 양식과 땔감을 못 가게 했군요."

"그럼요. 네 길을 꽉 막아 놓으니 저들이 어찌 되겠습니까. 군수도 며칠을 굶었지요."

예천 농민군들은 통쾌하다는 듯이 웃었다. 이후 읍내 주민들까지 굶는 사태까지 이르자 여론은 급격히 나빠졌고 민보군은 빨리 싸움을 하는 게 좋다고 판단 대대적으로 농민군을 공격했다.

"근데 우리가 졌지 않소."

천석꾼이란 사람이 말했다. 그랬소. 싸움에 졌소. 예상외로 민보군은 강했소……. 그 옆사람이 중얼거렸다. 안동 관아에서 지원군이 온다는 말도 흘렸다. 농민군에서는 손발이 맞지 않아 제 때에 온다는 지원군도 오지 않았다. 수십 명이 죽었다. 작전의 실패였고 무기의 열세였다. 그러나 문제는 며칠 뒤의 일이었다. 일본군의 공격이었다. 나라 전체에서 동학농민군에 대한 일본군의 첫 공격이었다.

예천 농민군은 태봉에 있던 일본군 병참기지를 공격하려고 준비를 하고 있었다. 낙동강 옆에 있는 일본군 병참기지는 조선을 점령하는 것은 물론이고 청나라를 공격하는 것을 목표로 삼고 있었다.

"일본군이 허연 대낮에 말이요. 술에 취해 우리 부녀자를 희롱해도 관가에서는 가만히 있었소. 주민이 발고를 하면 오히려 발고한 사람을 곤장 쳤지요. 씨발,"

예천군 농민들은 이를 갈았지만 어느 지방이나 마찬가지였다. 일본군이 어떤 죄를 저지르더라도 국내법으로 처벌할 근거가 없었다. 또한 일본군과 결탁해 쌀을 일본으로 빼돌리는 고을 수령이나 아전들이 대부분이었기에 발고를 해도 아무 소용이 없었다. 이미 그들은 뇌물을 많이 먹었기 때문에 오히려 발고를 하면 일본편을 들었다.

그러다 일본 대위가 농민군에게 붙잡혔다. 병정 2명과 함께 농민군을 정탐하다 들킨 것이었다. 농민군은 잡아다 심문했다. 일본 장교는 농민군이 일본군을 공격할까봐 정보를 알기 위해서였다고 했다. 그러면서 자기들은 언제든 조선 농민군을 공격할 준비가 되어 있다고 했다.

"그때 그 기분 아시오?"

예천 농민군은 말했다.

"농민군이 쭉 둘러서서 일본 장교를 심문했는데 굉장했소. 그래도 우리는 예의를 갖추느라 곤장은 치지 않고 말로 했지요. 그리고 목숨은 살려주리라 했지요. 자칫하면 일본군과 전쟁이 일어날 줄 알았지요."

그러나 아니었소. 예천군 농민군은 고개를 떨어뜨렸다. 오판이었다.

"그들은 당당했소. 마치 자기들 나라처럼 행동했소. 법으로 하자. 일본 공사관을 불러 달라. 별 지랄 다 하였소. 하지만 분명한 것은 그때 눈치챘소. 그들이 이미 조선은 자기들의 속국이라 생각한다는 것을요. 어떻게 다른 나라에 와서 술 처먹고 부녀자를 희롱해 놓고서 그렇게 당당할 수 있겠소. 그리고 백성들이 일으킨 혁명에 저들이 무얼 궁금해서 정탐까지 했겠소. 나중에 알았지만 저들이 제일 두려운 것은 백성이었소. 농민군의 혁명이었소. 우리 농민군이 내세운 것이 척왜척양이었지 않소. 하지만 실제로 우리가 행동한 것은 탐관오리들을 징치하고 신분의 귀천 없는 세상이었소. 내 너 없이 함께 잘 사는 세상이었소. 위에서는 일본을 몰아내자고 했지만 사실 우리는 그런 것에는 관심 없었소. 단지 쌀이 필요했고 땅이 필요했을 뿐이요. 그러나 일본군이 보기에 임금과 관료들은 크게 문제가 없었던 것 같소. 저들은 지금 가진 것만 지키면 되니까, 저들에겐 가진 것만 안 뺏기면 되니까 문제 없었소. 나라를 뺏는 대신 그들에겐 돈을 주면 나라를 통째로 먹을 수 있으니까요. 문제는 백성이었지요. 양반과 관료들이 아니라 백성이 제일 두려웠던 게요. 그래서 우리 농민군을 정탐하러 왔던 게요."

"그래서 죽였군요."

S 농민군이 말했다.

"아니면 어차피 우리가 그들에게 죽을 판이었소. 왜 정탐했겠소?"

"죽일 놈들."

S 농민군은 분개했다. 언제든 낙동면에 있는 일본군 병참기지가 눈엣가시였다. 예천처럼 농민군을 언제 정탐하러올지 몰랐다. 저들이 이미 조선을 삼키러 작정했다면 그건 시간 문제였다. 정탐 후엔? 등골이 서늘했다.

"당장 목을 벴지요. 그리고 일본군은 그걸 핑계 삼아 우릴 공격했소. 일본군이 조선 백성을 공격한 것은 나라 전체로 봐서 처음이었소. 아무리 자국 장교가 죽었다 해도 그렇지. 제대로 된 나라라면 외교관을 통해 우리나라 정부에 항의하고 처벌을 요구해야 하는데 그것도 자기의 땅이 아닌 남의 나라에서 그 나라 백성을 공격한다는 게 말이 되오? 그걸 보고 백성을 보호해야 할 관군은 오히려 자기 나라 백성을 죽이라고 지원하거나 구경만 하고 있으니 말이오."

다른 예천 농민군이 말했다.

"근데 어떤가요? 저들이."

"어른과 아이 싸움이었소."

예천 농민군은 고개를 저었다. 애초에 싸움이 될 수 없었다. 농민군은 창과 칼이 주 공격무기였다면 저들은 총이었다. 창과 총은 애초에 경쟁이 될 수 없었다.

"많은 사람들이 죽고 나머지는 도망쳤소. 후일을 도모하자는 것이었소."

예천 농민군은 고개를 떨어뜨렸다.

"우리는 도망치다 보니 S로 왔소. 안동으로도 많이 갔소. 하지만."

예천 농민군은 눈을 부릅떴다.

"하지만, 백성들이 모두 들고 일어난다면 일본군을 물리칠 수 있을 것이오. 근데 문제는 일본군이 아니라 그에 빌붙어 기득권을 유지하자는 양반들이지요. 농민군이 나라를 뒤집어서 양반 상놈 없는 세상이 되기보다는 나라를 뺏기더라도 양반질만 계속하면 된다는 것이지요."

"그러니까, 나라가 없어져도 양반 자리만 보존하면 된다 이거지요?"

"그렇소. 저들에겐 나라보다 자신들의 양반 자리가 더 중요한 문제였소."

"죽일 놈들. 맨날 나라를 위해 충성해야 한다고 지랄을 떨더니만."

예천 농민군은 한숨을 지었다.

"그들은 나라는 안중에 없었소. 오직 재물과 양반자리에만 관심이 있었을 뿐이오."

허허. S 농민군들은 허탈하게 웃었다.

"결국은 우리는 우리가 지켜야 한다는 사실이오."

"나라는요?"

"나라도 필요 없소."

"임금님은요?"

"그도 필요 없소. 백성은 단지 임금 자리를 유지하기 위해 필요할 뿐이오."

"양반놈들은 당연히 필요 없겠군요."

"그들은 오직 재물과 권세만 있으면 되오."

"그럼."

S 농민군들은 침을 꿀꺽 삼켰다.

"우리는 무엇이 필요하오?"

"우리뿐이오. 함께 할 이웃들만 있으면 되오."

"그게 다요?"

"그리고 믿음이요. 우리의 세상이 온다는 믿음. 그것만 있으면 되오."

그것뿐이오. 예천 농민군은 주먹을 쥐었다. 그리고 먹던 밥을 계속 먹었다.

농사

재우는 광호를 데리고 관객뒤로 나왔다. 담배 생각이 간절했다.

"근데 말이야. 백 몇 년 전에 참말로 저랬다고?"

광호는 재우 뒤를 따라가며 말했다.

"모르지, 그랬다니까 그랬구나 하는 거지, 뭐."

재우는 담배를 꺼내 광호에게 한 개비 주고 자신도 물었다.

"야, 그래도 옛날에 대단했다, 야. 난 동학이란 게 저 정도인지 몰랐어."

"대단했겠지. 억눌리고 살던 시대였으니까."

"그렇지? 그래도 지금은 참 나아."

광호가 라이터 불을 켰다. 지금이 옛날보다 나은가? 재우는 담배 연기를 길게 내뿜으며 생각했다. 경제적으로야 더 나을 수도 있지만. 더 낫다고 할 수 있을까? 어느 재벌이 자기 회사 노동자들을 보고 머슴이라고 했다지 않은가. 노비. 노동자는 노비인가. 돈 있는 사람들은 양반이고 노동자는 노비이고. 현대는 그런 시대구나. 재우는 쓸쓸한 생각이 들었다. 100여 년 전이나 다를 게 없는 세상.

"그래도 요즘은 나만 잘 하면 잘 살 수 있는 세상이잖아."

광호는 담배연기를 하늘로 내뿜었다.

"나만 잘 하면 잘 살 수 있을까?"

"그럼."

"정말?"

"야가 왜 이카나. 왜 성격이 비뚤어졌나."

"내가?"

재우는 픽, 웃고 만다. 언젠가 신문에서 노동자가 해고당한 후 피자 가게를 차려 성공한 사례를 본 적이 있었다. 아내와 함박웃음을 지으며 피자 가게 앞에서 사진 찍은 그들의 모습을 보면서 그는 절망을 느꼈다. 마치 똥물을 뒤집어쓴 느낌이었다. 열심히 노력하면 누구나 성공할 수 있는 세상인데 너는 뭐 하냐. 그렇게 게을러서 어떡할래. 해고는 또 다른 기회다. 신문은 그렇게 말하는 것 같았다.

"정말 그런 세상이면 좋겠다."

"너 노조 하냐?"

광호는 재우의 얼굴을 똑바로 보며 말했다.

"왜? 내가 할 거 같아?"

"아니, 꼭 그런 게 아니고."

"음."

재우는 입을 다물었다.

"너 농민회 활동 안 하지?"

"그럼. 데모할 시간에 일을 해야지."

"그래?"

재우의 말에 광호는 씨발, 하면서도 웃었다.

"구미서 공장 다닐 때가 더 나은 거 같아. 지금은 빚만 잔뜩 지고 말이야."

"빚 많아?"

"작년에 하우스 더 늘렸잖아. 천 평 늘렸는데 일 억 오천이야."

"대신 많이 벌잖아."

"말도 마. 나와 마누라 인건비 겨우 벌 정도야."

힘든 것은 어디나 마찬가지인 것 같았다. 전에 인터넷으로 신문 기사 본 게 생각났다. 한미 FTA발효 되고나서인데 소 농사로 성공한 사람의 이야기였다. 한우 300마리를 키우는데 1년 소득이 1억이라는 것이었다. 한미FTA 발효되도 자기만 열심히 하면 성공한다는 기사였다. 그때 재우는 귀가 솔깃한 것은 사실이었다.

"야 말도 마라. 한우 삼 백 마리면 돈으로 치면 보자. 한 마리에 오백 잡으면, 십오억이다. 땅 값하고 시설비하면 십팔 억은 넘을 텐데. 그 돈 은행 이자만 따져도 일억은 되겠다."

광호는 그런 돈으로 농사를 지을 사람이 있겠냐고 거품을 품었다. 재우는 할 말이 없었다. 농사도 돈이 있어야 짓는구나 싶었다. 할 거 없으면 농사나 지으면 되지 하는 말은 이젠 말도 안 되는 소리구나. 재우는 쓸쓸한 생각이 들었다.

"근데 몇 백 마리 키우다 망한 사람들 많아. 재덕이 봐라. 망했잖아. 미국과 에프티에이 체결되고 대부분 거덜났어. 지금 견디고 있는 사람들은 그래도 기본금이 있는 사람들이야. 그들도 얼마 못 갈 거고. 서서히 농촌이 망해가는 중이야."

광호의 음성이 높아갔다. 재우는 침통하게 하늘을 올려다보았다.

"야, 근데 아까 말한 거, 어떤 신문이 그러냐?"

"니들 좋아하는 신문. 불평불만이 없는 사람들이 많이 보는 신문."

"언론이 그 모양이니 나라가 제대로 되겠냐."

비닐하우스에선 매일 라디오를 틀어놓는다고 했다. 같은 일을 반복

해서 하다 보니 지겨우니 라디오를 들을 수밖에 없다고 했다. 그래서 세상 돌아가는 건 누구보다 잘 안다고 했다.

"뉴스는 듣지 마라."

"왜?"

광호가 별소릴 다 한다는 투로 말했다.

"그건 그렇고 비닐하우스는 어때?"

재우는 의식과 관계없이 자꾸 물어보는 자신이 왠지 초라하게 느껴졌다.

"기름값이 너무 비싸."

"면세유 안 되냐?"

"되긴 해도 가격이 원체 비싸니까. 일 년에 오천만 원이 넘어."

거기다 한미 FTA 때문에 상대적으로 나은 비닐하우스 쪽으로 농사꾼이 몰린다고 했다. 농사란 게 한 작물이 망하면 다른 작물 쪽으로 몰리기 때문에 연쇄적으로 폭락한다고 했다.

"게다가 말이야. 이제 중국과 에프티에이 체결되면 우리 같은 채소 농사도 다 망해. 중국에서 배가 뜨면 인천항에 반나절이면 도착한다며. 아마 얼마 못 가 우리나라 농사꾼 외국에 먹힐 거라."

광호는 한숨을 푹 쉬더니 말을 이었다.

"너 혹시라도 농사지을 생각마라."

광호는 진정으로 충고하는 듯 했다.

"짜식. 내가 땅이 어디 있다고."

재우는 말을 해 놓고도 뭔가 찜찜한 구석이 있었다.

"농민 주유소 있던데 거기서 안 넣냐?"

언젠가 농민회가 운영하는 모범 주유소로 널리 알려진 것을 기억했다.

"우리는 원예 조합에서 선정해. 다 어디나 똑 같지 뭐."

"그래도 같은 농민이 하는 주유소에서 팔아주면 안 좋냐. 비닐하우스하는 사람들 전부 다 거기서 넣으면 일 나겠다."

"결국은 농민회하는 사람들 덕 보겠지."

"나중에 그 돈으로 데모해서 농민들 권익 요구할 거 아냐?"

"하면 뭘 해. 정치하는 새끼들 들어줄 거 같아? 결국 나야. 내가 돈 벌고 잘 살아야 해. 그래야 인간 대접도 받고."

맞는 말이었다. 돈이 없으면 우리 가족이 당장 굶어야 하고 아프면 죽어야 했다. 주위에서 얼마간 도와준다고 해도 그건 한계가 있었다. 내가 잘 살아야 했다. 그런데, 이런 세상에서 내가 잘 살 수 있을까. 누구나 열심히 노력하면 다 잘 살 수 있을까.

정리해고도 안 되었는데 파업에 참가한 노동자가 몇 명 있었다. 그들은 산 자였다. 그런데 파업에 동참했다. 차마 그 많은 동료를 해고하는 걸 보니 이건 아니다, 라는 생각이 들었다고 했다. 끼리끼리 뭉치는 거였다.

국가는 무엇인가. 파업을 할 때나 끝나고 나서 제일 많이 생각한 게 그거였다. 국가란 무엇인가. 국가가 나에게 해 준 게 무엇인가. 먹고 살겠다고 발버둥치는 노동자에게 발암 물질이 섞인 최루액을 뿌리는 나라. 경찰특공대를 투입해서 무자비하게 진압하는 나라.

"협상해서 타결해야겠습니다."

노조 지부장은 비장하게 말했다. 파업하는 사람들은 그 말이 무슨 뜻인지 알았다. 경찰특공대가 도장 공장까지 투입할 수도 있다는 것이었다. 도장 공장엔 발화 물질이 가득했다. 투입 되면 대형 사고가 날 지경이었다. 한두 사람의 목숨이 날아가는 게 아니었다. 살기 위해선 백기 투항밖에 없었다. 국가는 그랬다. 노동자 몇 명쯤 죽는 건 상관하지 않았다. 내 목숨은 스스로 지켜야 했다. 언젠가 돌아온다는 희망으로 공장의 시설물은 하나도 파손하지 않았다. 언젠가는 돌아오겠지 싶었다. 파업이 끝난 날 깨끗하게 청소도 했다. 내가 먹을 건 내가 구해야 했다. 국가가 해 주는 건 아니었다.

"농민회 중심으로 농민들이 똘똘 뭉치면 그래도 나을 거 아냐. 농산물 가격도 제 때 받을 수 있고."

"그건 좌익분자들이나 하는 짓이야."

좌익분자? 재우는 그만 할 말이 없었다. 재우가 가만히 있자 광호가 입을 열었다.

"정부도 나름대로 시책이 있는데 농민만 위할 수는 없잖아."

"미국과 에프티에이해서 축산농가 망했고 중국과 에프티에이하면 채소 농가 망한다며?"

"손해는 오겠지. 근데 수출이 많이 되잖아. 우리나라는 수출해서 먹고 사는 나라인데 수출을 많이 해야지."

"농민들은 다 죽어도 되고?"

재우는 답답한 맘이 들었다. 생각 같아선 주먹으로 한 대 때려주면 속이 시원할 거 같았다.

"어쩌겠냐, 어째 안 되겠냐."

"지금까지 농민들이 가난한 건 게을러서 그러냐? 그건 너도 아까 얘기했잖아. 미국과의 에프티에이. 그것 때문에 축산농가 다 망하고. 중국과 또 에프티에이 하면 채소 농가 다 망하고. 농민들이 누구보다도 부지런하다는 건 네가 더 잘 알잖아. 근데도 계속 빚에 쪼들리고.”

“그건 그렇지만. 씨발, 나도 모르겠다.”

광호는 이 사이로 침을 찍, 뱉었다. 그만하자, 싶었다. 계속하다간 싸움이 일어날 것 같았다. 무대 앞을 보니 아버지는 여전히 일어서서 연극을 보고 있었다.

“네 아버지가 웬일이냐?”

광호는 이제야 아버지를 발견한 듯 놀라서 물었다.

“동학 농민군이다.”

“동학 농민군?”

광호는 의아해서 재우를 돌아보았다.

“너 같은 젊은 사람이 농민군 안 하겠다고 뒤로 발라당 넘어지니 어쩌겠냐. 나이 많은 사람이라도 농민군 해서 세상을 바꾸어야지.”

재우의 말에 광호는 무슨 말이냐는 듯한 눈길을 보냈다.

“끝나고 술이나 한 잔 하자.”

“그래. 아버지 집에 태워드리고.”

재우는 담배를 비벼껐다. 술 생각이 간절했다.

어머니

밥하는 곳에서 소란이 일었다. 밥을 많이 먹던 터벅머리 총각이 한 여인을 끌어내고 있었다. 여인은 안 끌려가려고 안간힘을 썼다. 여인은 농민군이 읍성을 점령하려고 모였을 때 함께 싸우게 해 달라고 졸랐던 여인들 중의 한 명이었다. 그동안 취사반에 배치되어 밥을 해 오고 있었다. 터벅머리 총각은 그 여인의 아들이었다.

"그만 집에 가시오."

터벅머리 총각은 어머니의 팔을 끌었다.

"야야. 제발 이 팔 놓거라. 내가 가면 어디로 간단 말이야."

어머니는 끌려가면서도 애원을 했다. 사람들은 빙 둘러서서 구경만 하였다. 모여든 사람들도 어찌해야 할 지 모르겠다는 표정들이었다.

"내가 꼭 말을 해야겠어요? 내가 그 지저분한 짓을 꼭 말을 해야 알아듣겠다는 말이오?"

총각은 어머니의 팔을 당기느라 얼굴이 벌겠다. 총각은 기필코 어머니를 끌고 가겠다는 듯 이를 악물었다.

"제발 여기 있게 해 다오."

어머니는 애원하였다.

"여기는 어머니가 있을 곳이 못 되오."

총각은 어머니의 말에 아랑곳하지 않았다. 사람들은 말릴 생각은 않고 안타까이 바라보고만 있었다. 어머니는 끌려가면서도 주위 사람들에게 구원의 눈길을 보냈으나 사람들은 아무도 앞에 나서지 않았다.

총각은 부끄러웠다. 어떻게 어머니가 여기에 있을 수 있단 말인가. 화냥년. 총각은 속으로 되뇌었다. 어머니는 화냥년이었다. 남자한테 환장한 여자였다. 어릴 때부터 저주해온 어머니. 총각은 과거의 기억이 되살아나 몸을 떨었다.

총각이 어릴 때 아버지가 죽고 나자 어머니와 둘이서 살았다. 크게 배곯는 일은 없었다. 소작이 얼마 있었고 어머니가 낮에는 물론 밤에도 일을 했기 때문이었다. 근데 어느 날부터인가 동네 친구들이 자기가 없을 때 쑥덕거린다는 것을 알았다. 총각이 친구들에게 가까이 다가가면 친구들이 무슨 얘기를 하다 멈추었다. 총각은 그런 게 서운했지만 아무 탈 없이 친구들과 잘 어울렸다. 그러던 어느 날 친구와 싸움을 했다. 냇가에서 물고기를 잡는데 총각 때문에 고기를 놓쳤다고 친구가 화를 냈기 때문이었다.

"가자."

친구들은 총각만 빼놓고 다른 곳으로 고기를 잡으러 갔다. 전에 없던 일이었다. 요즘 친구들의 동태가 심상치 않다 했던 나날이었다.

"에이, 화냥년 아들 아니랄까봐."

그때 싸운 친구가 흘끔 뒤를 돌아보며 말했다.

화냥년 아들?

총각은 무슨 말인가 하며 그들을 멍하니 바라보았다. 그날 저녁을 먹으면서 총각은 어머니에게 친구들이 자기에게 화냥년 아들이라고 놀렸다고 말했다. 평소에 총각은 낮에 친구들과 있었던 시시콜콜한 일을 저녁을 먹으면서 어머니에게 말하곤 하였다. 어머니는 그런 총각을 흐뭇한 얼굴로 바라보았다. 그러면 총각은 더 신이 나서 말했다. 그런데 평소에 총각이 얘기를 하면 흐뭇해하던 어머니는 들고 있던 숟가락을 떨어뜨렸다.

"니 시방 무슨 소릴 했냐?"

어머니는 놀란 표정으로 물었다. 총각은 낮에 친구와 싸운 일이며 친구들이 말한 내용을 죄다 얘기하였다. 어머니는 한동안 밥을 먹지 못 하고 굳은 표정으로 허공을 바라보았다.

"어무이, 무슨 얘기냐니까?"

총각도 뭔가 안 좋은 일이라 짐작하며 다시 물었다.

"아무 말도 아니다. 밥 먹거라."

어머니는 숟가락을 놓으며 말했다. 그러다 며칠 후의 일이었다. 친구들과 놀다 배가 살살 아파 집에 와서 뒷간에 갔다. 총각은 친구 집에서 놀다가도 뒷간은 꼭 자기 집으로 가는 습관이 있었다. 볼일을 보고 마당으로 나오는데 방에서 사람 소리가 났다. 신발은 어머니 신발 하나뿐이었다. 이상하다 싶어 방 앞으로 다가갔다. 역시 방에서는 두런거리는 소리가 났다. 남자의 목소리와 어머니의 애원하는 소리였다. 총각은 귀를 쫑긋했다.

"제발 이러지 마시오. 그만 돌아가시오."

어머니는 애원을 하였다.

"허허 아무도 없는데 왜 이러시나?"

굵은 목소리의 남자가 어머니를 달래고 있었다.

"이제 제발 오지 마시오. 우리 아들이 눈치챘는 거 같소."

"눈치 채다니 무슨 소리요? 내 항상 아무도 없을 때만 왔거늘."

"제발 돌아가시오. 동네 아이들이 내한테 화냥년이라 했다지 않소. 이미 동네에 소문이 다 퍼졌는가 싶소."

"허허. 퍼져라면 퍼지라지."

남자의 목소리에 이어 옷이 부스럭거리는 소리가 났다. 남자가 뭔가 강제로 하는 듯하고 어머니가 막는 소리 같았다.

"이번이 마지막이오."

어머니의 헉헉 숨찬 소리. 총각은 자신도 모르게 주먹을 쥐었다. 개가 흘레붙는 것을 생각했다. 어머니가 다른 남자와 흘레붙다니. 개도 아니고. 총각은 부들부들 떨었다. 그 후로 총각은 밥을 잘 먹지 않았다. 어머니와 눈길을 피했다. 누구에게든 수시로 화를 냈다. 친구들하고도 잘 어울리지 않았다.

화냥년.

총각은 어머니를 떠올릴 때마다 속으로 뇌까렸다.

크면 이진사를 죽일 거야.

총각은 어머니와 흘레붙은 이진사를 증오했다. 이진사는 몇 년 전에 상처한 사람이었다. 총각은 이진사가 다니는 길목에 땅을 파고 그 곳에 똥을 넣고 나뭇가지로 덮어 놓았다. 감나무를 이진사라 생각하고 막대기를 휘둘렀다.

그 후로도 총각은 한밤중에도 어머니와 낮게 중얼거리는 남자의 목소리를 가끔 꿈인 듯 들었다.

화냥년.

그럴 때마다 총각은 어머니를 저주했다. 그러면서 빨리 커서 집을 나가리라 결심했다. 집을 나가면 다시는 어머니를 보지 않으리라, 생각했다.

"야야. 제발 이 팔 좀 놓거라."

어머니는 끌려가며 애원했다.

"제발 여길 떠나시오."

총각은 팔에 더욱 더 힘을 주었다. 어머니는 총각을 보며 야속하다는 생각을 했다.

"속죄를 해야 한다께. 속죄를."

어머니는 끌려가며 중얼거렸다.

애야. 그건 사랑이었다. 그건 어쩔 수 없는 사랑이었다. 처음엔 소작 때문이었느니라. 네 아버지가 죽고 난 뒤 젖먹이인 너를 아녀자로서 혼자 어떻게 키우겠느냐. 매일 집안일 해주러 가는 이진사 댁에서 소작을 준다고 했다. 소작을 준다는데 어찌 이진사를 거부하겠느냐. 처음엔 이진사가 집에 찾아와 강제로 범했지만 시간이 지나자 나도 이진사를 기다렸느니라. 그게 무언지 몰라도 몸이 기다렸느니라.

이제 속죄하러 왔다. 새 세상을 만든다는데 밥해 주러 왔다. 새 세상을 만드는 남정네들 밥해 주러 왔다. 그것이 내 몸이 탐한 죄를 사하는 일이다.

애야. 제발 나를 두고 가거라.

너를 보러 왔느니라. 네가 자꾸만 엇박자를 놓는 것을 알고 있었다. 너에게도 속죄하려고 왔다. 네가 싸우는 걸 지켜보고 네가 먹는 밥을 내 손으로 지어주고 싶었다. 네가 밤에 남의 집 머슴방에 머문 지가 몇 년째냐.

네가 집을 나가고 난 죽은 듯 지냈느니라. 어째서 이진사도 찾아오지 않았고 긴긴밤 뜬눈으로 지새웠다. 전생에 무슨 죄를 그리 지어 내 팔자가 이런가 생각했다. 일찍 돌아가신 네 아버지도 원망했다.

애야. 날 용서하거라.

날 용서하고 넌 새 세상에서 살거라. 입에 들어가는 밥에 모든 것을 걸어야 하는 이 세상을 바꾸어라. 네가 세상을 바꾸는 모습을 보고 싶다.

어머니는 끌려가며 울음을 삼켰다. 눈물을 보여선 안 된다. 이제 아들에게 그런 모습을 보여선 안 된다. 어머니는 이를 악물고 눈에 힘을 주었다.

"여보게 총각."

누군가 불렀다. 총각은 손을 잡은 채 소리가 나는 쪽을 바라보았다.

"집강 어른이 좀 보자시네."

"좀 있다 찾아뵙지요."

총각은 가쁜 숨을 내쉬었다.

"지금 바로 오라시네. 자네 모친도 말이여."

총각은 걸음을 멈추었다. 어머니는 손을 잡힌 채 아들을 바라보았다. 얘가 무슨 잘못을 저질렀는가.

"어여 가보게. 지금 기다리고 계시네."

총각은 머뭇거리다 어머니의 손을 놓고 동헌 쪽으로 걸어갔다. 어머니도 뒤를 따랐다. 동헌 마당에 집강이 서 있다가 두 사람을 맞이했다.

"방으로 들어가세."

집강이 먼저 방으로 들어갔고 총각과 어머니가 뒤를 따랐다. 총각과 어머니는 무릎을 꿇고 앉았다.

"편히 앉으시지요. 자네도 편히 앉고."

집강은 어머니와 총각을 번갈아 보았다. 하지만 두 사람은 자세를 고쳐 잡지 않았다. 흠흠. 헛기침을 하던 집강은 총각을 보며 입을 열었다.

"얘기는 다 들었네."

총각이 고개를 들어 집강을 바라보았다. 집강은 잠시 뜸을 들였다.

"어린 마음에 한이 맺혔겠지. 자네 마음도 이해하네."

"……."

"부모의 허물을 캐지 않는 게 자식으로서의 도리라 보네. 그게 효자라는 걸세."

"아이고 집강 어른, 야는 잘못이 없구만요. 내가 죄를 많이 지어서."

"지금 와서 누굴 탓하자는 게 아닙니다. 자식이 컸으니 이제 어머니의 마음도 이해를 하라는 것이지요."

집강의 말에 어머니는 고개를 숙였고 총각은 고개를 비틀었다.

"우리가 집강소를 차리고 시행해야 할 것 중에 청상과부 개과를 허용한다는 구절을 기억하는가?"

"예."

총각은 나지막이 말했다.

"비록 한때 자네 어머니가 잘못을 했다고는 하나 알고 보면 다 먹고 살기 위해서 그랬던 것을. 그런 쪽으로 생각해봤는가. 또한 그 이진사 그 사람도 혼자된 사람 아닌가."

"그래도 어찌 그런 일을."

"당장 굶게 생겼는데도? 본인 입이야 거미줄 칠 수 있지만 자식 입은 거미줄 못 치네. 그게 어미의 마음일세."

"그럼 다 저 때문이라는 말씀입니까?"

총각은 따지듯 말했다.

"말하자면 그렇다는 얘기일세. 이제 지나간 일 덮고 가게. 그동안 자네가 집에도 안 들어가고 밖으로만 나돌았다는 걸 들었네. 자네 어머니 맘은 얼마나 아팠겠나. 이제 덮고 가게. 새로운 세상이 왔네. 어머니를 이해하게."

총각은 고개를 옆으로 틀었다. 한동안 침묵이 흘렀다. 집강은 흠흠, 헛기침을 하였다.

"어머니는 지금 농민군일세. 취사반원이라는 말일세."

총각은 아무 말 없이 고개를 외로 틀고 있었고 어머니는 고개를 숙였다.

"비록 자네의 어머니이긴 하지만 자네 맘대로 농민군에 빠져라 마라 할 수는 없는 일이네."

"이건 제 집의 문제입니다."

총각의 음성이 올라갔다.

"두 사람의 문제는 사사로우나 농민군 탈퇴 문제는 모자간의 문제가 아니라는 말일세."

"……."

"그래서……."

집강은 잠시 말을 끊었다가 이었다.

"어머니를 지금 당장 이해하기 힘들면 우선 그냥 지내보게. 자네는 칼 다루는 것을 배우고 어미는 밥을 하고. 시간이 지나면 어머니를 이해하게 될 걸세."

집강은 무릎걸음으로 총각에게 다가가 손을 잡았다.

"그렇게 해 주게. 며칠만이라도. 각자 맡은 바 열심히 해보게. 보고도 인사를 안 해도 되고. 단지 그렇게 할 일만 하면서 지내보게나. 부탁하네.”

“흑흑흑.”

총각은 울었다. 집강은 총각을 안았다. 어머니도 훌쩍거렸다.

“자네 맘을 이해한다지 않나.”

집강이 총각의 등을 두드렸다. 한참 울던 총각이 벌떡 일어섰다. 그리곤 방을 나갔다.

“고맙습니다. 집강어른.”

어머니가 고개를 숙였다.

“아니오. 아무 잘못이 없소. 맡은 바 열심히 하시오. 농민군에게 아주 중요한 일이오.”

“고맙습니다. 이 은혜를 어떻게 갚을지.”

“지금 열심히 하고 있지 않소. 우리 농민군에게 큰 힘이 되오.”

“그래도. 죄가 씻어질런지.”

어머니는 울면서 말했다. 그러면서 거듭 집강에게 고맙다는 말을 했다. 다 잘못 된 세상 탓이오. 집강은 속으로 되뇌었다.

주먹패

연극이 끝나자 재우는 아버지를 집에 태워주고 난 뒤 동네를 빠져나오다가 옆 동네에 가보고 싶다는 생각이 들었다. 거기엔 37칸 집 기와집이 있었다. 그냥 ‘큰기와집’ 으로 통하던 집이었다. ㅁ자로 된 집 구조에 행랑채에서 사랑채로 곳간이 길게 있던 집이었다. 어릴 때 넓은 마당에서 놀던 기억이 났다. 탱자나무나 감나무 대추나무들이 엄청나게 컸고 방이 아주 많았다.

기와를 머리에 인 높고 커다란 대문은 입을 굳게 다물고 있었다. 지금껏 관심이 없었는데 갑자기 들른 것은 아마도 연극 때문이리라 생각했다. 재우는 문을 밀어 보았다. 꼼짝도 하지 않았다.

이 집은 그때 무사했구나.

재우는 동학 농민군이 소리마을과 봉대마을을 불태우던 광경이 머리에 떠올랐다. 이런 대문을 곡괭이 같은 걸로 때려 부수었겠지. 재우는 곡괭이를 팔로 쥐는 모양새를 취했다. 몇 번 만에 대문은 부셔지고 사랑채로 들어가 금은보화를 꺼낸다. 이미 양반인 주인은 도망쳤을 테고. 안채도 비어 있었겠지. 그동안 악독한 짓을 많이 했기에 농민군들이 자기 집에 쳐들어올 것을 짐작했겠지. 안채에도 금은보화가 가득했을 테고. 그걸 밖으로 끄집어낸 후 불을 지른다? 불을 붙인 짚단을 방안으로 던지면 금방 불이 활활 타오르겠지. 참, 곳간에 쌀이 가득할 텐데 쌀부터 꺼내야겠구나. 재우는 갑자기 마음이 바빠지는 것 같았다. 곳간에도 불을 지르고. 각종 형장이 가득한 하인청도 불 지르고.

만세. 만만세.

재우는 불길을 바라보며 만세를 부르는 자신의 모습을 상상했다. 이 집은 무사한 것을 보니 그렇게 악독한 짓은 안 했던 것 같다는 생각이 들었다. 그럼 불 지르면 안 되지. 대문 옆에 큰 바위가 하나 작은 바위가 하나 있었다. 큰 바위는 큰 말을 타는 것이고 작은 바위는 작은 말을 타는 것이라 했다. 부의 상징이었다.

자식들은 모두 잘 되었다고 했다. 장남은 외국에 유학 다녀와서 대학 교수를 하고 있다고 했고 작은 아들은 의대교수라고 했다. 딸들도 교수이거나 남편이 의사라 했다. 근방에서 최고로 잘 된 집안이라고 사람들은 부러워했다.

교육을 통해 부는 대물림 됩니다.

언젠가 노조 교육 시간에 들은 기억이 났다. 만약 우리 집안도 동학 농민혁명에 참가 안 했다면 나도 교수나 의사쯤 되지 않았을까. 만석꾼이라 했는데. 알아주는 집안이라 했는데. 혁명에 참가한 분의 6촌이 사헌부 감찰관이라 했는데. 재우는 높게 쳐진 흙담을 따라 걷다가 차로 왔다.

차를 타는데 광호한테서 전화가 왔다. 애초에 만나기로 한 시장대포집으로 오지 말고 조이 단란주점으로 오라고 했다.

"단란주점에?"

재우는 인상을 찡그리며 물었다.

"너 대식이라고 아냐?"

대식이라면 알았다. 고등학교 동기였는데 주먹패였다. 안다고 하니 그 친구가 운영하는 주점인데 길에서 만나서 너하고 술 마시기로 했다니까 자기가 쏠 테니 자기 주점으로 오라고 했다는 것이었다.

"시장대포집에서 한잔 하자."

재우는 별로 가고 싶은 마음이 없었다.

"이미 가기로 했는데? 딱 한잔만 하고 다른 데로 가자. 꼭 오라는데 어떡하냐."

광호는 그렇게 말했지만 애초부터 거절하지 않았으리라는 생각이 들었다. 알았다며 재우는 전화를 끊었다. 집으로 되돌아갈까 싶었지만 오랜만에 만난 광호의 입장이 곤란할 것 같았다. 노조 활동을 하고부터 술 마실 때나 노래방에 갈 때 도우미를 부르지 않았다. 노조 활동하기 전에는 노래방에 가면 으레 도우미를 사람 수대로 불렀다. 가끔은 술에 많이 취할 때는 룸살롱도 갔다. 노조 활동을 하고 나서는 그때를 생각하면 얼굴이 화끈 달아올랐다. 가끔 드라마에 룸살롱에서 남자가 여자를 끼고 술 마시는 장면이 나오면 아내는 경멸의 눈길을 보내곤 했다. 재우는 못 본 척 능청을 떨었다.

재우는 버스역 근방에 차를 세워두고 주위를 둘러보았다. S에서는 밤이면 제일 번화가라 했다. 조이는 찾기 쉬웠다. 큰길 옆에 조이라는 간판에 달린 커다란 등이 번쩍번쩍 빛나고 있었다. 문을 열고 들어가자 웨이터가 혹 사장님을 찾아왔느냐고 물었다. 미리 말을 해놓은 것 같았다. 그렇다고 하니 룸으로 안내했다. 이미 대식이와 광호는 술을 마시고 있었다.

"어 재우구나. 어서 와라."

대식이는 반갑다며 손을 내밀었다. 큼직한 손이었다.

"그래. 반갑다."

재우는 어색하게 웃었다.

"자, 양주 할래, 맥주 할래?"

대식이는 자리에 앉으며 말했다. 대식이와 광호는 양주를 마시고 있었다.

"맥주나 한잔 하지 뭐."

재우는 자리에 앉으며 말했다.

"지금 평택에서 회사 다닌다고?"

대식이는 잔에 맥주를 따르며 말했다. 광호에게 대충 들은 모양이었다.

"응."

재우는 잔을 받으며 대식이를 바라보았다. 옛날 그대로였다. 떡벌어진 어깨. 자신만만한 태도. 커다란 덩치. 부리부리한 눈. 변한 게 없구나, 재우는 생각했다. 대식이는 고등학교 동기였다. 그러나 친구는 아니었다. 아니 그가 노는 세계는 따로 있었다. 주먹패였다. 쉬는 시간마다 화장실에 가서 담배를 피우고 동급생을 때리고 돈을 뺏었다. 아침에 학교에 오면 어느 여고 학생을 따먹었느니 어느 고등학교 애들이랑 패싸움을 벌였느니 하는 얘기를 자랑스럽게 떠벌렸다. 재우도 광호도 그에게 몇 번 맞은 적이 있었다. 돈도 빼앗겼다. 그들은 화나는 일이 있으면 한 사람을 지목해 교실 뒤 환경판에 세워두고 주먹질을 했다. 가슴을 때리고 옆구리를 쳤다. 쓰러지면 또 다른 사람을 불렀다. 화가 풀릴 때까지 같은 반 아이들을 때렸다. 아이가 병원에 입원해도 아무 탈이 없었다. 아버지가 교육청 장학사라 했다. 돈으로 학교와 학부모를 구워삶는다고 했다. 교사들도 은근히 그를 편들기조차 했다.

그런데 이제 와서 아무 일도 없었던 듯 술을 권하다니. 그때는 전혀 별개의 세상에서 살았는데. 재우는 별로 유쾌한 기분이 아니었다.

"자자. 건배하자."

대식이가 술잔을 치켜들었다. 광호가 재빨리 술잔을 들었고 재우도 들었다.

"S 발전을 위하여."

"위하여."

대식이가 선창을 했고 광호와 재우는 후렴을 넣었다.
"야들이 왜 안 오냐."
대식이는 벨을 눌렀다. 웨이터는 금방 왔다.
"야, 임마. 두 명 보내랬잖아."
대식이는 눈을 부라렸다. 그 모습이 옛날과 같아 재우는 자신도 모르게 움찔했다.
"죄송합니다."
웨이터는 고개를 깊숙이 숙였다. 웨이터가 나가고 곧이어 가슴이 훤히 드러나는 원피스를 입은 아가씨 둘이 들어왔다.
"야. 니들 이 두 분 잘 모셔라. 니들도 맘껏 놀아라. 내 오늘 한 턱 쏠 테니."
대식이가 소리쳤다.
"역시 우리 박사장은 화통해."
광호가 치켜세웠다. 아가씨들은 광호와 재우 옆에 앉았다. 재우는 강제로 놀게 하는 거 같아 불편했다. 또한 이런 자리가 맞지 않았다. 오늘 잘못 걸렸다 싶었다. 그러면서 이 녀석이 왜 술을 살까, 하는 생각이 들었다. 고등학교 때 친하지도 않은 동기에게 공짜로 술을 살 리가 없었다. 광호하고 친한가 본데 무슨 일인가. 둘이는 어째서 친한가. 둘이는 공통점이 없었다. 고등학교 다닐 때 대식이는 때렸고 광호는 맞았다. 술장사와 농사는 어울리지 않았다. 그렇다고 광호가 주먹패일리는 없었다.
"너 요즘 어떠냐?"
대식이가 재우에게 물었다.

“그냥 뭐.”

재우는 말을 얼버무렸다.

“야, 혹 어려운 일이 있으면 말해라.”

대식이는 말했다. 재우는 속으로 어려운 일? 되뇌었다. 순간 자신도 모르게 어디 취직자리라도 있나? 하고 묻고 싶었다.

“그냥 사는 거지, 뭐.”

재우는 말하면서도 참 구차한 말을 한다는 생각이 들었다.

“야, 내가 그래도 동기들 못 먹여 살리겠냐. 난 동기들 도와주는 건 하나도 안 아깝다, 야.”

대식이는 양주를 입에 털어넣으며 말했다.

“그럼. 넌 우리 동기들에게 많이 도움을 주잖아.”

광호가 뒷장단을 맞췄다.

“혹 S에 내려오면 얘기해. 어디 장사를 하든지.”

재우는 순간 정신이 아찔했다. 대식이 입장에서는 그냥 지나가는 말일 텐데 재우는 가슴이 뜨끔했다. 어디까지 고향에 소문났는가. 정리해고당하고 취직자리가 없어 대리운전하고 있다는 걸 아는 것일까. 재우는 자신도 모르게 몸이 긴장되는 걸 느꼈다. 그러면서도 나는 언제 저렇게 인생을 자신만만하게 살아보나, 하는 생각이 들었다. 지랄을 떨든, 한번만이라도 자신만만하게 살면 소원이 없겠다는 생각이 들었다. 고등학교 때 동기들을 그렇게 때리고도 맞은 사람을 앞에 앉혀두고 아무 일도 없었던 것처럼 얘기하는 게 너무나 부러운 생각이 들었다. 그때 밖에서 시끄러운 소리가 났다. 남자들이 큰소리를 쳤고 아가씨의 날선 목소리도 났다. 싸움이 일어난 듯 했다.

"사장님."

웨이터는 들어와 90도로 허리를 굽혔다. 대식이는 왜냐고 묻지도 않고 잠깐 나갔다 올게, 하고 나갔다. 재우는 앞에 놓인 맥주잔을 들어 원샷했다. 광호도 잔을 들어 원샷했다. 둘이는 잠시 아무 말 없이 있었다. 재우는 묻고 싶은 게 많았지만 참았다. 참는 만큼 취기가 올랐다.

"힘들지?"

광호가 물었다.

"지랄하고는."

재우는 빈 잔에 맥주를 따랐다.

"돈이 죄다."

광호가 자기 잔에 양주를 따라 홀짝 마셨다.

"……."

재우는 잠자코 술만 마셨다.

"쟈가 시의원에 나선단다."

그거니? 재우는 속으로 말했다. 그래 그거였구나. 그럼 너는 참모냐? 앞으로 선거 운동하겠구나. 농민들을 대상으로. 재우는 다시 잔에 술을 따라 마셨다. 광호도 자기 잔에 따라 마셨다.

"돈이면 다 된다. 나도 네 마음 다 안다."

광호는 술이 취하는지 혀가 꼬였다.

"그렇지."

재우는 또다시 잔에 따라 한 번에 마셨다. 맹물을 마시는 기분이었다. 너도 알고 나도 알건만.

"그래도 어쩌겠냐. 도와달라는데. 친군데."

광호는 담배를 꺼내며 말했다.

"야야. 치우고 우리 노래나 부르자."

재우가 말하자 옆에 있던 아가씨가 손뼉을 쳤다. 아가씨가 재우를 부축하고 앞으로 나갔다.

"무슨 노래?"

아가씨가 말했다.

"씨발, 몰라. 아무거나."

"그래도. 오빠."

"일어나."

"오케이."

아가씨는 번호판을 눌렀다. 금방 반주가 울려 퍼졌다. 광호는 앞으로 나와 아가씨를 안고 춤을 추었다. 재우는 마이크를 입으로 가져갔다.

검은 밤의 가운데 서 있어 한 치 앞도

보이질 않아

……

인생이란 강물 위를 뜻 없이

부초처럼 떠다니다가

……

일어나 일어나 다시 한 번 해보는 거야

봄의 새싹들처럼

……

재우가 노래를 부르고 있는데 대식이가 들어왔다. 재우는 계속 노래를 불렀다. 광호는 춤을 추다 자리로 갔다.

"에이 이년들을 그냥."

대식이는 숨을 씩씩거렸다.

"왜 그래?"

광호가 말했다.

"이 년들이 손님한테 지랄을 해서."

대식이는 연거푸 술잔을 비웠다. 밖에서 무슨 일이 있었구나. 재우는 노래를 부르는데 자꾸만 귀는 대식이한테 갔다.

"오늘 이 년들을 그냥 안 둘 거야. 하여튼 조선년들은 삼 일에 한 번씩 패야 돼."

대식이는 아직도 화가 안 풀리는 모양이었다. 재우는 노래를 불렀다.

아름다운 꽃일수록 빨리 시들어가고~

"손님이 왕인데."

햇살이 비치면 투명하던~

"이 년들이!"

이슬도 한순간에 말라버리지~

"야, 씨발!"

대식이는 술잔을 들었다 놨다. 그때 웨이터가 들어왔다. 대식이에게 귓속말로 무어라 중얼거렸다.

"가라 그래. 어디 뒈지기야 하겠나."

아마도 아가씨가 대식이에게 맞아 병원에 간 모양이었다. 웨이터는 어쩔 줄 몰라 하다가 밖으로 나갔다.

쾅!

재우는 들고 있던 마이크를 대식이에게 던졌다. 그러나 마이크는 대식이의 옆을 지나 벽에 부딪혔다. 그러자 스피커에서 삐이익, 빽빽거리는 소리가 났다.

"이 새끼는 왜 이카나."

대식이는 어리둥절한 표정을 지었다.

"손님이 왕이라고?"

재우는 비틀거리며 대식이에게 다가갔다.

"야가 왜 이카나."

대식이는 어이가 없다는 표정을 지었다.

"야, 이 새끼야."

재우는 맥주병을 들어 대식이의 머리를 내리쳤다.

"아, 이 새끼가."

대식이는 술에 취한 상태에서도 재빨리 재우의 손을 잡으며 일어섰다. 재우가 들었던 병이 허공에서 흔들렸다.

"손님이 왕이 아니라."

재우가 고개를 푹 숙이며 중얼거렸다.

"이 새끼 술 취했구나."

대식이가 말했다.

"야, 이 새끼야. 손님이 왕이 아니라 종업원이 왕이다."

재우는 말하다 그 자리에 꼬꾸라졌다.

"이 새끼가 머라카나."

대식이는 어이없다는 표정을 지으며 광호를 봤다. 광호는 재빨리 재우에게 갔다.

"야가 술에 취했는갑다."

광호는 재우의 팔을 어깨에 둘렀다.

"이 새끼야, 손님이 왕이 아니라 종업원이 왕이라고."

재우는 중얼거렸고 광호는 황급히 재우를 부축했다.

"아, 오늘 왜 이렇게 또라이같은 새끼들만 만나냐?"

대식이는 병째 술을 마셨다. 광호는 못 들은 척 재우를 부축하고 조이를 나왔다. 재우는 계속 중얼거렸다.

"종업원이 왕이라고."

다섯째날

소문

소문은 빠르게 퍼졌다. 민보군과 일본군이 연합해 쳐들어온다는 소문부터 일본군 1만의 군사가 쳐들어온다는 소문까지 무성했다. 아무것도 확실한 것은 아니었지만 어제부터 돈 소문은 삽시간에 S 읍내 전체로 번졌다. 읍성을 점령한 농민군들에게도 취사반에도 예외는 아니었다. 취사반에는 전날 저녁에 집에 간 후 아침에 읍성으로 돌아오지 않은 사람들이 많았다.

"아들이 갑자기 급체를 해서."

"갑자기 일이 생겨서."

각종 핑계를 대었지만 읍성에 나온 사람들은 속으로 짐작만 할 뿐 아무 말도 하지 않았다. 나오지 않은 사람들 때문에 아침 식사가 늦어졌다. 농민군 또한 많은 사람들이 나오지 않았다. 농민군이 아니면서도 매일 읍성에 와서 눈칫밥을 먹던 사람들의 수도 현저히 줄었다.

"오메. 정말로 무슨 일이 일어나는가베."

여자들은 부지런히 밥을 하면서도 입을 재게 놀렸다.

"아직 민보군도 안 만들어졌는데 무슨 소리란가?"

누군가의 말에 다른 사람이 말을 받았다.

"민보군이 아니라 일본군이래."

"정말 일본군이 쳐들어온단가?"

"임금님이 일본 공사관에게 직접 요청했다는구먼."

"뭣이? 임금님이? 자기 나라 백성들 다 죽이라고 다른 나라 군사한테 요청했다는 거여?"

"요청은 아직 안 했고 어진 회의에서 그렇게 하자고 신하들이 임금님에게 말쓰드렸다는구먼."

소문은 입도 귀도 없이 이 사람 저 사람에게로 옮겨다녔다. 사람들은 불안한 기색이 역력했다. 소문만 났어도 설마하며 버티겠는데 아침에 밥하러 오니 많은 사람들이 안 나온 것을 보고는 모두들 소문이 정말이구나, 했다. 그러다보니 실수하는 일이 일어났다. 밥그릇을 쏟는다거나 옆 사람과 부딪쳐 국그릇을 엎었다.

"야, 이 사람아 좀 조심해."

한 여자가 언성을 높였다.

"당신이 먼저 나를 밀쳤잖아."

다른 여자가 지지 않고 똑같이 소리쳤다. 평소 같으면 허허 웃으며 자신이 먼저 잘못했다고 서로 사과했을 일이었다. 사소한 일에도 신경질을 부리는 일이 잦았다.

"나 집에 좀 댕겨올라네."

보은댁은 설거지가 끝나기도 전에 옆 사람에게 말했다.

"웬일이여?"

"아침에 아들이 밥을 안 먹고 토하기만 하던데 어떤지 가보고 올라네."

"그려. 갔다 오게."

사람들은 그렇게 말했지만 보은댁이 돌아오지 않을 것이라는 것을 알고 있었다. 보은댁은 보자기에 밥을 한 그릇 쌌다. 그냥 가면 의심을 받으니까 진짜로 아들이 아파서 가는 것처럼 위장을 해야 했고 또 다시는 못 올 거 밥이라도 한 그릇 더 챙기자는 생각이었다. 어제 집에 가서 아침에 안 나온 사람들도 대부분 밥을 싸가지고 갔다. 보은댁은 집으로 가다 농민군이 훈련을 하는 것을 보고는 집과 반대 방향인 북문으로 갔다. 집강한테라도 들키면 무슨 낯짝으로 인사를 하나 싶었다. 방귀를 뽕뽕 뀌대며 서둘러 북문을 빠져나갔다.

"나도 핑하니 댕겨 올라네."

안동댁이 말했다. 그는 남편이 아프다고 했다. 그건 사실이었다. 남편은 오랫동안 아파 농민군에도 참가하지 못 하고 있었다. 그래서 매번 밥을 하고 난 뒤 밥을 싸가지고 집에 갔다 오고는 했다.

"집에 가면 안 오려고 그러지?"

누군가 새된 소리를 했다.

"이 사람아 안 오길 왜 안 와."

"아픈 사람이야 아침에 밥을 해놓고 오면 되지, 갖다 주기는 왜 갖다 줘?"

빈정대는 말투였다.

"허허, 이 사람이 생사람을 잡아도 유분수지."

안동댁은 밥을 싼 보자기를 들다 멈칫했다. 사실 안동댁도 집에 가면 오지 말까 어쩔까 고민하던 중이었다. 자신이야 매번 밥을 싸가지고 집에 갔으니 의심이야 별 받지 않겠지만 집에 가면 다시 올 마음이 들지 자신도 장담을 못 했다. 아침에 남편도 그랬다.

"임자는 소문 못 들었는가?"

삐쩍 마른 얼굴로 방을 나서는 안동댁의 뒤통수에 대고 말했다.

"무슨 소문이요?"

안동댁은 짐짓 모르는 척 물었다.

"아, 일본군이 쳐들어온다는 말."

"아, 그거요? 다 헛소문이요. 설마하니 어느 나라 임금님이 자기 백성들을 다른 나라 군사가 다 죽이라고 하겠소."

안동댁은 대수롭지 않은 듯 말하고 읍성으로 밥하러 왔지만 남편의 말이 계속 맴돌았다. 혹시라도 소문대로 일본군이 쳐들어오면 어떡하나. 내가 죽으면 남편 병수발은 어떡하나. 그런 생각이 자꾸만 머릿속에서 엉켰다.

아들 총각과 한바탕 난리를 치른 어머니는 간간이 농민군 쪽으로 눈길을 돌렸다. 밥을 타러 온 아들의 기색을 살피기도 했다. 어찌된 일인지, 소문이 확실한지, 붙들어 물어 보고 싶지만 아들은 눈길도 마주치지 않았다. 밥 타러 오는 농민군들을 보니 눈에 띄게 수가 줄었다. 그래서 밥이 많이 남았다. 남은 밥을 큰 대소쿠리로 퍼 옮기면서 여자들은 아무 말도 하지 않았다. 김이 얼굴로 피워 올라 물기가 얼굴에 맺혔는데도 닦을 생각도 하지 않았다.

일본군이 쳐들어오면 어떡하지?

어머니는 갈피를 잡을 수가 없었다. 아들을 설득해 농민군을 빠져나가면 더 없이 좋겠는데 아들이 자기의 말을 들을 리 만무했다. 설사 그럴 마음이 있다 해도 자기가 말하면 오히려 성안에 남겠다고 할 터였다.

"이봐 국그릇과 접시를 같이 놓으면 어떡해."

누군가 뒤에서 소리를 질렀다.

"오메."

옆에 있던 여자는 화들짝 놀라 국그릇에 끼어져 있던 접시를 꺼냈다. 평소 같으면 깔깔 웃을 일이었다.

"어젯밤에 서방이랑 뭐 했기에 정신을 놓았다야. 깔깔깔."

"밤새 만리장성 쌓았겠지. 뭘 그런 걸 물어."

"그 집은 좋겠구만. 우리 집 양반은 저녁 먹고 나면 잠자기 바쁘니."

"무얼 그랴. 그저께 얼마나 밤을 새웠는지 하루 내내 하품하더구만."

깔깔깔. 여자들은 힘든 줄도 모르고 밥을 했을 것이었다. 그러나 이제는 웃는 일보다는 신경질을 내는 일이 잦았다. 그러니 누구나 조심한다 하면서도 더 실수를 했고 옆 사람에게 농을 걸지도 않았다.

저녁을 먹고 난 뒤 농민군이 있는 막사 쪽은 조용했다. 평소 같으면 누구의 익살스러운 행동이나 말로 한바탕 웃음꽃이 폈겠지만 누구 하나 나서는 사람이 없었다. 저녁을 먹고 난 뒤 끼리끼리 모여 담배를 피웠고 담배를 피우지 않는 이들은 멀뚱하게 앉아 있었다.

"정말 일본군이 쳐들어올까?"

누군가 침묵을 못 견디겠다는 듯 담배 연기를 길게 내뿜고 나서 누구에게랄 것도 없이 말을 던졌다.

"에이씨. 민보군이라면 한번 싸워볼 만한데."

누군가 투덜거렸다.

"설마 지 나라 백성 죽이라고 왜놈들 끌어들일까."

다른 사람이 담뱃대를 뻑뻑 빨았다.

"일본놈이 와도 싸워서 이기야지요. 원래 악덕지주 뿐만 아니라 일본놈들도 몰아내자고 일어난 게 아니오."

"그럼. 한바탕 싸워서 이겨야지."

누군가 맞장구를 쳤다. 저녁이 되면서 소문은 이미 기정사실화 되었다. 민보군은 아직 결성되지 않았으니까 대신 일본군이 쳐들어오는데, 이미 준비가 다 끝났다는 것이었다. 선산하고 S를 동시에 공격한다는 소문이었다. 농민군 지도부에서는 정탐을 해본 결과 아직 이상 징후를 발견 못 했다고 했으나 농민군들은 믿지 않았다. 7월에 예천 농민군이 일본군과 싸워 대패했던 것이 농민군들을 더욱 더 술렁이게 했다.

"누구 찾으러 왔소?"

한 여인이 농민군 막사 곁을 얼쩡거리는 것을 본 농민군이 의심스러운 눈초리로 물었다. 막사에 처음 본 사람들이 나타나면 누구나 경계를 나타냈다. 전에 없던 일이었다. 일본군이 쳐들어오기 위해 정탐하러 올 지도 모른다는 경계심이었다. 삼십 초반쯤 되어 보이는 여인은 연신 주위를 두리번거리며 말했다.

"저기, 애 아버지를 찾으러 왔구만요."

"애 아버지가 누구요?"

"나기환이라고."

"나기환? 어느 동네요?"

"화서에서 왔구만요."

"저쪽으로 가보슈. 제기랄."

농민군은 퉁명스럽게 말했다. 점심 무렵부터 부쩍 가족들이 찾아왔다. 여인이 다른 막사 쪽으로 가는데 누가 여인을 불렀다.

"어이. 임자가 여기 웬일이당가?"

한 농민군이 여인을 불렀다.

"애 아버지."

여인은 소리가 나는 쪽을 바라보곤 반가움에 소리를 질렀다.

"왜 이런다야."

오히려 농민군이 놀라서 말했다.

"장식이가 아파요. 어서 집에 가 보시오."

"장식이가?"

장식이는 농민군의 장남이었다.

"열이 펄펄 나고 밥도 안 먹고."

"아, 그러면 의원한테 가야지, 나한테 오면 어떡햐."

"당신이 데리고 가봐요."

여인은 남편의 팔을 끌었다.

"왜 이런다야. 남들이 보는구만."

남편은 팔을 뿌리쳤다. 남편은 아내를 유심히 바라보았다.

"참말이여?"

"그럼 내가 언제 거짓말하는 거 봤슈?"

"요새 안 아프던 사람들도 갑자기 아파하니까 하는 말이지."

남편은 못 믿겠다는 눈길로 말했다.

"참말이랑게요. 어서 가요."

아내는 남편의 팔을 끌었다. 남편은 또다시 팔을 뿌리쳤다.

"왜 자꾸 팔을 잡고 이런다야. 남사시럽게서리. 아, 글고 임자나 어여 가서 아를 의원한테 데불고 가소."

"아가 아프다는데 당신은 걱정도 안 되요?"

"걱정이 되니까 하는 소리여. 어여 아를 의원한테 데불고 가. 난 오늘밤에 훈련에 참가해야 할 팅게."

남편은 막사 쪽으로 몸을 돌렸다. 아내는 남편을 막아섰다.

"못 가요. 어여 집으로 가시오."

여인은 완강하게 말했다.

"이 여편네가 왜 이런다여."

남편은 내가 의원이여? 하며 아내를 밀쳤다.

"당신도 소문 들었을 게 아니요. 일본군이 쳐들어온다지 않소."

아내는 애원을 했다.

"오호라, 이제 실토를 하는구만. 그려, 왜놈들이 온다는데 어서 오시오, 하고 길을 터줄까?"

남편은 눈알을 부라렸다.

"왜놈들이 쳐들어오면 다 죽는다요. 어서 집으로 가시오. 살아남아도 나중에 난에 참가한 사람들은 다 물고를 낸다지 않소."

아내는 애가 타는 듯 가슴을 쳤다.

"일 없네. 임자나 집에 가서 준비나 잘 하소, 혹 왜놈들이 쳐들어오면 친정에나 가 있소. 그 놈들은 늙으나 젊으나 여자들이라면 환장한 놈들이니께."

"그런 말이 어디 있소. 제발 가시오. 당신 죽고 나면 우리 가족 어떻게 살라고 그러시오."

아내는 팔에 매달렸다. 남편은 팔을 뿌리쳤고 아내는 벌렁 넘어졌다.

"이 여편네가. 아, 내가 죽긴 왜 죽어. 이 좋은 세상이 왔는데."

남편은 발걸음을 막사 쪽으로 옮겼다.

"못 가오."

아내는 남편의 다리를 붙잡았다.

"놓으라니까."

남편은 다리를 빼려고 했고 아내는 필사적으로 다리를 잡고 놓아주지 않았다.

"허허."

"허 참."

주위에 있던 농민군 몇 사람이 혀를 찼다. 점심 무렵에도 어떤 여인이 나타나 남편이라는 농민군을 끌고 간 적이 있었다. 그 농민군도 집에 가족이 아프다는 말에 속아 집으로 간 것이었다.

"남사시럽게 왜 이런다야."

남편은 아내의 어깨를 두 손으로 확 밀쳤고 아내는 그 바람에 뒤로 벌렁 넘어졌다.

"아고고."

아내는 비명을 질렀다. 남편은 그대로 막사 쪽으로 걸어갔다.

"일어나소. 장식이 모친요."

한 농민군이 옆에서 부축했다. 아내는 고개를 들었다. 한 동네 사는 명호 아버지였다. 아내는 구원자를 만난 듯 손짓을 했다.

"명호 아버지요, 우리 애 아버지 좀 설득시켜 주이소."

"허허. 집에 가 계시소. 설마 뭔 일이야 있겠소."

명호 아버지는 어쩌지 못 해 허허 웃기만 했다.

"소문 못 들었소? 왜놈이 곧 쳐들어온다지 않소."

“그렇지 않아요. 저들이 쳐들어와도 우리가 대번에 무찌를 텐데 무슨 걱정이요. 하하하.”

명호 아버지는 호탕하게 웃었다.

“지발 우리 애 아버지 설득해서 집에 가라하고 명호 아버지도 빨리 집에 가이소. 명호 엄마도 걱정이 이만저만이 아니오.”

“집에 가거들랑 걱정 말고 두 다리 펴고 잘 자라 하소.”

명호 아버지는 웃으며 막사로 갔다.

소란은 다른 곳에서도 일었다. 이번엔 막사 쪽이 아니라 동헌 쪽이었다. 큰 갓을 쓰고 도포를 입은 노인이 동헌 마당에 서 있었다. 한 눈에 보아도 행세께나 하는 양반이었다. 농민군이 읍성을 점령할 때부터 읍성 주위를 어슬렁거리던 노인이었다. 그 앞에는 농민군 지도자 중의 한 사람이 지도부들과 함께 서 있었다.

“어서 가지 못 할까?”

노인의 목소리는 쩌렁쩌렁했다.

“아버님 그만 돌아가십시오.”

지도자는 공손하게 말했다.

“난은 곧 진압된다. 진압되면 난에 참여한 사람의 가족이 몰살된다는 것을 아느냐?”

“그렇지 않습니다. 이번엔 조정에서도 무슨 조처가 내려올 것입니다. 호남에서는 전 지역이 다 일어났고 영남에서도 많이 일어났습니다.”

“관에 맞서는 것은 역적이다. 지금이라도 늦지 않다.”

“전 못 가겠습니다. 탐관오리들에 의해 고통을 받는 백성들이 신음

하는데 어찌 모른 척 하겠습니까."

"허허, 고얀 놈. 지금 문중에서는 네 놈의 이름 석 자를 지우겠다고 한다. 지금이라도 늦지 않다. 석고대죄를 하면 된다."

노인은 한 치도 물러서지 않았다. 지도자는 고개를 저었다.

"전 이미 문중에서 나오기로 했습니다. 읍성 점령 첫 날에 문중에서 찾아왔었습니다. 농민군으로부터 문중을 지켜달라고요. 하지만 전 거절했습니다. 잘못이 있으면 벌을 받아야 한다고요. 그게 문중의 체면을 지키는 마지막 길이다라고요. 전 문중에서 스스로 이름을 뺄 것입니다."

"허허, 이놈이. 동학에 단단히 물들었구나."

노인은 부들부들 떨었다. 집강은 방에서 나오지 않았고 옆에 있던 지도자들도 방으로 들어갔다. 노인은 지도부들의 뒷모습을 흘깃 보더니 다시 입을 열었다.

"동학이 양반 상놈 없이 지낸다더니 꼴좋구나. 양반과 상놈은 근본이 다르거늘 어찌 서로 존댓말을 하고 한 방을 쓴단 말이냐."

"사람은 하늘입니다. 양반도 하늘이고 상놈도 하늘입니다. 이제껏 그래 왔던 것은 양반들이 기득권을 지키기 위해 만들어 낸 억지 논리일 뿐입니다."

"허허."

노인은 말을 잇지 못 했다.

사람들은 노인과 지도자의 행동을 유심히 지켜보았다. 집에 갈 것인가, 남을 것인가. 지도자 외에도 아버지나 문중 사람에 의해 강제로 끌려간 양반 출신이 몇 명 있었기 때문이었다. 일반 농민군 중에도 아버지가 찾아오고 아내가 찾아오고, 할머니가 찾아오고 할아버지가 찾아왔다. 그 중에는 못 이겨 끌려간 사람들도 있었고 강단지게 남은 사람도 있었다. 가족들이 찾아와 한바탕 난리를 칠 때마다 농민군들은 불안했다. 정말로 싸움이 벌어지는구나. 죽을 지도 모르는구나. 처음 읍성을 점령할 때의 사기는 급격히 떨어졌다.

그때 성문으로 들어서는 사람이 있었다. 점심 무렵에 아버지가 돌아가셨다는 전갈을 받고 황급히 집으로 돌아간 사람이었다. 집강소에서는 돼지를 한 마리 보내주고 내일쯤 농민군들도 문상을 갈 계획을 세우고 있었다.

"자네 왜 돌아오는가?"

사람들은 의아해서 물었다.

"에이 참, 남사시러워서."

"왜 그러는가?"

"대체 무슨 일인가?"

사람들은 둘러싸서 물었고 남자는 손을 홰홰 저었다.

"거짓말이었소. 내 원 참."

"뭐라고, 거짓말?"

사람들은 어이없어했다.

"하도 집에 안 가니까 그런 거짓말을 했소. 그래서 집에 있다가 뒷간에 가는 척 하고 담을 넘어 왔소."

"하하. 잘 했네, 잘 했어."

사람들은 죽은 사람이 살아 돌아온 것처럼 좋아했다. 가족들에 의해 집으로 돌아가는 사람만 봤지 제 발로 되돌아오는 사람은 처음 봤기 때문이었다. 가족들에 의해 끌려간 사람들도 있었지만 슬슬 눈치를 보다 스스로 도망친 사람도 다수 있었다.

"장하이."

집강도 치하를 했다. 농민군의 사기가 떨어지고 있는 때에 이 보다 더 좋은 일은 없었다.

"일본군이 쳐들어온다고 해도 우리가 이길 걸세. 걱정 말게."

집강은 남자의 어깨를 두드렸다.

어수선한 분위기 때문에 저녁 훈련이 늦어지고 있었다. 성문에 보초서는 사람이 늘어 들어오고 나가는 사람의 검문이 강화되었다. 조금만 수상한 사람이 얼쩡거려도 잡아다 동헌 마당에 무릎을 꿇렸고 신분이 확실해야만 보내주었다. 일본군 정탐꾼이 숨어들었다는 소문이 돌았기 때문이었다.

"성문을 닫도록 하시오. 오늘부터 어두워지면 곧장 성문을 닫아걸도록 하시오. 그리고 집강 어른의 허락 없이는 그 누구도 들여보내지 마시오."

지도부의 한 사람이 나와서 보초서는 사람들에게 말했다. 이른 저녁이어서 보초군은 어리둥절했다. 그 말에 사람들은 또다시 술렁거렸다. 뭔가 있구나. 지도부의 회의는 길어지고 있는 것에서부터 말들이 많아졌다. 저녁 훈련 시간이 한참이나 지날 때까지 지도부의 회의는 길어졌다. 농민군들은 회의가 언제 끝나나 궁금증을 가지고 끼리끼리 모여 담배를 피우며 기다렸다. 여자들도 설거지를 끝내고 집으로 돌아가지 않고 기다렸다. 무슨 소식이 있나 해서 듣고 가려고 그랬다. 밥하는 여자들 중에는 옷 속에 쌀을 넣어 가는 사람들도 있었다. 어차피 내일은 안 올 테니 쌀이나 가져가자는 심산이었다.

그때였다. 누군가 동문 쪽에서 헐레벌떡 뛰어왔다. 농민군이었는데 급히 동헌 쪽으로 갔다. 사람들은 뒤를 따랐다.

"집강 어른!"

농민군은 동헌 마당에서 집강을 불렀다. 방문이 열렸고 집강을 비롯한 지도부들이 마루로 나왔다.

"무슨 일이요?"

지도부의 한 사람이 물었다. 모두들 표정이 밝지 않았다.

"방이 붙었소. 여기 저기 붙어 있는 걸 가져 왔소."

농민군은 찢어온 방을 지도부에게 가져갔다. 서기가 방을 받아 집강에게 주었다.

"무슨 방이여?"

"누가 한 짓이여?"

사람들은 웅성거렸다. 집강은 방을 한번 훑어보고는 서기에게 주었다. 집강의 얼굴에 어두운 그늘이 졌다.

"무슨 방이오?"

사람들 속에서 누군가 말을 했다. 집강이 서기에게 눈짓을 보냈다. 서기가 사람들 앞으로 나섰다.

"읽어 드리리다."

웅성거리던 사람들은 일순 조용해졌다.

"적도들은 듣거라."

"흠흠."
서기는 헛기침을 한번 하였다.

"지금 순진한 백성들을 꼬여 혹세무민하고 있으니 이는 마땅히 엄한 죄로 다스려야 할 것이다. 그러나 지금 곧장 해산하면 전죄를 묻지 않고 요구를 들어주겠으니 적도들은 집으로 돌아가 생업에 종사하라. 만약 해산하지 않고 순진한 백성들을 꼬드겨 계속 흉측하고 음흉한 계략을 꾸민다면 실로 죽음으로서 죄를 갚아야 할 것이다."

사람들은 다 듣고 나서도 한동안 말이 없었다. 이건 선전포고였다. 백기투항하지 않으면 쳐들어오겠다는 말이었다. 혹시나 경상 감사나 조정에서 농민군의 요구조건을 들어준다는 소식이라도 올까 기다리던 농민군들은 어이없어했다.

"누가 보낸 거요?"
누가 나서서 물었다.
"보낸 이는 없소."
서기는 사람들을 둘러보며 말했다.
"싸웁시다!"
누군가 소리쳤다.
"그렇소! 싸웁시다."
"싸웁시다!"
여기저기서 사람들이 손을 높이 들며 소리쳤다.
"저들에게 속지 말고 싸웁시다!"

"맞소. 우리가 해산하면 죄를 묻지 않겠다는데 그건 거짓말이요. 우리 모두 죽기를 각오하고 싸웁시다!"

"옳소!"

사람들의 표정에는 결기가 느껴졌다. 집강이 사람들을 둘러보다가 앞으로 나섰다.

"그렇소. 이건 저들의 계략입니다. 우리 농민군과 백성들 사이를 떼 놓으려고 그런 겁니다. 겁먹지 맙시다. 우리 군사는 수천 명입니다. 또한 옆 고을인 안동과 예천 의성에서도 지원군이 올 것입니다."

집강은 잠시 말을 끊었다가 말을 이었다.

"우리는 탐관오리와 악독한 양반 지주들을 징치하고 나라를 침략하려는 왜놈들을 몰아내기 위해 일어섰소이다. 이러한 우리의 뜻을 잘 알건만 우리를 적도로 단정짓는 것은 우리의 요구조건을 들어주지 않겠다는 속셈입니다. 우리 모두 똘똘 뭉쳐 우리의 세상을 만들어 갑시다."

집강은 얼굴이 벌겋게 상기 되었다.

"옳소!"

"싸워서 우리의 세상을 우리가 만듭시다."

"양반 없는 세상을 만듭시다."

사람들은 주먹을 쥐고 흔들면서 소리쳤다.

"우리는 저들에게 한번 속은 적이 있습니다."

집강은 다시 말을 이었다.

"삼십여 년 전인 임술년 때도 농민군들이 읍성을 점령했었습니다. 그러자 저들은 오늘처럼 똑같이 말했습니다. 해산하면 요구조건을 들어주고 죄를 묻지 않겠다고요. 하지만 그건 말짱 거짓말이었습니다. 그때 농민군 지도부들은 저들의 요구대로 순순히 물러났습니다. 그러자 저들은 요구를 들어주기는커녕 앞에 나선 사람이나 뒤에 쫓아온 사람이나 모조리 참형에 처했습니다. 죽지 않은 사람은 불구자가 되었습니다. 고을에서 쫓겨났습니다."

"맞소."

"저들은 급하면 엎드려 꼬리를 흔들고 물러났다가 틈만 보이면 물어뜯는 아주 사나운 개요."

"그렇소."

사람들 속에서 악에 찬 말들이 쏟아져 나왔다. 1862년 임술년 혁명에 참가했다가 호되게 당한 농민군 후손들이었다. 그때도 해산하면 살려주겠다고 했다. 그러나 그 말을 믿고 해산한 농민군들은 개죽음을 당했다. 요구도 들어주지 않았다. 닥치는 대로 관아로 잡아들여 물고를 냈다. 장독에 걸려 죽은 사람이 허다했다.

"그렇소. 개가 짖는 것은 공격을 하겠다는 것이 아니라 무서워서 짖습니다. 우리가 똘똘 뭉치면 그 누구도 우리를 어쩌지 못 할 것입니다. 새 세상을 만드는데 우리 모두 앞장섭시다."

"좋소!"

"싸웁시다!"

"저들에게 현혹되지 맙시다."

사람들은 소리쳤다. 하지만 그런 와중에서도 뒤에서 도망치는 농민군이 속출했다. 취사반의 여인들은 무슨 좋은 소식이라도 있나 싶어 들렀다가 집으로 돌아가기 바빴다.

“그래도 해산하는 게 좋지 않을까.”

누군가 중얼거렸다.

“그러게. 일본군이 쳐들어오면 우리 모두 다 죽을 텐데.”

“해산하면 죄를 묻지 않고 요구도 들어준다지 않아.”

몇몇의 농민군들은 수군거렸다. 하지만 해산하지 말고 싸우자는 많은 사람들의 주장에 묻혀버렸다. 농민군들은 싸울 각오가 되어 있었다. 싸워서 세상을 바꾸고 싶었다. 농민이 주인되는 세상을 갖고 싶었다. 비록 며칠이나마 양반 상놈 없는 세상에서 살았으니 그 꿀맛을 알 수 있었다.

“자. 그럼 각자 막사로 돌아가 쉬도록 하시오. 하지만 저들이 언제 쳐들어올지 모르니 경계는 철저히 서야겠습니다. 그리고 아직 회의가 끝나지 않았습니다. 앞으로 어떻게 할 것인가 철저한 방도를 세우도록 하겠습니다. 회의 결과는 내일 아침에 말씀드리겠습니다. 모두들 막사로 돌아가십시오.”

집강은 댓돌에서 내려왔다. 하지만 사람들은 아무도 움직이지 않았다. 지도부들은 회의를 한다며 다시 방으로 들어갔다. 사람들은 서로 얼굴을 마주 보며 말없이 서 있었다.

이제 믿을 건 우리들밖에 없다. 싸워서 이겨야 한다. 그러지 않으면 저들은 우리의 요구를 들어주기는커녕 더 악독하게 굴 것이다. 농민군들에게 징치당한 양반 지주들이 더 설칠 것이다. 아전들 또한 더 포악할 것이다. 저들이 언제 백성들을 사람으로 보았는가. 또다시 죽으로 연명을 해야 하고 짐승처럼 일해야 한다.

사람들은 무수히 떠오르는 말들을 되씹었다.

변화

순임은 남편 재우에게 전화를 했다. 왠지 오늘은 늦은 저녁을 먹고 난 뒤 남편의 목소리가 듣고 싶었다. 아파트 앞의 국화가 노랗게 몽실몽실 핀 것을 본 순간 남편을 떠올렸던 것이었다. 마치 처음 보는 꽃이라는 듯 한참 동안 바라보았다. 살며시 가서 안아 주고 싶었다. 꽃을 한동안 보고 있다가 남편에게 전화를 했다. 약을 먹었는지, 몸은 괜찮은지. 그런 게 아니라도 재우씨, 사랑해, 하고 싶었다. 그러면 남편 또한 순임씨 사랑해, 하는 소릴 듣고 싶었는지도 몰랐다.

"웬일이야?"

남편은 대뜸 말했다. 어휴, 저 경상도의 무뚝뚝한 말투라니. 순임은 혀를 날름거리다 뭐하냐고 물었다. 주위에는 사람들의 목소리가 들렸다. 연극 보는 중이라고 했다. 목소리는 밝았다. 언제부턴가 전화를 하면 목소리부터 신경쓰는 게 버릇이 되었다.

"꽃이 너무 예뻐서."

"꽃?"

"응. 국화꽃."

"맞아 지금쯤 국화꽃이 한창 필 때쯤이지. 시는 안 읽나? 한 송이 국화꽃을 피우기 위해……."

"됐네요."

순임은 웃음이 나오려는 걸 겨우 참았다. 그리고 말했다.

"연극은 재미있어?"

"그거 참 묘하네. 처음엔 심드렁했는데 자꾸만 빠져드는 거 있지. 일본군이 쳐들어온다고 성안에 있는 사람들이 공포를 느끼는 장면인데 꼭 내가 겪는 것 같더라고."

"에이, 그런 거 보지 마. 당신 또 그런 거 보면 심리적으로 안 좋잖아."

순임은 가슴이 뜨끔했다. 공포를 느끼는 장면이라면 남편 또한 똑같이 느낄 것이었다.

"괜찮아. 근데 옛날 농민군 대단했더라고."

"왜?"

순임은 곧 안도의 숨을 내쉬며 관심을 드러냈다.

"곧 일본군이 쳐들어온다는데 도망가지 않고 싸우겠다고 결의를 하는 거야. 나 같으면 삼십육계 났을 텐데 말이야."

"일본군이 왜 쳐들어와?"

"그러게 말이야. 우리나라 백성들이 밥그릇을 찾겠다는 데 일본놈들이 왜 쳐들어 오냐고."

"정말 쳐들어온대?"

"소문만 난무해. 아무래도 쳐들어올 거 같아. 나라 임금이라는 작자가 무얼 하는 놈인지 모르겠어."

"왜?"

"자기 나라 백성들 죽이라고 외국 군대 끌어들이니까 그렇지."

"지금하고 똑 같네 뭘. 노동자들은 안중에 없고 회사를 외국 기업에 팔아먹는 나라가 어디 있냐."

"그래, 우리는 인간도 아니었어."

맞아, 우린 인간도 아니었어…… 우린 국민도 아니었어…… 무수히 내뱉은 말이었다. 우리가 언제 인간이고 이 나라 국민이었던 적이 있었던가. 저들의 노예였지 않았는가.

"그렇지. 가진 자만 국민이고. 우린 국민도 아니지. 어째서 옛날하고 똑같아."

"맞아. 나도 그 생각하고 있었어. 지금 상황하고 똑 같다고. 우리도 경찰특공대가 쳐들어온다고 얼마나 불안했냐."

"근데, 사랑하는 당신. 너무 그런 거 보지 마. 정신 건강에 해로워."

"걱정 마. 마음이 편안해."

남편은 밝은 말투로 말했다. 며칠 있는 동안 마음이 밝아진 것 같아 마음이 놓였다.

"재우씨, 사랑해."

"응? 어어."

남편은 순간 당황하는 것 같았다.

"당신도 해봐."

"뭘?"

"순임씨 사랑해, 이렇게."

"할 일 없으면 끊어."

"한번만 해봐."

순임은 꼭 듣겠다는 투로 말했다. 잠시 숨소리만 들렸다.

"순임씨. 싸랑해요."

"히히. 됐어."

순임은 미소를 지었다. 그리고 전화를 끊었다. 남편은 노조 활동을 하기 전에는 사랑한다는 말을 한 적이 없었다. 어쩌다 밤에 집에서 맥주라도 한잔하면 순임은 사랑한다고 해보라고 했다.

"야가 뭐 잘못 먹었나?"

남편은 세상에 그런 말도 있느냐는 투로 말했다. 어이구, 이 남자야. 속으로 몇 번이나 종주먹을 내밀었지만 서운한 감정은 풀리지 않았다.

파업이 끝나고 경찰서 유치장에 면회갔을 때였다. 면회를 가기 전에는 남편을 보더라도 울지 말아야겠다는 다짐을 했기에 일부러 밝은 표정으로 말했다.

"밖은 걱정 말고 몸 챙겨. 우리가 밖에서 열심히 싸울 테니까 걱정 마."

순임은 일부러 큰소리로 말했다.

"미안해서 어쩌냐? 힘들지?"

남편은 감옥에 있어 곁에 못 있어줘서 미안하다는 투로 말했다. 이 남자가 감옥에 있더니 마음이 약해졌나, 했다. 아무렴 감옥보다는 밖이 낫지. 순임은 속으로 생각하는데 말이 헛나왔다.

"당신이 너무너무 보고 싶은 거 있지."

그때 남편은 잠시 순임을 바라보았다.

"순임씨, 사랑해."

남편의 말이 떨렸다. 순간 순임의 눈에서는 눈물이 뚝, 흘러내렸다. 왜 이런다야. 속으로 당황한 순임은 소매로 눈물을 훔쳤지만 계속 나왔다.

"나도 사랑해."

순임은 그 말을 하고서 펑펑 울었다. 남편도 울고 있었다. 함께 간 사람들이 순임의 어깨를 감싸주었다. 남들이 보는데 이 무슨 짓이야, 하면서도 손수건에 코를 팽, 풀면서 울었다.

그때만큼 짜릿한 말이 있었을까. 지금껏 살면서 남편의 그 말이 가장 달콤했다.

경찰서 밖으로 나오자 햇빛이 쨍, 빛났다.

"야, 날 좋다!"

순임은 얼굴에 햇볕을 한껏 쬐며 웃었다.

"순임씨, 울다 웃으면 똥구멍에 솔 난데."

"응?"

깔깔깔. 함께 간 가족대책위 사람들과 경찰서 앞마당에서 크게 웃었다. 깔깔깔. 지나가던 사람들이 흘끗 돌아보아도 상관하지 않고 웃었다.

"경찰 새끼들이 우릴 아마 미친년으로 봤을 거야. 남편 면회 온 여편네들이 그렇게 깔깔깔거리고 웃었으니."

돌아오는 차안에서 누군가 말했을 때 또다시 깔깔깔, 웃었다.

가대위 사람들과 함께 있으면 마음이 편했다. 또한 예전과 달리 서로의 이름을 불렀다. 파업하기 전에는 누구 엄마로 통하던 것이 이제는 당연히, 서로의 이름을 불렀다. 전에는 순임이라는 이름이 촌스럽다는 생각이 들었는데 이제 그렇게 예쁜 이름일 줄은 몰랐다.

변화는 또 있었다. 전에는 남편 동료가족들을 만나 외식을 하면 남자는 남자대로 여자는 여자대로 모여 앉아 밥을 먹었다. 말하는 것도 달랐다. 남자는 회사 애기를 했고 여자들은 애 키우고 학원 애기했다.

그게 당연한 줄 알았다.

"어머. 정수 엄마는 좋겠다."

누구의 애가 공부를 잘 한다는 얘기를 들으면 모여든 여자들이 부러워했다.

"어떻게 공부한대?"

"어느 학원에 다니는데?"

"누구한테 과외해?"

오직 관심사는 그거였다. 남편의 회사에는 관심 없었다. 그러다 남편이 해고를 당하고 파업을 하고 나니 당연히 모이면 애들 얘기가 아니라 회사 얘기를 했다. 남편 동료가족들과 만나도 남녀 구분 없이 회사에 대해 얘기했다. 그리고 세상 살아가는 얘기를 했다. 애들의 학원이나 학교 성적에 대한 얘기는 하지 않았다.

"어머. 어떡해요."

"정말 그래요?"

파업 초기엔 순하게 말하던 것이 점거로 바뀌자 말투가 달라졌다.

"경찰 새끼들이 어떻게 나올까."

"회사 임원 새끼들은 뭐하냐?"

새끼가 안 들어가면 말을 한 것 같지가 않았다. 그러면서 누구의 엄마, 누구의 마누라에서 이제 당당히 이름을 찾고 부르게 된 것이었다.

변화는 남편에게도 왔다. 노조 활동을 하기 전에는 별로 할 말이 없었다.

퇴근해서 집에 오면 한 마디.

"아는?"

학원서 아직 안 왔다고 하면 또 한 마디.

"밥 줘."

밥 먹고 나면 조금 있다가 마지막 한 마디.

"자자."

정말 재미없던 남자였다. 근데 달라졌다. 예전에는 집에 혼자 있을 땐 밥 먹고 나면 밥그릇을 식탁에 그대로 두었다. 순임도 그렇게 하는 것이 당연하다고 생각했다. 근데 이제는 혼자 밥 차려먹고 설거지까지 했다.

"아이고 귀여운 우리 신랑."

엉덩이를 두드려주었다.

"뭐 이까짓 꺼 가지고."

남편도 쑥스러운 듯 웃었다.

언젠가 순임이 식당일을 마치고 집에 왔을 때 안방이며 애들 방 거실이 깨끗하게 청소되어 있었다. 순간 순임은 울컥했다.

"이러지마."

"무얼 당연히 해야지."

"내가 퇴근해서 하면 돼."

"노는데 내가 해야지 무슨 소리야?"

남편은 반문했지만 순임은 편치 않았다.

"당신이 놀긴 뭐 놀아. 정특위가 노인정이야? 거기 나가는 건 일 아냐? 또 밤에 대리운전하잖아."

"그래도 몇 푼 번다고."

"돈이 문제가 아니잖아. 당신이 어쩔 줄 모르고 집안일 하려고 하는 게 더 마음이 아파. 난."

"순임아."

남편은 다가와 순임을 꼭 안았다. 순임은 남편의 품에서 눈물을 뚝뚝 흘렸다.

"그래. 미안해. 하지만 이제 집안일도 똑같이 해야 돼. 그게 우리가 살아가는 방식인데 그걸 모르고 내가 돈 벌어온다는 유세로……."

"알아, 당신 마음. 하지만……."

순임은 더 말을 잇지 못 했다.

남편은 이제 아이들과도 자주 말을 했다. 예전에야 애들 얘기만 꺼내도 말문을 닫았다.

"당신이 알아서 해. 피곤해."

남편은 관심을 두지 않았다. 그러나 이제 애들 방에도 들어가 청소를 해주고 학교에서 늦게 돌아오면 마중 나가기도 했다.

"아빠가 왜 저래?"

오히려 아이들이 적응 못 했다. 휴일엔 가족끼리 산에도 갔다. 회사 다닐 땐 휴일이면 피곤하다며 잠만 자던 사람이었는데 전날에 김밥거리를 사와 아침에 김밥을 직접 싸기도 했다. 어떨 땐 아이들도 불러 함께 싸기도 했다. 남편과 아이들이 웃으며 김밥을 싸는 모습이 너무나 아름다웠다. 어려워도 다 사는 방식이 있구나, 생각했다. 이제는 회사에 돌아가도 남편은 자상한 남편 아빠가 될 것이었다.

순임은 커피를 들고 베란다로 나와 밖을 바라보았다. 경제적으로 살기는 어렵지만 사는 맛은 지금이 더 나았다. 예전에는 애들밖에 몰랐고 집밖에 몰랐다. 그런데 희망버스라니. 가대위에서 차를 맞춰 부산으로 향할 땐 정말이지 가슴이 벅찼다. 김진숙 위원이 손을 흔들었을 때 다시 태어난 기분이었다.

산다는 게 이런 것이구나.

순임은 창밖을 바라보며 생각했다.

밀약

회의는 길어졌다. 모두들 침통한 표정이었다.

"어떻게 하면 좋겠소. 각자 의견을 내 보시오."

집강이 말했다. 지도자들은 굳은 표정으로 고개를 들어 허공을 바라보거나 눈을 감았다.

"빨리 결정을 내려야 할 것 같소. 농민군의 사기가 많이 떨어진 것도 문제지만 동요가 일어날까 그게 큰일이요."

집강이 재촉했다.

"뭐 볼 거 있겠소. 내일 당장 일본군 병참기지를 쳐들어갑시다."

칼부대 대장이 말했다.

"그건 신중해야 할 것이요."

다른 지도자가 말했다.

"신중할 게 뭐 있소. 저들이 선전포고한 이상 싸워야지요. 그렇다고 백기투항할 작정이요?"

칼대장이 눈을 부라렸다. 눈알이 떨어질 것 같이 튀어나왔다.

"일본군의 군사력이 얼마나 막강한 지 잘 알지 않소. 예천군만 하더라도 한번 제대로 싸워보지도 못하고 졌다지 않소."

"그러니까 계획을 잘 짜서 기습공격하자는 거요. 이기면 얼마나 좋소. 그 많은 총을 빼앗아 올 수 있으니 말이요."

"허허."

다른 사람이 고개를 저었다. 칼대장은 답답한 듯 크게 숨을 내쉬었다.

"싸웁시다. 그 수밖에 없소. 이대로 물러난다는 것은 있을 수 없소. 임술년 때와 똑같이 다 죽임을 당할 거요."

"그럽시다. 우선 보은과 영동, 안동과 의성에 구원 요청을 하고 먼저 우리가 일본군을 칩시다."

"그렇지요. 기습을 해야 하오."

몇몇 사람이 찬성하고 나섰다.

"……."

잠시 침묵이 흘렀다.

"그러다 만약 실패하면 어쩔 것이요."

한 지도자가 어렵게 말을 꺼냈다. 하얀 얼굴과 손이 양반 출신인 듯했다.

"그 무슨 소리요. 싸우지도 않고 지는 것을 생각하다니요."

칼대장은 버럭 화를 냈다.

"화낼 일이 아니요. 항상 뒤를 생각하고 해야지요."

집강이 나섰다.

"그렇소. 더 신중해야 할 것이요. 우리가 사람 수만 많았지 모든 게 부족하지 않소. 우리에게 무기가 부족하오."

"그러니까 기습공격하자는 거 아니오."

“우리가 기습공격에 대비하듯 그들도 이미 준비 다 했을 것이오. 정탐꾼도 농민군 중에 있을 거요.”

“그래서 대체 어쩌자는 거요?”

칼대장은 답답하다는 듯 말했다.

“…….”

“…….”

또다시 무거운 침묵이 흘렀다. 누구 한 사람도 담배조차 피우지 않았다.

“우선 등소(等訴)를 올립시다.”

그 말에 누구는 고개를 끄덕였고 누구는 고개를 치켜들었다.

“등소요?”

누군가 어이없다는 듯 말했다.

“그렇소. 일본군을 공격한다는 것은 신중해야하오. 그러니 우선 대구 감영에 우리의 요구조건을 내고 그걸 내치면 그때 가서 무슨 일을 벌이더라도 우선 등소부터 합시다.”

“맞는 말이요.”

누군가 동의를 했다.

“그게 말이 되는 소리요. 우리가 한두 번 등소를 올렸소. 그때마다 오히려 장두(狀頭)선 사람만 곤장 맞지 않았소. 택도 없는 소리요.”

칼대장이 강력하게 반대를 하였다.

“그래도 최후로 명분을 쌓자는 것이지요. 만약 저들이 들어준다면 싸우지도 않고 얼마나 좋소. 일단 싸움이 일어나면 우리 농민군이 많이 죽을 것은 뻔한 이치요.”

"저번 임술년 때처럼 요구를 들어준다 해 놓고 나중에 뒤통수를 치면 그땐 어떡할 거요."

"설마 또 그러겠소. 이번엔 여러 고을에서 일어났는데."

"에이, 양반들이란."

칼대장이 말했다.

"그 무슨 소리요."

다른 사람이 맞받았다. 지도부는 결정을 내리지 못 하고 있었다. 양반이나 지주 계층에선 협상하자는 쪽이었고 농민출신들은 싸우자는 입장이었다. 출신과 재산 유무에 따라 입장이 갈렸다. 그 시각 농민군들도 끼리끼리 모여 앉아 얘기를 나누었다. 농민군에서는 주로 싸워야 한다는 입장이었다. 협상을 해야 한다는 사람은 소수였고 말을 꺼내기가 바쁘게 퉁을 먹었다.

"그럼 이렇게 합시다."

한참 시간이 흐른 후 집강이 말을 꺼냈다.

"우선 대구 감영에 등소를 하고……."

"흠흠."

칼대장이 불만스럽다는 듯이 헛기침을 했다.

"인근 고을에 지원군을 요청합시다. 그리고 기습공격을 할 준비를 갖추었다가 등소가 거절되거나 하면 지원군이 도착하자마자 곧장 쳐들어갑시다."

집강은 주위를 둘러보았다. 누구는 고개를 끄덕였고 누구는 고개를 저었다.

"거절할 게 뻔한데 왜 등소를 하자는 것이오?"

칼대장은 뜻을 굽히지 않았다.

"싸우지 않는 게 최선이요. 싸움이 나면 이기거나 지거나 많은 사람들이 죽을 것이요. 그러니 우선 우리의 요구조건을 내걸고 안 되면 그때 싸우자는 것이오."

집강은 힘을 주어 말했다.

"그럽시다."

"그렇게 합시다."

여러 사람이 동의를 했다.

"에이. 손에 흙 안 묻히고 사는 사람들하고는."

칼대장은 화가 나서 문을 박차고 밖으로 나왔다. 그때 동헌 마당에서 있던 한 사내가 황급히 어둠속으로 사라졌다.

잠시 후 어둠 속에서 한 무리의 사람들이 무기고로 향했다.

"자 빨리 서둘러요."

앞장 선 사람이 무기고에서 총과 칼을 꺼내 사람들에게 나눠주며 말했다. 그들은 총과 칼을 가지고 곧장 동문 쪽으로 향했다. 수십여 명의 사람들이 성문으로 몰려오자 보초병은 눈이 휘둥그레졌다.

"빨리 문 여시오. 우리는 집강 어른의 밀명을 받고 가는 사람들이오."

앞장선 사람이 낮게 말했다.

"허락 맡아야 되는데."

보초병은 어쩔 줄 몰라했다.

"이 사람아 급하다고 하지 않나."

앞장 선 사람이 주먹으로 보초병의 머리를 툭 내리쳤다. 보초병은 그 자리에 꼬꾸라졌다. 다른 보초병은 슬금슬금 뒷걸음질쳤다.

"갑시다."

누군가 나서서 성문을 열었다. 그들은 동문을 빠져나와 낙동 쪽으로 길을 잡았다. 동문 앞집에서 개가 짖었다. 그들은 아무 동요도 없이 신속하게 길을 걸었다. 아무 말도 없었다. 단지 최대한 빠른 걸음으로 걸었다. 그들은 낙동면 신상에 도착하자 길 옆 마을로 들어갔다. 개도 짖지 않는 조용한 마을이었다. 십여 채의 초가가 납작하게 엎드려 있었다.

"어서 오시오."

마을에 들어서자마자 기다리고 있었던 듯 칼을 든 몇 명이 앞에 나섰다.

"어찌 되었소?"

안부조차도 없이 질문을 던졌다.

"갑시다."

마중 나온 사람이 앞서 걸었다. 불안했다. 아무 말도 없이 가자고 하는 게 더 없이 불안했다. 앞서 가던 사내가 동네를 벗어나 산 밑에 있는 집에 도착했다.

"어서 오시오."

어둠속에서 사람들이 튀어나왔다. 모두들 긴 칼을 들고 있었다.

"어떻소?"

따라온 사람들은 궁금증을 이기지 못해 물었다.

"허허. 우선 안으로 듭시다."

마중 나온 사내들은 껄껄, 웃었다. 따라온 사람들은 대부분 마당에 남고 몇 명만 안으로 들어갔다. 그들은 긴장된 기색이 여전한데 마중 나온 사내들은 여유가 있었다. 방으로 들어갔다. 안방에는 중앙에 탁자가 있었다.

"앉으시오."

마중 나온 사람들이 말했다.

"어찌 되었소?"

따라온 사람들은 앉지도 않고 물었다.

"일본군 병참기지에 백여 명이 추가된다는 정보요."

"그럼 정말로 읍성을 일본군이 공격하는구려."

"글피쯤이요."

따라온 사람들은 하얗게 얼굴이 질렸다.

"곧 읍성이 일본군에게 무너지겠군요."

따라온 사람들은 탄식을 했다.

"그보다 우리가 먼저 손을 써야겠지요."

마중 나온 사람이 말했다.

"어떻게요?"

"그보다 오늘 농민군 지도부 회의는 어떻게 결정 되었소?"

마중 나온 이가 되받았다.

"등소를 올리기로 했다오."

"허허, 참."

마중 나온 이는 어이가 없다는 듯 혀를 찼다.

"이 마당에 등소를 올리면 예예, 하며 농민군의 요구를 들어준답니까? 우리가 한두 번 당했소?"

"최소한 싸움을 피해 사람이 죽는 것은 면하자는 입장이랍니다."

따라온 사람들은 변명을 했다.

"허허. 싸우지 않으면 더 많은 사람들의 목숨을 잃거늘. 언제까지 양반들의 횡포에 놀아날 것이오. 악독한 지주들에게 빌붙어 살 것이오. 지금까지 얼마나 당했소. 앞으로도 자자손손 양반들이랑 지주들에게 계속 짐승처럼 빌붙어 지내자고요?"

마중을 나온 이는 어이없다는 표정을 지었다.

"어쨌든 농민군 지도부는 그렇게 결정 내렸나 보오."

"참, 답답하시오. 저들은 절대로 양반자리를 내놓지 않을 것이오. 절대로 땅을 내놓지 않을 것이오. 우리는 평생 저들의 개처럼 시키면 시키는 대로 주면 주는 대로 먹는 수밖에 없소. 아니면 우리는 우리의 세상을 바꿔야 하오. 그런데 그게 문제요. 농민군 지도부에 양반 출신들이 많이 있다는 것이요. 저들은 한 번도 배를 곯지 않았소. 양반들은 죽어도 양반일 뿐이요. 우리 상것들의 심정은 죽어도 모를 거요."

마중 나온 이는 주먹을 쥐었다.

"동감이요. 그렇기 때문에 우리는 농민군을 나왔소. 이제 어떻게 할 작정이요? 우리는 준비가 되었소."

따라온 이들이 물었다.

"지금까지 우리 살반계가 우선 악독한 지주들은 손을 보았소. 근데 글피쯤에 일본군이 쳐들어온다니 걱정이 이만저만이 아니오. 아마도 조정에서나 대구 감영에서 요청했는 거 같소."

"조정에서요?"

"그렇소. 조정에서도 전국에서 혁명이 일어나니 군대가 절대 부족하고 그나마 제대로 훈련된 군사는 없소. 그래서 지방에 있는 일본군에게 진압을 맡긴 것 같소."

"저런 죽일 놈들."

"아마도 일본군하고 밀약이 된 것 같소."

"무슨 밀약이오?"

따라온 이들이 물었다.

"일본군을 동원해 혁명을 진압하면 일본놈들에게 보답을 하겠지요."

"그럼 나라는 일본에 넘어간다는 것이 아니오. 나라 치안을 외국군대에 맡긴다는 것은요."

"그렇소. 이미 저들은 나라는 포기했고 오직 양반 직위만 유지하겠다는 심산이지요. 나라는 없어져도 양반 직위만 유지하면 자자손손 잘 먹고 잘 사니까요."

"허허, 참."

따라온 이들은 기가 차서 말이 안 나온다는 표정들이었다.

"그럼 어찌 할 작정이요?"

따라온 이들이 물었다.

"지금까지 악독한 양반들만 욕을 보였는데 우선 나라를 살리고 봐야겠소. 일본군부터 칩시다."

"그들은 총으로 무장하고 있다지 않소."

"기습을 합시다. 저들이 내일쯤 지원군이 올 테니 미리 매복시켰다가 처치합시다."

“일단 우리는 당신들 뜻대로 따르겠소. 근데 정보는 확실하오?”

따라온 이들이 다시 물었다.

“아마도 글피쯤 선산하고 S를 공격할 것 같소. 내일 양쪽 모두 일본군 증원이 있소.”

“소문이 사실이구먼.”

따라온 이들은 고개를 끄덕이며 허탈한 표정을 지었다.

결국은 농민군에서 나온 사람들은 살반계와 합류하여 일본군을 치기로 계획을 세웠다. 그동안 읍성을 점령한 후 양반들을 떨게 했던 살반계가 일부 농민군과 더불어 일본군을 선제공격하기로 작정한 것이었다. 그때 옆 동네에서 횃불이 뭉게뭉게 피워올랐다.

“저게 무슨 불이요?”

따라온 이들이 의아해서 물었다.

“동네에 싸움이 붙었다오.”

마중을 나온 이는 씁쓸한 웃음을 지었다. 동네마다 싸움이 일어났다고 했다. 농민군 지도부에서는 처음에 읍성에서 나누어주던 쌀을 각 동네별로 나누어주었다. 악독한 지주들에게 뺏은 쌀을 동네별로 공평하게 나눠주기로 했던 것이었다. 어차피 쌀을 가지려 읍성까지 오자면 먼 데 있는 백성들이 힘들다는 것이었다. 소가 끄는 수레를 이용해 동네마다 쌀을 날랐는데 쌀을 받으러 온 사람들이 이의를 제기하면서 문제가 생겼다.

“윗마 병철이 아버지는 두 번 타갔다.”

“서당골 최가는 세 번 타 갔다.”

소문이 무성하게 퍼졌다. 처음에는 한 줄로 서서 쌀을 잘 타가던 사람들이 일본군이 쳐들어온다는 말에 마을 전체가 동요되었다. 처음부터 각 동임들에게 배급을 맡겼는데 동임들조차 쌀을 빼돌렸다는 소문이 돌았다. 그러니 쌀을 배급 받으러 온 사람들은 동임들을 믿지 않았다. 동임들이 읍성에서 동네별로 나눠준 쌀가마니를 미리 몇 가마니 빼돌렸던 탓이었다. 또한 친한 사람한테는 쌀되를 높게 하여 많이 주고 모르는 사람한테는 쌀되를 깎아 준다는 것이었다.

"동임은 빼돌린 쌀을 내놓으시오."

횃불을 든 사람들이 동임의 집으로 몰려갔다. 동임은 이미 옆집으로 피신한 상태였다.

"애 아버지 없소."

동임 부인이 악바라지게 말했다. 평소 같으면 친절하게 웃고 지내던 사이였다. 일본군이 쳐들어온다는 소문에 너도 나도 쌀을 차지하고 보자는 심정이었다.

"쌀 내놓으시오."

"우린 쌀 빼돌리지 않았소."

"다 알고 왔소."

횃불을 든 사람들은 물러서지 않았다.

"제발 물러가시오."

아낙은 애원했다.

"곳간을 열자."

누군가 소리쳤다.

"와!"

사람들은 곳간으로 몰려가 문을 괭이로 내리찍었다. 문은 금방 부서졌다. 쌀가마니가 모습을 드러냈다.

"쌀 여기 있다."

누군가 소리쳤고 사람들은 쌀을 서로 가져가려고 몰려들었다.

"놔라. 이거."

앞서서 쌀을 자루에 넣던 사람을 뒷사람이 다리를 잡고 끌어냈다. 끌어냈던 사람이 미처 쌀을 챙기기 전에 뒷사람이 허리를 잡고 끌어냈다.

"놔라, 이놈아."

누군가 뒷발길질을 했고 다리를 잡았던 사람이 뒤로 벌러덩 넘어졌다. 그러자 다른 사람이 다시 달려들어 허리를 잡았고 자루에 쌀을 담기 전에 뒤로 끌려 나왔다.

정도의 차이는 있었지만 어느 동네나 마찬가지였다. 일본군이 쳐들어온다는 소문에 사람들은 공포를 느꼈다. 또다시 살육이 벌어질 것이었다. 또한 난에 참가한 사람들에 대한 사냥도 시작될 터였다. 조금이라도 더 쌀을 가져가려는 그들의 본능적인 마음은 닥칠 피비린내나는 사태를 미리 파악하고 있었다.

산 자

순임은 커피를 한 모금 마셨다. 다행히 남편은 연극을 보면서 마음이 흔들리지 않는 것 같았다. 특히 싸움하거나 공포를 느끼는 상황은 아주 좋지 않은데도 잘 넘어간다 싶었다. 일본군이 쳐들어온다는 말에 오히려 순임이 놀랬다. 누군가 자신에게로 무기를 들고 오는 것은 꿈에서도 일어나는 일이었다.

순임은 창밖을 다시 보았다. 저기 저 곳에, 회사가 있을 텐데. 어둠 속에 보이지는 않았다. 한창 점거 파업을 할 땐 창밖을 바라보는 것만도 두려웠다. 도장공장은 발화물질이 많아 경찰이 투입되면 사람들이 다 죽는다고 했다. 그래서 거실에 있다가 경찰 사이렌 소리만 나도 베란다로 뛰쳐나갔다. 회사 쪽에서 검은 연기만 보여도 가슴이 덜컥, 내려앉았다.

"무슨 일이 일어난 게 아니지?"

전화기는 불이 났다.

"아냐."

가대위 사람들은 서로 위로했지만 한번 내려앉은 가슴은 계속 쿵닥쿵닥 뛰었다.

"정말 특공대 투입할까?"

"설마 하겠어?"

"그렇지, 그지?"

"그럼."

그들은 그렇게 위안을 삼았다. 그러나 수시로 경찰차 사이렌이 울렸고 공장에서는 검은 연기가 치솟을 때가 많았다.

이놈들이 정말 다 죽이려는가.

가대위에서 날마다 회사 앞에서 경찰과 맞붙었다. 경찰특공대 투입만 되면 도장공장을 점거하고 있는 사람들은 다 죽는다는 소문이 나돌았다. 정말이지 다 싫었다. 그냥 파업을 끝내고 남편이 나왔으면 좋겠다는 생각이 들었다. 회사를 나오면 평택을 떠나고 싶었고 다시는 평택에 돌아오지 않으리라 생각했다.

한번은 가대위 소속 가족들이 저녁을 먹을 때였다. 그때 한 가족의 초등학생 애들이 있었는데 방패놀이를 했다. 전경 흉내를 냈다. 방패로 바닥을 쾅쾅 찍고 막대기를 휘둘렀다. 노동자는 없고 모두 경찰이 되어 있었다.

"야, 이놈들아 고만해."

누군가 참다못해 소리쳤다.

"얏!"

그러자 한 아이가 막대기를 들고 달려들었다.

"이놈들이."

누군가 나섰기에 망정이지 아니면 어른들이 꼬맹이들에게 곤봉 같은 막대기로 맞을 뻔했다. 아이들도 알았다. 노동자보다 경찰이 힘이 더 세다는 것을.

며칠 전에는 우연히 '산 자'를 만났다. 파업하기 전에는 남편과 그 사람이 둘도 없이 친하게 지내던 사이였다. 순임 가족이 그들의 집으로 밥을 먹으러 갔었고 그들의 가족도 순임의 집으로 자주 왔다. 가족동반으로 놀러가기도 했다. 그런데 그는 해고되지 않은 '산 자'가 되었고 남편은 해고되어 '죽은 자'가 되었다. 평소에 슈퍼를 가거나 아파트 앞을 지날 때면 주위를 두리번거리며 '산 자'들을 만나지 않기 위해 조심했다. 만나면 서로가 불편했다. 파업 현장에서 서로 마주보며 새총을 쏘았으니 더욱 조심할 일이었다. 순임은 지금도 치가 떨리는 게 있었다. 관제데모였다. 관제데모에 나섰던 사람들이야 회사에서 시키니까 어쩔 수 없었다 해도 노동자끼리, 형제나 다름없는 사람끼리 싸우도록 시키는 회사 임원이란 작자들이 너무나 미웠다.

"인간으로서 어떻게 그럴 수 있어?"

분노는 쉽게 사그라지지 않았다. 그래서 되도록 외출할 때 주위를 잘 살펴보고는 했던 것이었다. 그런데 며칠 전 남편과 외출하다 아파트 입구 상가 앞에서 남편의 절친한 친구인 '산 자' 를 만난 것이었다.

"어?"

"어?"

둘 다 아무 말도 못 하고 바라보기만 했다. 그도 순임 가족을 만날까 두려워 피해 다닌 것이 분명했다.

"어디 가세요?"

순임은 밝게 인사를 했다.

"예. 제수씨."

그는 엉거주춤하게 말했다. 몸에서 술 냄새가 확 풍겼다. 술을 많이 마신 듯 했다.

"날씨 좋네요."

남편이 말했다.

"응응."

그는 얼버무렸다.

"담에 보세요."

남편은 말했다. 예전 같으면 억지로라도 술집으로 데리고 갔을 터였다.

"어어, 그래. 담에 보자."

그는 엉거주춤하게 서 있다가 아파트로 들어갔고 순임은 남편과 함께 가던 길을 갔다. 그때였다.

"야, 재우야."

그는 비틀거리며 되돌아 왔다.

"왜요?"

남편은 웃으며 말했다.

"한잔하자."

그는 혀 꼬부라진 소리로 말했다.

"……."

남편은 잠자코 있었다.

"저기 저 골목에 꼼장어집 있제? 내가 먼저 가 있을 테니 십 분 뒤에 와라."

그는 남편의 등을 치곤 먼저 갔다.

"갈 거야?"

순임이 물었고 남편은 머뭇거렸다. 해고되기 전에는 이틀마다 술 마시던 사이였는데 이제는 간격이 너무나 벌어진 것 같았다.

"간단하게 한잔만 하고 오지, 뭐."

남편은 대단한 결심이라도 한 듯 말했다. 해고된 이후에는 '산 자' 들과는 한 번도 술 마신 일이 없었던 탓이었다. 아침마다 보기는 했다. 출근투쟁이었다. 손팻말을 들고 회사 정문 앞에 서 있으면 '산 자' 들은 고개를 돌리고 외면한 채 회사 안으로 들어갔다.

'여기는 우리의 소중한 일터입니다.'

'경영정상화만이 휴직자의 복직을 앞당길 수 있습니다.'

정문에는 회사측에서 내건 펼침막이 펄럭였다. 출근투쟁하는 사람들이 내건 '해고는 살인이다.' 라는 펼침막과 묘하게 비교되었다.

"난?"

순임이 물었다.

"당연히 같이 가야지."

예전 같으면 어림도 없던 일이었다.

"그래 그러자."

순임도 마음이 내키지 않았지만 남편을 따라 꼼장어집으로 갔다.

"미안하다."

순임과 재우가 들어서자 그는 일어나 재우의 손을 잡았다.

"미안하기는요."

오히려 재우가 위로를 했다.

"가끔 회사 앞에서 널 봤다. 근데 아는 척을 할 수 있어야지. 요즘 해고된 사람과 어울리면 무슨 불리한 조치가 있을 거라는 소문이 돌아서리."

"알고 있습니다."

재우는 고개를 끄덕였다.

"정희 엄마도 잘 있죠?"

순임이가 물었다. 함께 가대위 활동하는 사람들끼리는 이름을 불렀는데 그의 부인은 친하게 지냈지만 아직도 이름을 모르고 있었다.

"그럼요. 마누라도 제수씨에게 항상 미안하게 생각하고 있습니다."

"저한테 뭘요."

순임은 아니라고 손사래를 쳤다. 그러면서 생각했다. 정말로 이 사람이 그때 동료들을 향해 새총을 쏜 사람이 맞나, 싶었다. 이 사람이 정말 관제데모에 나선 사람이 맞나, 다시 보았다.

"힘드시죠?"

"요즘 시간당 스물네 대야. 예전에는 열 대 생산했는데 말이야. 죽을 지경이지."

"엄청나군요."

재우는 놀라는 표정을 지으며 그의 잔에 술을 따랐다. 그가 술병을 받더니 재우의 잔과 순임의 잔에 술을 따랐다.

"잠시 담배 필 시간도 없어. 점심시간만 빼면 계속 풀 가동이야. 그렇다고 불평 한 마디 안 해. 쫒겨날까봐."

꼼장어가 나왔는데도 안주는 먹지 않고 술만 마셨다.

"안주 좀 드세요."

"회사 분위기가 살벌해. 언제 해고될까, 안절부절이야. 이번에 인수한 인도의 회사도 믿지 못 하는 분위기야."

그는 술 마시는 속도가 빨라졌다.

"천천히 마시세요."

재우가 제지를 했다.

"괜찮아."

그는 재우가 들고 있던 술병을 낚아채어 자신의 잔에 따랐다.

"힘들다 힘들다 해도 자네들만큼 힘들까. 미안하네, 정말."

그는 술을 마시고 나서 재우의 손을 잡았다.

"다 힘드는 거죠."

재우도 한 잔 마셨다. 순임도 한 잔 마셨다. 듣고 있자니 속에서 불이 일었다. '산 자' 도 '죽은 자' 도 편히 살 지 못 하는 세상이었다.

"그런데 어쩌겠어. 해고된 사람들이 힘들어도 우리도 또한 나름대로 먹고 살아야 하고. 또 우리가 열심히 해서 회사가 정상화 돼야 니들도 빨리 복직할 거 아냐."

안 그래? 그는 재우를 보며 동의를 구했다. 재우는 말없이 술을 마셨다. 그건 회사측의 논리였다. 언제 감원 태풍이 불 지 모르고 그걸 쥐고 있는 회사측은 노동자들을 압박했다.

"그때 말이야."

그는 술을 한 병 더 시켰다. 안주는 그냥 식어 갔다.

"이러면 안 되는데 하면서도 회사측에서 나가라고 하니까. 그래 무조건 미안하다. 우리끼리 싸우다니."

그는 결국은 아픈 데를 찔렀다. 파업하면서 그 부분이 제일 가슴이 아팠다. 같이 기름밥 먹던 동료끼리 싸운다는 거. 관제데모에 나섰던 사람들의 처지를 이해하려고 했지만 그들이 쏜 볼트에 얼굴이 맞아 상처가 나면 속이 터졌다. 그리고 이가 갈렸다. 동료들끼리 싸우게 하는 거. 얼마나 야만적인가. 학교 다닐 때 친구랑 서로 뺨 때리기 시키는 선생. 친구의 얼굴을 때릴 때마다 수치스럽고 절망적이던 그 기억. 며칠 동안 그 친구의 얼굴을 제대로 보지 못 했던 기억들.

"미안하이."

그는 자꾸만 미안하다는 말만 되풀이했다.

"힘내세요."

재우가 말했다.

"자네가 위로하네, 허허 참."

그는 쓴 웃음을 지었다.

“우리도 마음이 편치 않아. 분위기가 살벌해.”

“그렇겠지요. 노조가 없으니.”

“그래. 일은 힘들고. 그것보다 언제 인원 감축에 해고당할지 모르니.”

재우는 고개를 끄덕거렸다.

“아내도 식당에 나갑니다.”

그는 순임을 바라보고 말했다.

“왜요?”

순임은 무슨 일인가 물었다.

“걱정이 돼서요. 언제 잘릴지 모르니까, 아내도 불안한가봐요.”

“그렇군요.”

‘산 자’ 나 ‘죽은 자’ 나 힘든 건 마찬가지구나, 순임은 생각했다.

“잠깐만.”

그는 주위를 둘러보다 잠깐 나갔다 오겠다고 했다. 그가 나가고 난 뒤 순임과 재우는 아무 말도 없이 술잔만 만지작거렸다. 할 말이 없었다.

“언제가 될까?”

침묵을 참지 못 해 순임이 말을 꺼냈다.

“언젠가는 되겠지.”

재우는 소주를 마시며 말했다.

밖에 다녀온 그는 농협 마크가 찍힌 봉투를 내밀었다.

“이게 뭐예요?”

"얼마 안 되네. 자네 아들 곧 대학가지 않는가. 미리 선물 주는 걸세."

"이러시면 안 됩니다."

"마음이야. 그래야 내 맘이 편치."

그는 억지로 재우의 손에 봉투를 쥐어줬다.

"나 가네."

그는 재우의 손을 잡았다.

"꼭 복직될 걸세. 난 믿어. 힘내라고."

그는 재우의 어깨를 쳤다.

"언제 낚시하러 가야지요."

"그럼, 진짜 가네. 혹시라도 해고된 시람들과 어울리는 걸 관리자한테 띄면 인사고과에 지장이 온다고 해서리."

그는 주위를 둘러보다 집 방향으로 걸어갔다. 재우와 순임은 멍하게 자리에 앉았다. 잠시 후 순임은 소주를 자신의 잔에 따라 마셨다. 재우도 자신의 잔에 따라 마셨다. 언제 우리의 세상이 올까. 언제 마음 놓고 사는 세상이 올까.

"근데 이 돈 어떡하지?"

둘이는 골똘하게 생각했다.

"정특위에 넣자."

"저 사람 이름으로?"

"그럼 피해가 가겠지? 소문나서. 가명으로 하지 뭐."

"오케이."

"자, 한 잔 해."

순임이 따랐다.
“순임씨도 한 잔해.”
“좋지.”
건배를 했다.
“살기 위해!”
“살아남기 위해!”

여섯째날

이름

어젯밤 몰래 막사를 빠져나간 이들이 많았다. 일반 농민군들이야 말할 것도 없고 큰 갓을 쓰고 아버지라 찾아온 노인의 아들도 아침에 보이지 않았다. 주로 성안을 빠져나간 사람들은 양반 출신이거나 하다못해 땅 마지기라도 가진 자작농 출신들이 많았다. 농민군 지도부는 어젯밤 정탐꾼의 급한 보고를 받았다. 낙동면에 있는 일본군 병참기지가 군인을 충원한다는 정보였다. 수백 명이 대구에서 온다는 것이었다. 일부는 선산으로 가고 일부는 S로 온다고 했다. 모레쯤 읍성을 공격할지 모른다고 했다. 지도부는 비밀에 부쳤다. 농민군이 동요할까 싶어서였다. 그리고 서둘러 등소를 작성하여 서기가 장두(狀頭)를 맡아 대구 감영으로 갔다. 그리고 인근 고을인 보은 안동 의성에 지원군을 요청했다. 일본군이 언제 쳐들어올지 모르는 일이었다. 그러나 비밀은 없는 법이었다. 소문은 급속히 퍼져나갔다.

아침이 되자 여기저기서 보고가 들어왔다. 어느 부대에서 몇 명이 빠져나갔다는 보고였다.

"빠져 나간 사람들은 어차피 싸움이 일어나면 제일 먼저 도망칠 사람들이요. 그러니 성안에 남아 있는 사람들은 정규군이라 할 만하오."

칼부대 대장이 말했지만 위로가 되지 못 했다. 그때였다. 지도부의 일원인 양반도 빠져나가고 보이지 않아 낙담하고 있던 참이었다.

"뭐이라고?"

일부 농민군이 무기를 탈취해 성을 빠져나갔다는 보고를 받은 지도부는 얼굴이 하얗게 질렸다.

"그들은 대체 어떤 놈들이야?"

신원을 파악하라고 했다. 그들은 협상하자는 쪽에 불만을 품은 이들이었는데 며칠 전부터 살반계원들과 접촉이 있었다고 했다. 주로 노비 출신이거나 32년 전 임술년 때 농민군으로 활동하다 죽임을 당한 사람들의 후손들이 많다고 했다.

"그럼 저들이 대체 무기까지 가져간 것은 무슨 연유요?"

"뭔가 일을 꾸밀 것 같은데 걱정이요."

지도부는 어찌할 바를 몰라 코를 땅에 박거나 천장만 쳐다보았다.

취사반에 나오는 여자들도 많이 나오지 않아 밥 짓는 시간이 늦어지고 있었다. 남자들도 가서 밥을 지었다. 아침이 되면 밥이 다 되기도 전에 밥을 얻어먹으러 온 사람들이 길게 줄을 섰으나 오늘은 몇 사람 되지 않았다. 주로 걸인들뿐이었다.

"일본군들이 오늘 내일 쳐들어온다고?"

"그렇다네."

걸인들은 쑥덕대었다.

"그럼 오늘은 성밖으로 나가지 말고 안에 남자. 우리도 성을 지켜야지."

"총도 있다는데."

어느 걸인이 여차하면 도망칠 기세로 말했다.

"야, 이 밥충아, 인간이면 인간의 도리를 해라. 우리가 여기서 인간 대접 받은 게 태어나서 처음 아니야?"

"그건 그렇지만."

"우리도 오늘 농민군에 들어가자. 우리에게 인간 대접해준 대가는 치러야하지 않겠냐."

"그럼. 당연하지. 당장 들어가자."

"지금 집강 어른 찾아뵙자."

그들은 밥그릇을 땅에 두고 동헌으로 달려갔다. 회의를 하고 있던 지도부는 마루로 나왔다.

"허허."

집강의 얼굴이 환하게 피었다.

"저희들은 비록 걸인이나 받아만 주신다면 목숨을 걸고 싸우겠습니다."

걸인들은 무릎을 꿇었다.

"아니, 일어나시오."

집강은 신발도 신지 않고 마당으로 내려와 그들의 손을 잡고 일으켰다.

"고맙구려. 천군만마를 얻은 기분이요."

"저희들을 받아주신다니 고맙습니다. 죽기로서 은혜를 갚겠습니다."

"고맙소. 고맙구려."

집강은 일일이 걸인들의 손을 잡았다. 마루에 서 있는 지도부들도 고개를 끄덕이며 흡족한 미소를 지었다.

"양반들보다 낫구만."

“진정한 애국자는 여기 있구만.”

그들은 한마디씩 하였다.

“오늘부터 훈련에 참가하도록 하시오. 새 세상을 만들어봅시다.”

집강의 말에 걸인들은 고개를 끄덕거렸다.

걸인들도 막사로 안내되었고 창부대로 배치되었다. 농민군들과 똑같이 훈련을 받았고 함께 밥을 먹었다. 창부대는 사기가 올라갔다. 아침에 수십 명이 성을 빠져나가 의기소침해 있었는데 적은 수라도 들어오는 사람이 있으니 마음이 든든했다.

“우리의 세상은 우리가 만들어야하네.”

“그럼. 누가 만들어주지 않아.”

“끝까지 싸우세.”

농민군들은 결의를 다졌다.

농민군들은 오전 오후에 걸쳐 열심히 훈련을 했다. 칼부대 대장의 말처럼 의지가 강한 사람들만 남으니 훈련이 더 잘 되었다.

“무기만 더 있더라도 걱정 없을 텐데.”

농민군들은 한탄하였다. 총을 가진 일본군에게 맞서기가 두려웠다. 지도부에서는 아침부터 젊은이들을 중심으로 백여 명을 낙동쪽인 동문으로 들어오는 길목에 매복을 시켜놓았다. 일본군이 쳐들어오면 기습공격할 작정이었다. 그리고 모두에게 피리를 공급했다. 싸울 때 피리를 불면서 싸우면 농민군이 현인원보다 더 많이 느껴진다는 것이었다. 농민군들은 실전에 대비해 직접 치고 받고 찌르고 하였다.

금방 하루가 갔다. 농민군들은 훈련받느라 어떻게 하루가 갔는지 모를 지경이었다.

"오메. 벌써 저녁이다야?"

"자네 불알 저기 저 마당에 떨어져 있던데?"

사람들은 녹초가 되어서 마당에 퍼질러앉았다. 누구는 담뱃대를 꺼내물었다.

"야, 참. 그 담배맛 죽인다."

한 사람이 담배 연기를 깊게 빨았다가 내뿜었다. 훈련받느라 담배도 제대로 못 피운 탓이었다. 너도 나도 담뱃대를 꺼내물었다. 꿀맛 같은 담배를 피웠다.

저녁을 먹고 나자 휴식 시간이 되었다. 평소 같으면 막사에 들어가 잠을 자는 이들도 있었는데 아무도 막사 안으로 들어가지 않았다. 둘러앉아 담배를 피웠다. 막상 저녁이 되니까 두려움이 몰려왔다. 낮에는 훈련받느라 정신이 없어 몰랐는데 배가 부르고 피곤이 몰려오자 두려움이 모락모락 솟아올랐다. 농민군들은 함참동안 말이 없었다. 누구 하나 말을 꺼내지 않았다.

"아, 정말 쳐들어온당가?"

한 농민군이 침묵이 부담스러운 듯 누구에게랄 것도 없이 말을 툭 던졌다.

"쳐들어오겠지. 일본군들이 군사를 늘이는 것 보면."

누군가 말을 되받았다. 모레쯤? 소문은 그렇게 나 있었다. 지도부에서도 그럴지도 모른다고 공식적으로 말했다. 이제 진짜로 싸움이 벌어지는구나. 사람들은 불안한 표정들이었다. 한번도 싸워보지 않은 사람들이라 두려움이 더 컸다.

"형님."

한 사람이 옆에 사람을 툭 쳤다.

"왜 그래?"

읍성을 점령하게 된 후 서로 알게 된 사이였다.

"나 여기에 이름 좀 새겨 주소. 내 아직 글씨를 깨치지 못 해서 말이요."

그는 가슴을 내밀었다.

"이름을?"

"죽더라도 사람들이 내가 누군지는 알아야지 않겠슈."

그는 숯을 내밀었다. 사내는 망설이다 숯을 받았다.

"김만수요. 천 년 만 년 살으라고 우리 아버지가 지워준 이름이요."

그는 더 말을 하려다 입을 다물었다.

"안 죽을 거요. 우리가 이길 거요."

사내는 그의 옷에 크게 김, 만, 수,라고 적었다. 그는 자기 이름을 한 번 보더니 헤헤, 웃었다.

"나도 좀 적어주시오."

그 옆의 사람이 나섰다.

"나석대요."

그는 등을 내밀었다. 사내는 아무 말 없이 이름을 적어 주었다.

"나 박광춘이요."

"나는 이신득이요."

사람들은 사내 옆으로 몰려들었다.

"……."

사내는 묵묵히 이름을 적어주었다. 이름을 적어주는 사람은 어느새 여러 사람들로 늘어났다. 여기저기서 글씨를 아는 사람에게 서로 이름을 적어달라는 소동이 일어났기 때문이었다.

"그러고 보니 글도 모르는 사람들만 성에 남았구려."

"글을 아는 자들은 벌써 도망갔구려."

사람들은 허탈하게 웃었다.

어떤 이는 서로의 이름을 불러주었다.

"나, 박모개요."

"나는 배순득이요."

서로 마주 보며 자기 이름을 말하곤 상대방의 이름을 들었다.

"난 공성의 여원출이요."

"난 화서의 이이수요."

사는 지명까지 말하는 이도 있었다. 죽더라도 누군가 자기를 기억해 주기를 바라는 마음에서였다. 자기의 이름을 소중히 말하고 다른 사람의 이름을 귀히 들었다. 언제 이렇게 이름을 말한 적이 있었던가. 김서방, 이서방으로 통했는데. 관에 끌려가 곤장 맞을 때만 이름이 불려졌다. 각종 세금을 낼 때도 이름이 불려졌다. 그러니까 본인이 필요해서 부른 게 아니라 착취당할 때만 불려진 것이었다.

"마늘은 다 심었소?"

"상강 지난 지가 언젠데요."

"좀 있으면 배추를 뽑아다 김장해야할 건데요."

"아직 콩타작도 못 했소."

"모동은 여기보다 더 추워서 일찍 끝냈을 텐데 아직도 못 했소?"

"내 일 할 새가 어디 있었소. 지주 놈 일 해주다가 죽창을 들었소."

그들은 담배를 꺼내 서로의 담뱃대에 넣어주었다.

"우리가 이길 거요."

"그렇지요? 우리가 이기고말고요."

서로 상대방이 넣어준 담배를 피웠다.

"우리 아버지가 생각나오. 평생을 쌀밥 한 번 못 드시고 돌아가셨소. 그렇게 죽도록 일만 했건만."

한 남자는 담배 연기를 길게 내뿜으며 말했다.

"나도 마찬가지요. 어머니가 열흘을 아팠는데 약 한 번 못 썼소. 의원들도 가난한 사람들에게는 필요 없소."

한 사람이 담배 연기로 말을 받았다.

"그래도 난 여한이 없소. 우리 세상에서 한번 살아봤지 않소."

"그렇소. 쌀밥도 실컷 먹어 봤고 쇠고기도 먹어 봤소."

"그렇소. 이런 세상이 아니면 어떻게 우리가 인간 대접 받아보았겠소."

담배 연기가 마치 불 난 것처럼 사람들의 머리 위로 피워 올랐다.

"싸워서 이깁시다."

"그래야지요. 우리 세상은 우리 힘으로 만들어야 합니다. 그 누구도 만들어주지 않지요."

"이렇게 많은 사람들이 있는데 설마 지겠소."

"맞소. 우리가 이겨요."

"그럼요. 우리가 이기고 말고요."

허허허. 사람들은 웃었다. 그렇지요? 하하하. 이긴다오. 하하하. 갑작스런 웃음소리에 사람들이 돌아보았다.

"농민군 만세."

누군가 소리쳤다.

"만세!"

"농민군 만세!"

몇몇 사람들이 따라 했다.

"만세!"

"만만세."

여기저기서 사람들이 일어서자 다른 사람들도 따라 일어서서 손을 머리위로 흔들었다. 손들이 마치 거대한 파도처럼 넘실거렸다.

"농민군 만세!"

"우리가 이긴다!"

"일본군 때려죽이자!"

사람들은 손을 흔들며 고함을 질렀다.

예천에서 온 사람들은 두려움보다는 분노에 차 있었다.

"원통하오."

"조만간에 S 농민군과 예천으로 쳐들어가려고 했더니만."

예천 농민군들은 주먹을 쥐고 부르르 떨었다.

"가족들은 어떻게 되었소?"

"모르겠소. 고향에는 없는 거 같소. 혁명에 참가한 가족들은 재물을 모두 빼앗겼소. 죽인다는데 집에 남았겠소."

"그렇소. 나도 여기저기 알아보는 중인데 어디로 갔는지 알 수가 없소."

"허허."

주위사람들은 안타까워했다. 그러면서 두려움에 몸을 떨었다. 우리도 지면 저렇게 된다. 가족들이 뿔뿔이 흩어진다. 다 죽는다. 소작도 떨어지고 재물도 다 뺏긴다. 사람들은 불안했다.

순임

재우는 역극을 보는데 갑자기 한 얼굴이 떠올랐다. 통통한 얼굴에 큰 눈망울이 선하게 생긴 사람이었다. 형님. 재우는 속으로 나직이 불러보았다.

김희수.

재우는 죽을 때까지 잊지 못 할 이름이라고 생각했다. 정리해고되었다가 다시 일용직으로 채용되었다. 그러다 다시 해고되었고 며칠 후 자신의 집에서 주검으로 발견되었다.

"미안하이."

비록 일용직이나마 다시 고용되었다며 정리해고자들에게 미안해서 어쩔 줄을 몰라 했다.

"다 같이 복직해야하는데 이거 어쩌지?"

그는 미안해서 얼굴을 들 수가 없다고 했다.

"형님 잘 되었네요. 축하합니다."

재우와 동료들은 진정으로 축하해줬다. 그는 77일 동안 옥쇄파업에 치열하게 투쟁한 사람이었다. 몸을 사리지 않아 동료들에게 신임을 듬

뿍 받았다. 파업 중에도 자신보다 동료를 먼저 챙겼다. 그런 사람이 복직을 했으니 이상하다 했다. 알고 보니 워낙 기술자들을 많이 해고시켜 일할 사람이 없었던 모양이었다. 프레스가 전공이었는데 나중에 정규직으로 다시 채용하겠다고 약속을 받은 후 일용직으로 채용됐다. 그러나 그건 회사측의 꼼수였다.

"김희수씨가 또 짤렸다네요."

정리해고특위 사무실에서 누군가 말을 했다.

"왜?"

사람들은 어이가 없어 물었다.

"노하우와 업무인계인수가 끝나자 버린 거죠."

후임자가 업무를 익히자 계약을 해지했다고 했다. 회사의 악랄함에 치를 떨었지만 어쩔 수 없었다. 김희수는 그 후로 정리해고특위 사무실에 나오지 않았다. 노조에서는 복직투쟁에다 교도소에 갇힌 사람을 위해 법정투쟁하느라 정신이 없어 미처 그를 신경쓰지 못했다. 아내와 이혼했다는 소문이 돌았다. 재우는 몇 번 통화를 시도했지만 그는 받지 않았다. 그러다 결국은 집에서 주검으로 발견되었던 것이었다. 그동안 일용직을 전전하며 지냈던 것 같았다. 경찰에서는 사인을 알콜중독으로 인한 심장마비로 발표했다.

"회사가 죽인 거야."

누구나 그렇게 생각했다. 해고되지 않았다면, 해고되었더라도 일용직으로 복직 되었을 때 정규직으로 전환했더라면, 다시 해고당하지 않았다면, 그래서 아내와 이혼하지 않았다면, 그는 죽지 않았을 것이었다. 알콜중독에 의해 심장마비라니. 누가 술을 먹게 했는가. 돈도 없어

깡소주를 누가 마시게 했는가. 노조원들은 영안실에서 분노의 눈물을 흘렸다. 술을 마셨다. 모두들 술에 엄청 취했다. 서러워서 술을 마셨고 분노 때문에 술을 마셨다. 그리고 두려움 때문에 술을 마셨다. 다음엔 누구인가. 누가 다음에 주검으로 발견될 것인가. 자신이 다음 차례가 될 수 있다는 게 두려웠다.

"씨발."

누군가 욕을 하며 잔을 들었다.

"좆같은 세상."

다른 사람의 말을 받으며 잔을 들었다. 그의 아이들 앞에서 고개를 들 수 없었다.

"이 아저씨들을 용서하지 말아라."

누군가 코맹맹이 소리를 냈다.

"우리가 죄인이다."

누군가 훌쩍였다.

재우는 기분이 울적해서 아내에게 전화를 했다. 아내는 전화를 금방 받았다.

"왠일이야? 전화를 다 하고?"

순임이는 반가움을 그렇게 표현했다. 그러면서 순임은 이 남자가 왠일이래? 무슨 일이 있나 싶었다.

"집에 아무 일 없지?"

"그럼. 일 있을 게 뭐 있어. 애들은 모두 학교서 아직 안 왔어."

고 3짜리는 그렇다손치더라도 고 1짜리를 밤11시까지 야간자율학

습을 시킨다는 게 도저히 이해가 되지 않았다. 어째 뺄 수 없을까 하고 애한테 애기했더니 학교에서는 야자 안 할 사람은 전학을 가란다는 것이었다. 순임은 폭력의 방식이 여러가지라는 생각이 들었다.

"연극 끝났어?"

순임이 물었다.

"응. 근데 굉장했어."

"뭐가?"

"일본군이 쳐들어온다는데 아무도 도망가지 않고 성을 지켜."

"전부 다?"

순임은 자신도 모르게 음성을 높였다.

"양반하고 지주 계층 새끼들 몇 명 도망간 것은 빼고. 결국은 가진 거 없는 농민들이나 노비 출신들만 남더라고."

재우의 목소리도 올라갔다,

"이 봐요, 아저씨. 그런 거 보지 마세요. 정신 건강에 해롭다고 저번에 말했을 텐데."

"괜찮아 컨디션 좋아. 근데 어째 우리 노조와 같다야."

"뭐가?"

"하여튼 그래. 일본군이 쳐들어와 다 죽게 됐는데도 도망가지 않는 농민군한테 뽕 갔다야."

"그렇구나."

순임은 심드렁하게 말했다. 아니 말하는 척 했다. 또다시 남편은 도장공장 점거 파업을 떠올릴 지 모르는 일이었다. 그런 악몽이 안 떠오르게 해야 했다.

"내일이 마지막 연극이니까 모레쯤 집에 갈 수 있을 거 같아."

"푹 쉬고 와. 약 꼬박 챙겨 먹고."

"알았어."

"내 꿈 꿔."

"당신도 내 꿈 꿔."

남편의 목소리는 밝았다. 순임은 안심이 되었다. 순임은 전화기를 잠시 들고 있다가 끊었다. 오늘 항소심 얘기를 했어야 했나? 싶었다. 그러나 편히 쉬러간 사람한테 구태여 자꾸 노조 관련 일을 꺼내고 싶지 않았다. 순임은 커피를 가지고 와 거실에 앉았다. 아이들이 없는 집은 적막했다. 아이들이 조잘거릴 때가 좋았구나, 싶은 생각이 들었다.

오후에 노조원들의 항소재판이 있었다. 가대위에서는 모두 참석했는데 당당히 맞서는 노조원들이 보기 좋았다. 노조원들의 모두발언이 아직도 귀에 생생했다.

…… 대부분 노동자들은 공황장애에 시달리고 있습니다. 생계가 막막한 노동자의 아내는 지금도 베란다에서 비정한 세상을 향해 한 많은 목숨을 던지고 있습니다.

순임은 한숨을 쉬었다. 이 말을 듣는 다른 노조원 가족들도 고개를 떨구었다. 그동안 죽어간 노조원 가족들이나 노조원들이 떠올랐다. 야속한 세상. 방청객들의 한숨을 뒤로 하고 모두발언은 계속 되었다.

…… 해고는 살인이다, 는 말은 더 이상 구호도 선언도 아닙니다,

…… 살인은 멈추어야 합니다.

…… 고용 없이 성장만 있는 현실에서 일자리가 가장 큰 복지라고 말합니다.

…… 죄가 있다면 노숙하는 조합원들의 일상들을 헌신적으로 챙기면서 대형 참사와 생산 설비 파손을 막기 위해 수십 군데 피멍을 들면서까지 온 몸을 던진 죄일 것입니다.

…… 물도 끊기고 전기도 끊기고 비도 한 방울 내리지 않는 그 무더운 여름날 주먹밥 세 개로 하루를 버텨야 했던 노동자들의 절박한 외침들을 외면하고 ……

순임은 다 마신 커피잔을 싱크대에 놓고 냉장고에서 소주 한 병과 김치를 가져왔다. 잔에 소주를 따랐다. 낮에 있었던 재판을 회상하노라니 술이 없으면 속에서 폭발이라도 할 것 같았다.

"자, 순임이 한 잔 해."

순임은 자신에게 말하곤 잔을 들어 입으로 가져갔다.

"캬! 좋다."

김치 한 조각을 먹었다. 돼지 곱창이 먹고 싶은 생각이 들었다. 김치곱창전골을 잘 하는 집이 아파트 앞에 있었다. 남편과 자주 가던 집이었다.

"제기랄."

순임은 또다시 잔에 술을 채우고 한 잔 마셨다. 또다시 귀에서 노조원들의 모두발언이 쟁쟁거렸다.

…… 중국 먹튀 자본에게 국가기간 산업을 팔아먹고 나 몰라라 뒷짐만 지고 있는 정부의 입장이 노동자들을 물러설 수 없는 투쟁으로 내몰았던 것입니다.

…… 존경하는 재판장님.

"얼어 죽을, 존경은 개지랄이 존경이야. 판사 새끼도 다 똑같아."

순임은 술을 입으로 털어넣으며 말했다. 또다시 환청처럼 노조원의 말이 귀에서 울렸다.

…… 아직도 많은 동지들이 구속되어 있고 일 년이 지난 이 시점에서도 아직도 벌금에 가압류에 손해배상에 고통을 당하고

…… 에스에스 출신이라면 취직도 안 되고 취직해서 어떻게든 살아보려 해도 쉽지 않습니다. 노동자들은 이렇게 몸으로 삶을 책임지고 있습니다.

"그래 우짜든 살아야제. 우짜든."

순임은 술을 홀짝 마시며 김치 한 조각을 입에 넣었다. 개새끼들. 임원들은 누구 하나 책임지지 않고 정부도 책임지지 않고 우리만 죽어라 이거지.

"에이."

술병을 들어 잔에 따른다. 몸이 옆으로 흔들거리는 게 취한 느낌이 들었다. 에게 요거 마셨는데? 술병을 들어 본다. 절반이나 남아 있었다.

…… 왜 노동자들만 고통을 당해야 합니까?

…… 왜 묵묵히 일하던 가장들만 나락으로 빠져야 합니까?

…… 이제 우리 아이들의 아빠들을 가족의 품으로 돌려보내주셨으면 좋겠습니다. 재판장님의 현명한 판단을 호소드리면서 이만 마치겠습니다.

"현명한 판단?"

흥, 순임은 콧방귀를 뀐다. 다 같은 편이여. 똑 같은 새끼들이란께. 순임은 고개를 끄덕끄덕이며 술잔을 들어 홀짝 마셨다.

대화를 안 하려면 차라리 다 죽여라.

농성장인 도장공장 벽면에 쓰였던 글씨. 그렇게 대화를 하자고 해도 회사 경영진과 정부는 외면했다. 커다란 벽이 앞을 가로막고 있는 느낌. 막막한 느낌.

꺼억.

순임은 트림을 하다 옆으로 엎드렸다. 그때였다.

띵동

현관벨이 울렸다.

누구여?

순임은 눈도 뜨지 않고 속으로 중얼거린다. 오늘 식당에 휴가 내고 하루 종일 가대위 사무실로 법정으로 돌아다녔더니 몸이 아래로 추락했다.

띵동. 띵동.

또다시 현관벨이 울렸다.

딸래미가 올 시간인가. 그럼 나가봐야지

순임은 두 팔을 바닥에 짚고 겨우 일어났다. 간다, 이년아. 순임은 비틀거리며 문을 열었다.

"없네?"

순임은 눈을 껌벅이며 앞을 보았다. 어? 현관이 아니라 화장실이었다. 순임은 잠깐 머뭇거리다 화장실에 들어가 옷을 내리고 변기에 걸터앉았다. 앉자마자 쏴아, 폭포수 같은 소리가 쏟아졌다. 순임은 몸을 떨며 중얼거렸다.

"어 시원해."

그때 또다시 띵동, 띵동, 띵동, 현관벨이 울렸다. 간다, 이년아. 순임은 흡족한 표정을 지으며 옷을 올렸다.

"엄마 술 마셨어?"

딸은 거실에 들어오자마자 인상을 찌푸렸다.

"왜, 난 술 마시면 안 되냐?"

"뭔 술을 혼자 마셔. 아빠도 안 계시는데."

"이년아 술은 원래 혼자 마시는 거야. 혼자."

순임은 소파에 앉았다.

"혼자 마시지마."

"왜?"

"혼자 마시면 추해 보여. 그것도 여자가."

"이년아, 추한 것은 따로 있어. 진짜 추하게 사는 건, 다른 거야."

순임은 옆으로 비스듬히 드러누웠다.

"어휴."

딸은 방으로 들어가며 문을 쾅, 닫았다.

"어이구, 우리 이쁜 딸."

순임은 중얼거리며 남편을 떠올렸다. 오늘은 외롭다. 술 마시니까 외롭다. 아니다. 외로워서 술 마셨다. 취하니 남편이 그리웠다. 이런 날 남편 품에 안기면 기가 막힐 텐데. 에이, 복도 없는 년. 속으로 중얼거리다 순임은 어느새 곰인형을 안고 코를 골았다.

혼례

"모두들 동헌 앞으로 모이시오."

동임 한 사람이 손나발을 불며 돌아다녔다.

"무슨 일이래?"

농민군들은 놀란 표정으로 바라보았다. 이제는 조금만 누가 뭐라고 해도 놀라자빠질 지경이었다.

"대체 무슨 일이여?"

사람들은 하던 일을 멈추고 일어서며 궁금증을 이기지 못 해 주위를 두리번거렸다.

"무슨 일인가?"

농민군들은 동헌 마당으로 모여들면서 수군거렸다.

"모이시오. 동헌 마당으로."

동임은 여전히 손나발은 불고 다녔다.

"설마 일본놈들이 쳐들어온 것은 아니겠지?"

누군가가 말을 내뱉었다.

"에이, 이 사람아. 그런 일이라면 북을 치지 손나발을 불고 다니겠어?"

누군가 퉁을 주었다.

"그려. 설마하니."

사람들은 안도의 한숨을 내쉬면서도 주위를 두리번거렸다.

"무슨 일이요?"

"대체 무슨 일이길래 농민군들 다 모이라고 했을까?"

읍성을 점령하고서도 농민군 전체가 다 모이는 경우는 드물었다. 대부분 대장이나 중간 대장들이 모였지, 무슨 중요한 안건이 있어 전체 농민군이 모이기는 몇 번 되지 않았다. 그렇기에 사람들은 무슨 긴요한 일인가 하여 긴장하였다. 매번 모였듯이 부대별로 사람들이 줄을 섰다. 줄을 서서도 옆줄을 기웃거리면서 무슨 정보가 없나 하고 귀를 기울었다. 그때 동헌 방에서 집강을 비롯한 사람들이 나왔다.

"여러분."

집강은 주위를 둘러보았다. 표정이 어둡지는 않았다. 그렇지만 밝다고도 할 수 없었다. 농민군들은 집강의 표정 하나하나 놓치지 않았다.

"여러분. 우리 농민군에게 희소식 하나 전해드릴까 합니다. 곧 혼례식이 거행됩니다."

집강은 또다시 말을 끊었다.

"혼례식?"

"뭐라고? 혼례?"

농민군들은 어이없다는 듯 옆 사람을 바라보았다. 설마 잘못 들었겠지, 하는 표정들이었다.

"예 혼례입니다. 우리 농민군 중에 총각 처녀가 있어 혼례를 시킬까 합니다."

집강의 말이 떨어지지마자 농민군은 술렁거렸다.

"대체 무슨 소리여?"

"누가 누구하고 혼례한단 말이여?"

농민군들은 어이없어하며 옆사람들과 중얼거렸다.

"함창의 김대의 신랑과 모서의 김남순 신부가 혼례식을 올리기로 했습니다. 그리 아시고 잠시 후에 거행할 테니 마음 합심하여 준비해

주십시오."

사람들은 어리둥절해 서로 마주보았다. 이 판국에 무슨 혼례식이여. 대체 지도부는 무슨 생각을 가지고 있당가? 신랑 신부는 대체 생각이 있는 사람이랑가? 여러 말들이 쏟아졌다.

"잘 됐네. 잘 됐어."

한쪽에서는 손뼉을 쳤다.

"그럼. 이보다 더 경사스러운 일이 어디 있는가."

사람들은 기뻐했다. 그들은 이미 두 사람의 관계를 알고 있었다. 읍성을 점령하고 농민군 전체가 함께 밥을 먹을 때부터 두 사람을 지목했었다. 총각인 김대의는 함창 사람으로 읍성 점령할 때부터 열심히 참여한 사람이었다. 그 아버지가 32년 전 임술년 때 농민군 지도자로 참여했다가 참형을 당했다는 소문이 났다. 신부인 김남순도 읍성 점령 때부터 밥을 하러 온 사람이었는데 그 부모는 관아에서 내라고 하는 무명잡세를 거부하다 옥살이를 하던 중 숨졌다고 했다. 두 사람은 밥을 하고 주는 사이 친해졌다고 했다. 두 사람 다 애초부터 성을 빠져나갈 생각은 없었고 함께 싸우다 죽자고 했다. 그러다 주위 사람들이 그런 사연을 알게 된 이후 어떻게 할까 상의하다가 마땅한 결론이 나지 않자 집강에게 의논하였다. 집강 또한 머뭇거렸고 그 옆에 있던 지도부 한 사람이 그럼, 당장 혼례시킵시다, 했단다. 그 말 한마디가 결국은 두 사람의 화촉을 밝히는 계기가 되었다.

"그려, 잘 되었네."

순식간에 신랑과 신부에 대한 소문이 퍼졌다.

"신랑 집안은 양반이라며?"

"에이 신부도 좋은 집안이여."

농민군들 사이에선 양반과 평민이 혼례한다고 수군거렸다.

"에이 이 사람아. 우리가 양반 상놈 없는 세상 만들자고 일어났는데 남의 집 족보 따지는가?"

누군가 퉁을 줬다. 그러나 아무리 세상이 달라졌다고 해도 집안 짱짱한 양반과 평민이 혼례한다는 것이 이해가 안 된다는 투였다. 신랑은 증조부가 병조 참판을 지낸 지방의 유지 집안이었다. 과거 준비하다가 농민군에 참여했다고 했다. 신부될 사람은 조부가 풍양 조씨 집안 노비였다가 면천한 사람이라고 했다.

"참, 세상 많이 달라졌네."

"그러게. 이런 일도 다 있구만."

농민군들은 눈앞에서 일어나는 일도 믿기지 않는 표정이었다.

"자자, 비키세요."

몇몇 사람들이 멍석을 깐다, 천막을 친다, 야단이었다. 어디에선가 소를 몇 마리 잡았다고도 했다. 사람들은 자리를 마련하는 것을 바라보기만 했다. 미처 생각지 못한 일이었다. 언제 일본군이 쳐들어올지 모르는 마당에 혼례라니. 사람들은 눈앞에 벌어지는 광경이 믿기지 않는다는 표정이었다.

천막이 쳐지고 중앙에 상이 놓여졌다. 언제 준비했는지 떡이 놓였고 촛불이 켜졌다. 여전히 사람들이 얼떨떨하게 서 있는데 풍악이 울렸다.

깨갱, 갱갱갱.

둥둥둥.

느닷없이 쇳소리와 장구소리가 났다. 마당에 있던 사람들은 마당가로 물러났다.

풍물을 든 사람들이 마당으로 나오자 자연히 마당 한 가운데 쳐진 천막 주위가 비어졌다. 그들은 천막 주위에서 풍물을 두드렸다.

깨갱, 깽깽깽.

덩덕, 덩더쿵. 덩덕, 덩더쿵.

둥,둥,둥.

농민군들은 둘러서서 풍물패들이 노는 모습을 바라보았다. 한참동안 풍물을 두들기던 사람들이 풍물치는 것을 마치고 밖으로 나가자 집강을 비롯한 지도부들이 천막으로 모여들었다. 농민군들도 머뭇거리며 천막 쳐진 쪽으로 모였다.

"이미 아시다시피 오늘 혼례식을 거행하겠습니다. 이때에 무슨 혼례냐 하겠지만 두 젊은 총각 처녀가 뜻을 모았으니 우리가 함께 축하해주는 것이 도리라 생각됩니다."

집강은 사람들을 둘러보며 말했다.

"좋소!"

"경사스럽소!"

사람들 속에서 누군가 소리쳤다.

"그렇소, 경사스럽소. 우리 모두 축하해 줍시다. 다만, 이 경사스러운 날에 제대로 준비를 못 해 유감스러울 뿐이오. 오늘 두 사람의 앞날에 다 같이 축하해줍시다."

집강의 말이 떨어지자마자 여기저기서 좋소, 옳소, 하는 소리가 터져나왔다. 처음엔 못마땅한 표정을 짓던 사람들도 표정이 밝아졌다.

"마땅히 모든 예를 잘 갖추어 해야겠으나 급하게 서둘러 하는 바람에 빠진 게 많습니다. 이해해 주시고, 혼례식도 간단하게 하기로 했습니다. 양해해주십시오."

집강은 고개를 숙였다.

"신부 아비 같다야."

"신랑 아비 같구만."

사람들이 수군거렸고 집강은 못 들은 척 뒤로 물러났다. 그때였다.

"신랑 나가십니다."

동쪽에서 소리가 울려 퍼졌다. 사모관대를 쓴 신랑이 말을 타고 교배청으로 다가왔다.

"와."

사람들은 탄성을 올렸다.

"저게 진짜 그 총각 맞어?"

사람들은 박수를 쳤다. 신랑은 말에서 내려 집강에게 가서 깊숙이 고개를 숙였다. 그러자 누군가 기러기를 내밀었다. 신랑은 기러기를 받아 상에 놓고 절을 두 번 했다. 그리곤 교배청 동쪽으로 가서 섰다.

"뭐여."

어떤 이가 불만을 터뜨렸다. 너무 간단하게 식을 거행하는 거 같아 서운한 모양이었다.

"뭐가 어때서. 이렇게라도 식을 해야지."

"그래도 일생에 한 번인데. 저승에 계신 부모들 보면 얼마나 서운할까. '

"그래도 얼마나 경사스러운가. 이렇게 많은 이웃들이 함께 축하해

주니 말이야."

"그건 그렇네."

사람들은 한편으로 약식으로 하는 혼례식이 아쉬웠지만 또한 기뻐서 어쩔 줄 몰랐다. 시종이 기러기를 안고 왔다. 기러기를 교배청에 바치자 시종이 나서서 받아 상 위에 놓았다. 그러자 집강은 동헌 방으로 들어가 신부를 데리고 나왔다.

"와!"

"신부 좀 봐 달덩이 같잖아."

"그러게. 예쁜 줄은 알았지만 저렇게 예쁜 줄은 몰랐네 그랴. 신랑 땡 잡았구만."

사람들 속에서 웃음이 터져 나왔다. 사람들은 탄성을 질렀다. 신부는 취사반에서 인기가 좋았다. 처녀의 몸인데다 얼굴이 예쁘고 무엇보다 사람들에게 친절해서 그랬다. 나이가 어리다고 뒤로 안 빠지고 어려운 일이라도 알아서 척척 했다. 누가 데려갈란가 복 받은 사람일세, 이런 말이 여자들 사이에 돌아다녔다.

"신랑이 볼 일도 없으면서 취사반에 자꾸 왔다니께."

여자들은 깔깔깔, 웃었다.

신랑은 동쪽에 신부는 서쪽에 섰다. 시종이 대야와 수건을 올리자 신랑은 남쪽으로 신부는 북쪽으로 보고 씻는 시늉을 했다.

"앗따, 신랑 신부 잘 한다. 몇 번 해 봤는가."

"예끼 이 사람아."

사람들은 싱글벙글했다.

"신랑 신부는 함께 절 두 번 하시오."

신랑 신부는 마주보고 절을 두 번 했다.

"신랑 신부는 한 번 더 마주 보고 두 번 절 하시오."

신랑 신부는 절을 또다시 두 번 했다.

"어렵소? 왜 같이 한다야? 신부가 두 번하면 신랑은 절 받은 후 한 번 하는 법인데."

누군가 아는 척을 했다.

"여긴 농민군 혼례식이여. 남녀는 평등하다고 얼마나 그랬는가."

누군가 퉁을 줬다. 아는 척했던 사람은 무안해서 얼굴이 빨개졌다. 사람들은 그를 돌아보고는 빙글빙글 웃었다.

시종이 술잔을 신랑 신부 앞에 놓고 술을 따랐다.

"술을 교환하시오."

시종은 술잔을 바꾸어 올렸다.

"술을 마시오."

신랑 신부는 잔을 들었다. 신랑은 술을 다 마셨고 신부는 마시는 시늉만 했다.

"어허, 신랑이 술 다 마셨네."

"그러게. 술맛이 얼마나 좋을까."

사람들은 신랑의 행동을 보고 웃었다. 보통은 술을 마시지 않고 마시는 시늉만 하는데 다 마셨던 것이었다.

"예를 마치겠습니다."

말이 끝나자 시종이 다가가 상을 치우기 시작했다.

"신랑 신부 한 마디 해라."

"그래. 오늘 땡잡은 신랑 그냥 끝나면 서운하지."

사람들은 간단하게 예식을 올린 것에 서운하여 자리를 그대로 지키고 있었다. 신랑은 부끄러워서 아무 말도 않고 그대로 서 있자 사람들이 재촉했다.

"신랑 뭐 하냐, 빨리 한 마디 해여."

"안 그러면 안 보내준다니께."

사람들은 협박을 하자 주위에서 웃음이 터져나왔다. 신랑은 얼굴이 빨개져서 머뭇거리다 앞으로 나왔다. 그리고 사람들을 향해 넙적 엎드려 절을 했다.

"고맙습니다."

신랑의 눈에 눈물이 맺혔다.

"저런 신랑이 우네."

"왜 안 그러겠는가. 부모님 생각 날 걸세."

"그러게."

여자들 중에는 손등으로 눈물을 찍는 사람도 있었다.

"진정으로 우리 농민군에게 감사드립니다. 더 열심히 훈련해서 일본군이 쳐들어오더라도 당장에 물리치도록 하겠습니다."

"말인즉 옳은 소리네."

"뭐여. 신부하고 만리장성 쌓을 생각을 해야지."

"아들 딸 구분 말고 딱 네 명만 낳게."

사람들은 덕담을 했다.

"예."

신랑의 눈에는 눈물이 고였지만 입은 벌어져서 싱글벙글했다.

"신부는 뭐혀? 한 마디 안 해?"

또다시 누군가 독촉을 했다. 신부는 고개를 숙인 채 그대로 있었다.

"어여 한 마디 해여. 그래야 우리도 한잔 할 거 아니여?"

사람들은 재촉했고 신부가 머뭇거리다 앞으로 나왔다.

"고맙습니다. 감사합니다."

신부는 눈물을 그렁거리며 고개를 숙였다.

"어마, 신부도 우네."

"쩝쩝. 부모는 이 경사스러운 날도 못 보고."

또다시 여자들은 손으로 눈물을 찍어냈다.

"신랑 신부는 어디서 잔데?"

"어디서 첫날 밤 세우지?"

사람들은 궁금해 하며 서로들 돌아보았다.

"그건요. 내아에서 잔답니다. 목사가 자던데 말이죠."

"내아에서?"

"그럼요. 집강어른이 말씀하셨답니다."

내아는 읍성 점령 내내 비어 있었다.

"그럼. 거기서 자야지. 우리 신랑 신부가 목사보다 더 귀한 몸이니께."

"잘 했네, 그랴."

"잘 정했네."

사람들은 고개를 끄덕이며 좋아했다. 애초엔 성밖에 방을 구했다고 했다. 오늘밤에라도 일본군이 쳐들어올까 그랬다는 것이었다. 그러나 신랑 신부가 완강히 거부하여 내아에다 방을 꾸몄다. 죽더라도 같이 죽어야 한다고 했다.

혼례식 상이 물러나자 곳곳에 멍석이 깔리고 술과 고기 떡이 나왔다.

"언제 준비했다야?"

사람들은 모여앉아서 술을 마시며 말했다.

"그러게. 이 좋은 날에 한잔해야지."

평소에 술을 안 마시던 사람들도 한 잔씩 했다. 어느 정도 분위기가 무르익자 다시 풍물패가 나섰다.

깨갱, 깽깽깽.

덩더, 덩더쿵.

둥둥, 둥둥둥.

풍물패들은 사람들 사이를 비집고 다니면서 휘몰이 장단을 쳤다. 한두 사람이 일어섰다. 그러자 옆에 있던 사람들도 일어섰다, 어깨 춤을 덩실 덩실 추었다.

"좋다!"

누군가 소리를 쳤다.

깨갱, 깽깽깽

덩더, 덩더쿵.

둥둥, 둥둥둥.

"얼씨구 좋다!"

사람들은 공포의 그림자를 벗고 옆사람의 어깨를 잡고 덩실 춤을 추었다. 모두들 불콰해졌다. 마당 중앙에 있던 모닥불이 하늘로 높이 피워 올랐다.

"일본군만 없으면 얼마나 좋은 세상이냐."

"양반이 없으면 얼마나 좋은 세상이냐."

"지주가 없으면 얼마나 좋은 세상이냐."

사람들은 목청껏 소리를 치며 노래를 불렀다. 어느새 신랑 신부도 마당으로 나와 함께 어울렸다. 사람들 사이를 돌아다니며 술을 따라주기도 했다.

"뭐 할라고 나왔냐? 만리장성이나 쌓지."

"어메, 혼례식날 신부가 춤 추는 거 봐."

사람들은 서로 신랑 신부 손을 잡고 춤을 추겠다고 나섰다.

어느새 밤이 깊어가도 아무도 막사로 자러가지 않았다. 이제 그만들 막사로 들어가라는 집강의 영이 떨어졌다고 해도 사람들은 움직일 줄을 몰랐다. 사람들은 아쉬운 듯 모닥불로 모여들었다. 이제 양껏 먹은 지라 음식은 먹지 않고 모닥불을 중심으로 둘러 앉았다. 불빛에 사람들의 얼굴이 뻘겋게 달아올랐다.

"……."

"……."

"……."

침묵이 이어졌다. 그렇게 떠들썩하게 놀다가 갑자기 조용해지니 다시 공포가 들이닥쳤다. 이제야 현실로 돌아온 기분이었다.

"예, 순말아. 너는 집으로 가거라."

불을 유심히 보고 있던 중늙은이가 젊은이를 보고 말했다.

"예?"

젊은이는 무슨 말이라는 표정으로 중늙은이를 바라보았다.

"자네도 가고, 저기 저 젊은이도 가고."

중늙은이는 젊은 사람들을 지목했다.

"갑자기 왜 그러십니까?"

젊은이들이 대꾸했다.

"자네들은."

중늙은이는 잠시 말을 끊었다가 이었다.

"후일을 도모하게."

중늙이는 흠흠, 헛기침을 했다.

"……."

"……."

잠시 말이 없었다. 그때 한 젊은이가 나섰다.

"우리가 왜 집에 간대요? 싸우겠습니다. 우리가 어떻게 읍성을 점령했는데 순순히 일본군한테 넘겨준답니까?"

"그러겠습니다. 싸우겠습니다."

젊은이들이 나섰다.

"아니여, 이 사람 말도 일리가 있는 법이여."

다른 중늙은이가 나섰다.

"젊은 사람들이 죽으면 장차 이 나라는 어찌될꼬. 그러니 살아남아야 하네."

"맞아. 성을 나가서 다시 기회를 넘보게. 이 성은 우리가 책임질 테니 걱정말게나."

중늙은이들이 나섰다.

"아닙니다. 우리가 죽긴 왜 죽습니까."

"그렇습니다. 우리가 이깁니다."

젊은이들은 완강하게 거부했다.

"……."

"……."

또다시 무거운 침묵이 흘렀다. 사람들의 표정이 어두어졌다. 모두들 불길만 뚫어져라 바라보았다.

"허허, 젊은 사람들이 말을 도통 안 듣네 그랴."

중늙이들은 혼잣말을 하며 고개를 끄덕거렸다. 그 말에 아무도 대꾸를 하지 않았다. 밤은 깊어갔다.

동료애

연극이 끝나자 계승사업회 사람들은 혼례식에 썼던 음식과 술을 공원 군데군데 놓았다. 구경하러 온 사람들은 대다수가 일어서지 않고 그 자리에 앉아 있었다. 모두들 침통한 표정들이었다. 아버지는 죽창을 들고 사람들 사이를 돌아다녔다. 음식을 나르고 술을 나눠주는 것으로 알았던 재우는 유심히 아버지를 바라보았다. 아버지의 표정도 어두워 보였다.

"아버지 왜 그러세요?"

재우가 다가가 물었다.

"응?"

아버지는 재우를 의아하게 바라보았다.

"네가 여기 왠 일이야?"

"예?"

재우가 어이없어하며 말했다.

"너 여기 있으면 큰일난다. 빨리 집에 가거라."

아버지는 재우의 등을 떠밀었다.

"아버지."

재우가 죽창을 잡았다. 아버지는 뿌리쳤다.

"여기 있으면 큰일난다니까. 일본군이 쳐들어온단다."

아버지는 불안한 눈길로 말했다.

"아버지 그만 집에 가세요."

재우가 말했다. 언제 왔는지 사무국장과 회장도 옆에 있었다.

"예, 그러세요, 어르신."

회장이 말했다.

"가긴 어딜 간단 말이오. 성을 지켜야지."

아버지는 버럭 화를 냈다.

"성은 우리가 지킬 테니 걱정 마시고 집에 들어가세요. 내일 다시 오세요."

사무국장이 말했다.

"내가 있겠소. 젊은이들은 집에 가시오. 다 죽는 수가 있소."

아버지는 오히려 회장과 사무국장을 설득했다. 재우는 어이가 없었다.

"아버지, 왜 그러세요."

재우는 죽창을 잡았다. 그러자 아버지는 외려 힘을 더 주고 쥐었다.

"빨리 가라니까 왜 그러느냐. 난 조부님을 좀 찾아봐야겠다. 아까 보이더니만 어디로 가셨는지 보이지 않는구나."

아버지는 말을 하면서도 주위를 흘끔거렸다.

"아버지."

재우가 짜증스러운 목소리로 말하며 아버지의 손을 잡았다. 아버지는 벗어나려고 손을 뿌리쳤다. 힘이 굉장했다.

"놔두세요."

사무국장이 말했다. 재우는 묵묵히 아버지를 바라보았다.

"저러다 괜찮으실 거예요. 아마 아까 연극에 충격을 받으신 거 같은데 조금 있다가 모시고 가시지요."

회장이 말했다.

"예, 그러세요."

사무국장이 말했다.

"자, 술이나 한잔 합시다."

회장이 재우의 팔을 끌었다. 셋은 음식 주위에 앉았다. 하지만 재우는 먹고 싶은 마음이 없었다. 재우 또한 연극에서 공포를 느낀 건 사실이었다. 재우는 나무의자로 가서 혼자 앉아 담배를 꺼내물었다. 아버지는 여전히 죽창을 들고 돌아다녔다.

고립된 곳에서 느끼는 공포란 상상 이상이었다. 언제 경찰특공대가 강제 진압하러 올 지 아무도 몰랐다. 밤에는 불을 환하게 비춘 헬기가 농성장 위로 날아다녔다.

드드드드

드드드드.

드드드드.

헬기가 언제 옥상에 앉고 그 안에서 경찰특공대가 쏟아져 나올지 모른다는 상상은 그 자체가 공포였다.

삐용, 삐용, 삐용.

에엥, 에엥, 에엥.

낮에 또한 경찰차와 소방차가 정문 앞에서 수시로 소리를 질러댔다. 정문으로 경찰특공대가 쳐들어오는가, 노조원들은 두려움에 떨었다.

"우리 겁 먹지 맙시다. 끝까지 투쟁합시다."

노조원 간부는 돌아다니며 힘을 북돋았다.

"경찰이 오면 우리가 몰아냅시다."

노조원들도 주먹을 쥐고 흔들면서 화답을 했다. 한 여름 더위에 물이 없어 씻지도 못 하는 상황이었다. 드럼통으로 변기를 만들어 놓은 곳에서 똥이 나오지 않아 밥을 되도록 적게 먹을 때였다. 사람들은 하루하루 지쳐갔다. 밤에는 헬기소리 때문에 잠을 못 잤고 낮에는 경찰차 싸이렌소리가 휴식을 방해했다. 오직 위로가 되었다면 정문 앞에서 구호를 외치는 가족대책위 사람들이었다. 저기에 내 아내가 있다. 그러면 살고 싶은 마음이 들었다. 쳐들어오면 페인트를 뒤집어쓰고 불을 지를 작정이었다. 그러나 가대위 사람들의 구호 소리에 살고 싶은 마음이 생겼고 그 살고 싶은 마음이 경찰특공대가 닥칠까 두려움을 낳았다.

옥상에서의 강제 진압의 영향이 컸다. 경찰들은 닥치는 대로 곤봉과 방패로 노동자들을 구타했다. 대테러 무기인 레이저 건까지 동원했다. 헬기에서는 최루액 봉지가 무더기로 쏟아졌다. 숨이 막히고 앞이 보이지 않았다. 도망가다 넘어지면 경찰들은 위에서 방패와 곤봉으로 찍었다.

우리도 국민인데 이럴 수 있는가.

도저히 이해가 되지 않았다. 꼭 전쟁이 나서 적군과 싸우는 듯 했다.

아, 이러다 광주처럼 되는 거 아닌가.

그렇게 죽는구나.

노동자들은 그렇게 생각했다. 닥치는 대로 구타하던 그들은 노동자들을 인간으로 보지 않았다. 비디오로 본 광주에서의 광경이 떠올랐다. 곤봉에 맞아 깨진 머리. 터져나온 내장. 피투성이 몸뚱아리. 우리도 저렇게 되는구나. 이렇게 죽는구나. 오직 공포만이 느껴졌다.

경찰특공대는 도장 공장 안으로 더 쳐들어오지 않았다. 나중에 알고 보니 노동자를 위해서 그런 게 아니라 도장공장안으로 들어갔다가 발화물질이 가득한 곳에서 화재가 발생하면 경찰들의 피해가 크기 때문이었다. 경찰특공대가 물러났을 때 수십 명이 부상당했다.

"의료진을 보내주시오."

경찰에게 요청했지만 의료품을 보내주지 않았다. 단수 단전에 의료품 반입 금지까지 완전히 야만적인 상황이었다.

한번은 용역이 노동자들에게 잡힌 적이 있었다. 그러자 경찰들은 의료품을 보내주었다. 용역을 보내준다는 조건이었다. 노동자들은 경찰들의 태도에 분노했다. 국민을 보호해야 할 경찰이 노동자들을 인간으로 보지 않는다는데 절망을 느꼈다.

"끝까지 투쟁합시다."

"죽을 때까지 싸웁시다."

노동자들은 악에 받쳐 소리쳤다. 그래도 그들을 살게 해 준 것은 든든한 동지애였다. 동지애가 없었다면 자살을 하거나 무슨 일을 저질렀을 지도 몰랐다.

"형님은 뒤로 물러나시오."

"아냐, 내가 앞장설라네.

앞에서 싸우면 부상당할 위험이 컸는데도 서로 앞서 싸우려고 했다. 동료에 대한 배려였다. 파업하기 전에는 얼굴만 아는 사이였는데도 금방 형님 동생이 되었다.

"나가면 우리 소주 한잔 하자."

"예, 나가면 제가 한잔 쏘겠습니다."

"무슨 소릴. 내가 쏴야지."

노동자들은 금방이라도 나갈 것처럼 얘기했다.

"형님 존경합니다."

"동생, 사랑하네."

작은 일에도 너무나 쉽게 감동했고, 그 감동을 표현했다. 그러면서 희망을 잃지 않았다.

"기계에는 손대지 맙시다."

"파업이 끝나면 우리가 다시 들어와 일할 곳입니다."

치열한 공방이 벌어지고 회사측에서 야만적인 행동을 해도 공장 시설은 하나도 파괴하지 않았다. 파업이 끝난다 해도 당장 복직되는 것은 아니었다. 자신들이 사용할 시설이 아니었다. 그래도 수십 년 동안 내 몸처럼 함께 한 시설물을 파괴할 수는 없었다. 회사측이 야만적인 행동을 할 때는 시설물을 다 때려 부수고 싶었지만 모두들 잘 참고 견뎌냈다. 동료애가 있었기에 가능한 일이었다. 동료에 대한 믿음.

아버지는 여전히 죽창을 들고 다니셨다. 어디서 조부를 찾는단 말인가. 재우는 다시 아버지에게 다가갔다. 음식을 들던 시민들도 대부분 집으로 돌아간 상태였다.

"아버지 이제 집에 가세요."

"난 오늘 여기서 밤을 세울 계획이다."

아버지는 결기 있게 말했다.

"오늘 일본군 안 쳐들어온대요."

"아니다. 너는 빨리 집에 가거라."

아버지는 재우에게 집으로 돌아가라고 완강하게 말했다. 여전히 아버지는 두려움에 떨고 있었다. 재우는 아버지의 손을 잡았다. 울고 싶었다. 펑펑 눈물을 쏟아내면 속이 후련할 것 같았다.

"아버지, 내일 다시 와요. 내일 싸우면 되잖아요."

아버지는 잠자코 있었다.

"내일 일본군이 쳐들어 온데요. 내일 함께 싸우러 와요. 집에 어머니도 계시는데 집에 가셔야지요."

아버지는 잠시 무언가 생각하는 눈치였다.

"정말 그렇다야?"

"그럼요, 아버지."

"그럼 집에 갔다 오자."

아버지는 순순히 말했다. 다시 조부를 찾지 않는 게 다행이었다.

"이것 좀 가져가세요."

사무국장이 아버지에게 비닐봉지를 내밀었다.

"이게 뭐요?"

차를 타려던 아버지는 의심스러운 눈초리로 말했다.

"떡입니다. 사모님 갖다 드리라고요."

"아이고 이 귀한 잔치 음식을. 잘 먹겠소."

아버지는 감격해 했다.

"고맙습니다."

사무국장이 재우에게 인사를 했다.

"뭘요. 하여튼 큰일 하십니다."

재우는 인사를 하고는 차를 몰았다.

일곱째날

살육

둥, 둥, 둥.

둥, 둥, 둥.

북소리가 울렸다.

"일본군이 쳐들어온단다."

미처 해가 뜨기 전이었다. 사람들은 막사에서 뛰쳐나왔다.

"어디여?"

"일본군이 어디 있는가?"

농민군들은 칼과 창을 들고 동헌 마당으로 몰려들었다.

"지금 일본군 수백 명이 오고 있답니다."

"어디쯤 왔답니까?"

"거의 다 왔다는 정보입니다."

동헌 마당에 모인 사람들은 두려운 얼굴로 서로를 바라보았다.

그때 집강이 마루에 나타났다. 손에는 칼을 들고 있었다.

"여러분."

집강은 농민군들을 둘러보았다.

"오늘 새벽에 일본군이 병참기지를 출발했다는 정보입니다. 곧 일본군이 들이닥칠 것입니다."

집강은 말을 끊었고 농민군들은 집강의 입만 뚫어져라 바라보았다. 숨 쉬는 소리도 들리지 않았다.

“모두들 마음 단단히 먹고 각 부대가 맡은 지역을 잘 지켜주시기 바랍니다. 아직 시간이 있으니 우선 아침부터 먹고 각 부대 대장의 명에 따라 움직여주시기 바랍니다.”

집강은 다시 말을 끊고 농민군들을 바라보았다.

“여러분. 우리가 이깁니다. 우리 군사 수가 몇 배는 많습니다. 우리가 꼭 이겨서 모두가 세우고자 했던 양반 상놈 없는 평등세상을 만듭시다. 농사짓는 사람이 땅을 가지고 사는 세상을 만듭시다.”

“옳소!”

“일본놈들을 몰아냅시다!”

“옳소!”

여기저기서 고함소리가 쏟아져나왔다.

“더 이상 각종 무명잡세를 내지 않는 세상을 만듭시다. 이 세상은 우리가 주인입니다. 탐관오리들을 몰아내고 우리나라를 집어 삼키려는 왜놈들을 무찌릅시다.”

“옳소. 무찌릅시다!”

“싸워서 이깁시다!”

“싸웁시다.”

농민군들은 무기를 높이 들고 고함을 질렀다. 고함 속에 두려움은 어느 정도 사라지는 것 같았다. 사람들은 이를 악 물었다.

“자 모두들 식사를 하고 각 대장의 명에 따라 각 위치로 가시오.”

집강은 말을 마치고 한동안 농민군들을 바라보고는 마루를 내려왔다. 사람들은 줄을 지어 밥 짓는 곳으로 빨리 걸어갔다. 행동이 빨랐다. 밥을 탄 사람들은 반찬이 있는 곳으로 모여들었다.

"우리 부대는 어디를 지킨데?"

"아직 못 들었네. 어서들 먹고 부대별로 모이세."

농민군들은 밥을 입에 넣자마자 씹지도 않고 삼켰다. 마음이 바빠 밥이 입으로 들어가는지 코로 들어가는지 모를 지경이었다. 그때였다.

"자네가 웬일이여?"

누군가 밥을 먹다 한 사람을 지목했다. 어제 혼례를 한 신랑이었다.

"제가 왜요?"

신랑은 말한 쪽을 향해 말했다.

"밤새 무얼 했기에 얼굴이 반쪽인가?"

한 사람이 농을 걸었다. 사람들의 침묵이 길어지자 모두들 못 참겠다는 표정들이었는데 농이 나오자 모두들 호기심을 갖고 신랑을 바라보았다.

"무얼 하기는요, 잠잤지요."

신랑은 무뚝뚝하게 말했다.

"잠만 잤어?"

"그럼 뭐 해요?"

"이 사람아, 보아하니 얼굴이 반쪽인 거 보니께 밤새 만리장성을 쌓았구만, 뭘."

"에이 아저씨도."

사람들은 밥을 먹다 킥킥거렸고, 신랑은 뒷머리를 긁적거렸다.

"자네 밥 먹고 어여 성을 나가게."

"예?"

신랑은 무슨 말이냐는 듯 그 사람을 바라보았다.

"성을 나가란 말일세. 여기는 우리가 싸울 테니 후일을 도모하게."

"저도 싸울랍니다."

신랑은 완강하게 말했다.

"하룻밤을 자도 자네 색시가 애를 가질 수 있네. 근데 그러다 자네나 색시에게 혹 무슨 일이 생기면 어떡할 텐가."

"예?"

무슨 일이 생긴다는 말에 신랑은 밥을 먹다 숟가락을 놓았다.

"그러니 성을 나가서 나중에 일을 도모하라는 말일세."

"그럼 색시만 보내지요."

신랑은 곰곰이 생각하더니 말했다.

"자네 색시만 나가면, 누가 먹여 살리는가? 여자 혼자 어떻게 애를 키우며 살아간단 말인가."

"하지만."

신랑은 울상이 되어 말했다.

"어여 밥 먹고 자네 색시 데리고 나가게."

그의 말에 신랑은 밥 먹을 생각은 않고 주위를 두리번거렸다. 어떻게 할 지 판단이 안 서는 모양이었다.

밥하는 곳에서도 소동이 일어났다.

"자네 지금까지 뭐 했는가. 어서 신랑과 성을 나가."

"그러게. 어여 가게."

여자들은 신부를 닦달했다.

"그래도 어떻게."

신부는 울상이 되었다.

"뱃속의 아이를 생각하게."
여자들은 일을 못 하게 하였다.
"저도 싸울게요."
신부는 한참동안 생각하더니 결의를 다졌다,
"안 되네. 혹 잘못되면 애기가 커서 원수를 갚아야 하네."
"그려, 어서 나가."
여자들은 재촉했다. 신부는 난감한 표정을 지었다.
"우선 밥부터 나눠주고요."
신부는 일을 했다. 여자들은 더 이상 말리지 못 했다. 밥을 퍼 주고 반찬을 날랐다. 더 바삐 움직였다. 아침에 또 오지 않은 여자들이 많았다. 오지 않았다고 해도 탓하지 않았다. 이해를 했다.
"여기에 신랑이 왜 얼씬거린다요?"
여자들이 밖을 흘깃거리다 말했다. 신랑이 아까부터 주위를 어슬렁거렸던 것이었다.
"가 봐."
여자들이 신부에게 말했다.
"그새 또 보고 싶은 모양이네."
누군가 손을 부지런히 놀리며 말했지만 아무도 웃지 않았다. 신부는 신랑에게 갔다. 그러나 신랑은 말없이 땅만 바라보았다.
"왜 그러세요? 무슨 일 있어요?"
신부는 물었다.
"일은 무슨."
신랑은 우물거렸다.

"그만 가 봐요. 남들이 봐요."

"그게. 그러니까."

신랑은 말을 하려다 멈추었다.

"다 헛말이라요. 하룻밤에 무슨 애가."

신부는 말했다. 신랑은 신부를 바라보았다. 측은한 눈빛이었다.

"그래도, 임자는 나가면 좋겠소."

"예?"

신부는 그게 무슨 말이냐는 듯 말했다.

"혹시라도 말이오. 애는 죽일 수 없소."

신랑이 용기를 내어 말했다.

"하지만 좋은 세상에서 살 권리는 있어요."

"그건 그렇소만."

"그만 돌아가세요. 우리가 이길 겁니다. 조심하시고요."

신부는 돌아섰다.

"임자도 조심하구려. 살아남아서 좋은 세상 살아봅시다. 천 년 만 년."

신랑이 다가가 신부의 손을 잡았다.

"그래요. 우리 새 세상에서 잘 살아봐요. 그때 우리 애기 낳고."

신부는 신랑의 손을 잡았다.

"꼭 살아남아야 하오."

신랑이 말했다.

"당신도 꼭 살아남으세요."

신부가 손을 쥔 손에 힘을 주었다.

결국은 신랑과 신부는 성안에 남았다. 그들은 각자 소속으로 돌아가 싸우겠다고 했다. 죽더라도 싸우겠다고 했다. 이기면 된다고 했다.

둥, 둥, 둥

북이 울렸다. 사람들은 칼이나 창을 들고 성곽으로 올라갔다. 칼도 창도 없는 사람들은 죽창을 들고 갔다. 집강을 비롯해 지도부들은 동문위로 올라갔다. 모두들 비장한 표정이었다. 무장한 농민군들은 성곽을 따라 앉아서 밖을 바라보았다. 언제든 싸울 준비가 되어 있었다. 조용했다. 지도부들은 성밖만 바라보았다.

"왜 안 온다야?"

누군가 낮은 목소리로 말했다.

"글쎄 왜 안 올까나."

다른 농민군이 낮게 말을 받았다. 계속 시간이 흘렀고 농민군들은 초조한 기색으로 성밖을 뚫어지게 바라보고 있었다. 담배 생각이 간절했지만 담뱃대를 꺼낼 수는 없었다. 마른 입맛만 다셨다.

그때였다.

"일본군이다."

서문 쪽에서 소리가 났다.

"뭐라고?"

지도부는 말할 것도 없고 일반 농민군들도 얼굴이 하얗게 질렸다. 일본군 병참기지가 동문 쪽인 낙동면에 있었기에 그 쪽만 주시하고 있었던 탓이었다. 매복도 그 쪽 길목에 세웠는데 낭패였다.

둥, 둥, 둥.

북소리가 울려 퍼졌다.

"각자 자리를 지키시오. 대오를 일탈하지 마시오."

지도부는 고함을 질렀다.

"각자 자리를 지키시오."

각 대장들이 다시 소리쳤다. 농민군들은 자기 자리에서 움직이지 않았다. 지도부는 급히 서문으로 갔다. 수백여 명의 일본군이 서문 앞에 진열해 있었다. 깃발이 물결치듯 휘날렸다. 지도부는 일단 어떻게 나오는지 두고 보았다. 어떻게 나오는가에 따라서 대응을 할 작정이었다. 해산을 하라든지, 협상을 하자든지, 뭔가 일본군에게서 통보가 있을 것이라 짐작했다. 그러나 저들은 한동안 움직이지 않았다.

"웬일일까."

지도부는 일본군의 속셈을 알기 위해 머리를 굴렸으나 이렇다 할 정보가 없었다. 동쪽이 아닌 서쪽으로 돌아왔다면 매복조는 계속 매복을 서고 있을 터였다. 빨리 가서 연락을 취해야겠다고 생각하고 있을 때 일본군은 움직이기 시작했다. 아무 통보도 없었다. 그냥 군사들이 성을 에워싸기 시작했다. 남문 쪽으로 북문 쪽으로, 그리고 동문 쪽으로 완전히 성을 순식간에 에워쌌다.

둥, 둥, 둥.

북소리가 울렸다. 전투 준비를 하라는 뜻이었다. 농민군들은 성문을 이중 삼중으로 바위나 나무로 막았다. 농민군들도 성문에 몰려들었다.

그때였다.

"일본군이 올라온다!"

성위에 있던 농민군들이 여기저기서 소리쳤다. 예상과 달리 일본군들은 성문을 공격하지 않고 긴 사다리를 놓고 성벽을 벌떼 같이 올라

탔다.
둥, 둥, 둥, 둥, 둥.
북소리가 또다시 울려 퍼졌다.
농민군들은 성벽으로 올라오는 일본군들을 치기 위해 칼이나 창, 죽창을 굳게 쥐었다. 일본군들은 성벽 둘레 전체를 오르고 있었다. 지도부는 불길한 예감이 들었다. 아무 통보도 없이 곧장 공격하는데 의문이 생겼고 성을 완전히 에워싸는 것이 불안했다. 협상도 요구조건도 없었다. 무조건 성을 완전히 에워쌌다. 그건 농민군 쪽에선 완전히 포위됐다는 걸 의미했다. 어쨌든 성벽을 타고 넘어오는 일본군을 성위에서 처치할 수밖에 없었다. 그때였다.
탕.
동문 쪽에서 총소리가 났고 농민군 한 사람이 쓰러졌다. 일본군이 올라오는 것을 보려고 성밖으로 고개를 내밀었다가 아래에서 쏜 총에 맞은 것이었다.
탕.
또다시 총소리가 났다. 이번엔 북문 쪽이었다. 역시 농민군 한 사람이 쓰러졌다.
"성밖을 보지 말고 올라오면 처치하시오."
각 부대 대장들은 돌아다니며 명을 내렸다. 대장들의 명이 없더라도 두 명이나 죽었기에 성밖으로 내다볼 엄두도 나지 않았다.
탕.
탕.
탕.

탕. 탕. 탕. 탕. 탕.

총소리가 여기저기서 났고 농민군들은 비명소리와 함께 쓰러졌다. 농민군들은 미처 무기를 사용할 수 없었다. 일본군들은 성안으로 들어오지 않고 성밖 사다리 위에서 총을 쏘았다. 그러니 칼이나 창을 가진 농민군들은 속수무책이었다.

으악!

악!

아악!

농민군들의 비명소리가 하늘을 갈랐다. 성 전체를 에워싼 일본군들은 정조준해서 계속 쏘았다. 농민군들은 계속 비명을 지르며 쓰러졌다.

"퇴각해야겠습니다."

농민군 지도부 한 사람이 집강에게 말했다.

"완전히 다 죽일 작정이군. 퇴각하시오."

집강은 명을 내렸다.

둥, 둥, 둥

북소리가 났다. 퇴각하라는 신호였다.

"퇴각하시오."

각 부대 대장들은 소리쳤다. 농민군들은 도망쳤다. 그러나 등 뒤에서 정조준해서 쏘는 총을 피할 수 없었다.

으악!

악!

악!

도망가는 농민군들은 비명을 비르며 픽픽, 쓰러졌다. 일본군들은 계속해서 농민군들의 등 뒤에서 총을 쏘았다. 정조준해서 쏘니 거의 백발백중이었다.

완전히 아수라장이었다. 쓰러져 피를 흘리는 농민군들이 부지기수였다. 농민군들은 보이는 대로 건물 안으로 들어갔다. 객사 마당이나 동헌 마당에는 농민군들의 시체가 즐비했다.

"죽일 놈들!"

가까스로 동헌으로 피신한 지도부는 분노에 치를 떨었다. 지도부도 몇 사람이 죽었다. 이렇게 공격할 줄은 꿈에도 생각하지 못 했다. 또한 총을 쏘니 칼이나 창은 무용지물이었다.

탕.

탕, 탕.

탕, 탕, 탕.

여전히 총소리가 났고 미처 피하지 못한 농민군들이 피를 쏟으며 쓰러졌다. 성안의 바닥이 붉은 피로 물들었다.

그때였다.

"총을 쏘지 마시오."

처음부터 무대 앞에서 어쩔 줄 몰라 하던 아버지가 무대 위로 뛰어올라 일본군을 가로막고 섰다. 재우는 당황하였다. 재우 또한 연극을 보며 실제 상황으로 착각이 들기도 했다. 다만 일본군들이 아니라 경찰특공대가 쳐들어와 노조원들이 쓰러지는 장면이었다.

"총 쏘지 마시오."

일본군들은 갑작스런 아버지의 출현에 잠시 주춤했다. 그러자 아버지는 쓰러진 농민군들을 일으켜 세우면서 빨리 도망가라고 했다.

"탕!"

잠시 멈추었던 총소리가 났다. 일어서서 도망가던 농민군이 쓰러졌다.

"제발, 쏘지 마시오."

아버지는 일본군을 향해 두 손을 들고 애원했다.

"탕!"

"탕!"

일본군은 아랑곳없이 도망가는 농민군들을 정조준해서 쏘았다. 아버지는 쓰러진 농민군들을 일으켜 세우기에 바빴다. 재우는 주먹을 쥔 채 몸을 부르르 떨었다.

"지원군은 언제 올까요."

지도부 한 사람이 말했다.

"아마 내일쯤 일본군이 공격하리라 생각하고 오늘 저녁에나 올 참이었는데."

다른 지도부가 말을 받았다.

"원통하오."

"분통하오. 일본군에게 죽다니."

지도부는 분을 이기지 못 해 몸을 떨었다.

"내 나라 백성을 죽이라고 다른 나라 군사를 끌어들이는 임금이 대체 어디 있소."

"일본군들이 전국에서 일어난 농민군들 진압하고 나면 곧장 나라 전체를 삼키려 할 텐데. 이제 이 나라는 일본놈들 손에 넘어갔소."

농민군들은 싸움에 지는 것도 억울하지만 내 나라 임금이 보낸 외국군대에 의해 죽는 것이 더 분통했다.

잠시 총소리가 멈추었고 마당에 쓰러진 농민군들의 신음소리만 났다. 일본군들은 여전히 안으로 들어오지 않았다. 계속 총 쏠 자세만 취하고 있었다.

탕.

또다시 한 발의 총소리가 났다.

으악!

동시에 비명소리가 났다. 마당에 쓰러져 피 흘리는 농민군을 구하러 가다가 총에 맞은 것이었다. 마당에 쓰러진 시체들은 대충 세어 봐도 수십 구가 되었다. 일본군들이 성안으로 들어오지 않으니 싸울 수가 없었다. 농민군이 조금만 움직여도 정조준해서 총을 쏘았기에 농민군들은 꼼짝달싹할 수 없었다.

"이 원수를 어떻게 갚을 것이오."

"에이. 일본놈들."

"임금이 원망스럽소."

농민군들은 하늘을 보며 한탄했다.

한편 그 시각. 일부 일본군들은 성옆 마을을 덮치고 있었다. 난에 참가한 농민군을 찾아낸다는 구실이었다. 총을 들고 집집마다 들어가 남자가 있으면 무조건 끌어냈다.

"난 아니오."

남자는 손을 들고 고개를 저었다.

"가자. 가보면 알 것이다."

통역관을 동원한 일본군은 총으로 남자의 어깨를 가격했다. 남자는 자리에 푹 쓰러졌다.

"일어나라."

일본군은 쓰러진 남자를 발로 밟았다.

"난 아니오. 정말이오."

쓰러진 남자는 손을 저었다.

탕!

총알은 남자의 배를 관통했고 피가 쿨럭쿨렁 쏟아졌다. 남자는 일본군을 멍하니 보다 고개를 푹, 꺾었다. 일본군들은 집을 나와 다음 집으로 갔다. 그 집은 20여 칸이 넘는 커다란 기와집이었다.

"문 열어라."

일본군은 문을 두드렸다. 하인이 문을 열었다. 일본군은 하인의 가슴을 총머리로 쳤다. 하인은 그 자리에 꼬꾸라졌다. 일본군들은 집 안으로 들어갔다. 다른 하인들이 두려움에 떨고 있을 때 갓을 쓴 양반이 사랑채 마루에 모습을 드러냈다.

"무슨 일이오?"

양반은 경계하는 눈빛으로 물었다.

"난에 참가한 자들을 색출하는 중이오. 남자들은 모두 이 마당에 모이도록 하시오."

통역관은 친절하게 우리말로 통역했다.

"보시다시피 우리 집은 양반 가문이오. 난에 참가한 사람은 없소."

"뭐라고? 이 늙은이가."

일본군 두 명이 마루에 올라가 양반의 수염을 잡고 마당으로 끌어냈다.

"이거 놓으시오."

양반은 발악을 했다.

"뭐라꼬?"

일본군은 헤헤, 웃었다.

"아이고, 이거 놓으시오."

수염이 잡힌 양반은 죽을 인상을 썼다.

"하하하."

일본군들은 양반을 마당까지 끌고 오더니 내동댕이쳤다.

"아이고, 나 죽네."

양반은 죽는 소리를 냈다. 일본군의 손에 하얀 수염이 한 움큼 뽑혀 있었다. 다른 세 명의 일본군은 안채로 갔다. 여자들은 안방에 몰려 있었다. 일본군들이 신발도 벗지 않고 마루로 올라가 안방문을 열어젖혔다.

"남자는 없느냐?"

"무엄하오. 법도가 있거늘."

그 중 나이가 많은 여자가 큰소리쳤다.

"뭐라고 하나, 이 늙은이가."

일본군이 잡아먹을 듯 늙은 여자를 바라보았다.

"남자는 없다고 합니다."

통역관이 말했다.

"그래?"

일본군 하나가 빙긋이 웃더니 신발을 신은 채 방으로 들어갔다.

"너 일어나."

일본군은 여자아이를 지목했다.

"왜 이러시오."

어미인 듯한 여자가 아이를 안으며 말했다.

"이 여자가."

일본군은 어미의 머리를 총머리로 쳤다. 어미는 그 자리에 푹, 쓰러졌다.

"이리와."

일본군은 여자아이의 팔을 거칠게 잡아당겼다.

"이 아이 이제 열 살이오."

나이 많은 여자가 말했다. 하지만 일본군은 흘낌 돌아보더니 무작정 아이의 팔을 잡고 방을 나왔다. 아이는 따라가지 않으려고 발버둥치면서 뒤를 돌아보았다. 나이 많은 여자가 일어섰다. 일본군이 총머리로 가슴을 쳤다. 여자는 자리에 꼬꾸라졌다. 아이를 밖으로 데리고나온 일본군은 주위를 두리번거리다 옆방으로 갔다. 곧이어 아이의 비명소리가 났다. 일본군이 욕하는 소리가 밖으로 흘러나왔다.

아악!

아이의 비명소리가 한참동안 방문을 흔들었다. 잠시 후 일본군은 바지를 끌어올리며 밖으로 나왔다.

헤헤헤.

일본군은 헤벌레 웃었다. 그걸 본 다른 일본군이 방으로 들어갔다.

아악!

또다시 아이의 비명소리가 흘러나왔다. 한참 후 일본군은 바지를 끌어올리며 밖으로 나왔다. 세 번째 일본군은 방을 들여다보더니 안방으로 갔다. 안방에 있는 젊은 여자의 팔을 끌었다. 여자는 따라가지 않으려고 울면서 빌었다. 그러나 소용 없었다. 일본군은 여자를 다른 방으로 끌고 갔다. 곧이어 여자의 비명소리가 들렸다. 한참 후 밖으로 일본군이 나왔다. 셋은 다시 사랑채로 갔다. 사랑채 마당엔 하인들이 두 손을 머리에 올린 채 한 줄로 서 있었다. 모두 열두 명이었다. 양반은 마루에 누워 있었다.

"난에 참가한 놈은 앞으로 나와라."

일본군이 말했다.

"없소. 우린 오히려 난에 참가한 사람들에게 재물을 빼앗겼소."

젊은 하인이 말했다.

탕!

총알이 하인의 가슴을 관통했다. 꼬꾸라진 하인의 등에서 피가 솟구쳤다.

"나와라."

일본군이 소리쳤다.

"여기는 양반집이라 없는가 보오."

통역관이 말했다.

"뭐라고?"

일본군은 하인들을 둘러보더니 젊은 하인 네 명을 앞으로 나오라고 했다. 넷은 주춤했다. 일본군이 총을 겨누었다. 젊은 하인들은 움찔하며 앞으로 나왔다.

탕!

탕!

탕!

탕!

네 발의 총성이 울렸다. 네 명의 젊은 하인들은 바닥에 쓰러져 꿈틀거렸다.

"가자."

일본군들은 집을 나갔다. 양반은 고개를 들어 집을 나가는 일본군을 침통한 표정으로 바라보았다.

"장차 이 일을 어찌할꼬."

양반은 얼굴이 하얗게 질린 채 수염이 뻗힌 턱을 흔들었다.

다른 곳으로 간 일본군들은 재물도 빼앗았다. 처음엔 집집마다 들어갔는데 초라한 초가에는 재물도 없고 사람들도 별로 보이지 않자 기와집만 들어가게 됐다.

"남자들은 다 모여라."

일단 기와집에 들어가면 양반 하인 가릴 것 없이 남자들을 모두 사랑채 마당에 불러 세웠다. 몇몇은 안채로 들어갔다. 하지만 이미 소문을 듣고 젊은 여자들은 몸을 숨긴 집도 있었다. 안채엔 나이 많은 양반 부부가 있었다.

"다들 어디 갔느냐?"

"우린 모르오."

나이 많은 양반은 몸을 부들부들 떨었다. 일본군은 나이 많은 남자의 상투를 잡았다.

"있는 대로 재물을 모두 내놓아라."

나이 많은 양반은 문갑을 뒤져 금덩이와 은덩이를 내놓았다. 그 사이 일본군 하나가 나이 많은 여자의 치마를 들쳤다. 여자는 황급히 치마를 내렸다.

"오호라, 이것 봐라?"

일본군은 재미있다는 듯 나이 많은 여자의 얼굴을 손으로 쓰다듬었다. 그러다 두 손으로 여자의 어깨를 와락 밀쳤다. 여자는 벌러덩 뒤로 넘어졌다. 한 일본군이 달려가 두 팔을 잡았다. 그러자 일본군 한 명이 여자의 치마를 들치고 속곳을 내렸다. 그리곤 곧장 바지를 내리고 올라탔다. 나이 많은 양반은 고개를 돌렸다. 한참 후 일본군이 일어나 바지를 올리자 다른 일본군이 달려들었다.

"조선은 역시 좋은 데야."

일본군들은 금은보화를 가지고 밖으로 나가며 히죽거렸다.

성 주위의 마을은 특히 피해를 많이 입었다. 집에 들어가 혹시라도 죽창을 발견하게 되면 갓난아이까지 가족을 몰살시켰다.

"대체 저 놈들을 누가 부른 거냐."

"짐승만도 못 한 놈들!"

피해를 본 양반들이 치를 떨었다. 양반들과 지주들은 처음엔 일본군이 진압할 거란 얘기를 듣고 좋아했다. 손도 안 대고 코 푸는구나, 했다. 민보군을 결성해 읍성을 치려고 했다. 하지만 아무리 하인들이나 소작인들로 민보군을 꾸린다 해도 피해는 막심할 것이었다. 그런데 일본군이 조정의 요청으로 난을 진압하기로 했다는 말을 듣고는 손 안 대고 코 풀기라며 일본군을 맞이할 준비로 소를 잡는다, 돼지를 잡는다, 야단법석을 떨었다. 그러나 막상 일본군에게 당하자 양반들은 분을 이기지 못했다. 어떤 집은 두 번이나 일본군이 들이닥쳐 재물은 물론이고 할머니부터 며느리 손녀까지 모두 겁탈을 당했다. 양반은 집안이 망했다고 치를 떨었다.

매복조는 계속 일본군 병참기지 쪽만 바라보다가 이상하다고 있던 참에 총소리를 들었다. 마을에서 나는 총소리였다. 여자들의 비명소리도 들렸다. 매복조는 마을로 숨어들어갔다가 살육현장을 보고 경악했다. 일본군들이 어디로 해서 읍내로 진입했단 말인가. 매복조는 부리나케 읍성으로 달려갔다. 읍성을 에워싼 채 사다리를 타고 올라가 총을 쏘고 있는 일본군들을 발견했다.

"당했구나."

매복조는 한탄하며 길옆에 몸을 숨기고 바라보았다. 완전히 포위된 게 분명했다. 성안의 사람들은 어떻게 됐을까. 어떻게 구출한단 말인가. 마음은 조급한데 대책이 서지 않았다. 일본군은 전부 총을 가졌고 매복조는 몇 사람만 총을 가졌을 뿐이었다.

"일단 유인합시다."

정면 공격은 자멸을 의미했다. 일단 성 주위를 돌아보았다. 일본군들은 성곽에 사다리를 촘촘히 올라타고 있었고 성밑에도 많은 일본군들이 무장한 채 있었다. 성 주위를 돌다 상대적으로 군사가 적은 곳을 발견했다. 서문 쪽이었다. 매복조는 서문 쪽으로 접근했다. 그때 우두머리로 보이는 젊은이가 피리를 불었다. 그러자 다른 매복조들도 피리를 따라 불었다.

삐리리리.

삐리리리.

삐리리리리.

백여 명에 가까운 사람들이 일제히 피리를 부니 일본군은 놀라 총을 겨누었다. 매복조는 계속 피리를 불었다.

탕!

탕!

일본군은 총을 쐈다. 하지만 거리가 멀었기에 총알은 매복조까지 오지 않았다. 사다리에 올라갔던 일본군들도 내려왔다.

삐리리리리.

삐리리리리.

삐리리리리.

엄청난 피리 소리에 일본군은 상대방 수를 파악 못 하는 것 같았다. 또한 공격은 하지 않고 피리만 부니 무작정 총을 쏘며 달려갈 수도 없었다. 사다리에서 내려온 군사가 합류하자 일본군은 총을 쏘며 슬금슬금 매복조에게 다가갔다. 매복조는 일본군이 쫓아오는 만큼 도망갔다.

탕!

탕!

매복조는 총을 쐈다. 엄포용이었다. 우리도 총이 있으니 함부로 달려들지 못 하게 하려는 속셈이었다. 역시나 일본군은 경계를 하며 천천히 매복조에게 다가갔다.

탕!

탕!

일본군들이 빨리 다가오지 못 하게 매복조는 총을 쏘며 뒤로 물러났다. 성안의 사람들이 성밖으로 빠져나갈 시간을 벌어야했다. 그리고 되도록 성에서 멀리 유인해야했다. 매복조는 계속 피리를 불면서 일본군이 쫓아오는 만큼 도망쳤다.

한편 성안에서는 갑자기 서문 쪽에서 피리 소리가 나자 매복조가 돌아온 것을 알았다. 농민군들의 얼굴이 안도의 표정으로 바뀌었다.

"서문 쪽이 비었다."

누군가가 소리쳤다. 농민군들은 서문으로 몰려갔다. 먼저 간 농민군들이 바위며 나무를 들어내고 있었다.

탕! 탕! 탕!

탕! 탕! 탕!

일본군은 이제 성을 타고 성위로 올라왔다. 그리곤 서문 쪽으로 도망가는 농민군들의 등 뒤에다 총을 쏘았다.

으악!

윽!

뒤에서 도망가던 농민군들이 쓰러졌다. 옆 사람이 쓰러져도 농민군들은 어쩔 수없이 도망가기에 바빴다.

"이대로 도망가다니. 억울하오."

농민군 지도자가 한탄을 했다.

"후일을 도모합시다. 이 원수를 꼭 갚으리라."

농민군들은 도망가면서도 이를 갈았다. 꼭 돌아와서 그 대가를 톡톡히 치러 주리라.

탕! 탕! 탕!

여전히 일본군들은 성위에서 도망가는 농민군들의 등에다 정조준을 하고 총을 쏘았다.

"여보."

그때 여자의 목소리가 울려 펴졌다. 도망가던 농민군들이 뒤를 돌아보았다. 어제 혼례식을 치른 신부가 도망가다 뒤로 돌아서서 되돌아갔다. 좀 떨어진 곳에 신랑이 총에 맞아 엎드려 있었다.

"안 돼요."

달려가는 신부의 팔을 농민군이 잡았다.

"놓으세요."

신부는 팔을 뿌리쳤다. 그리고 신랑에게 뛰어갔다. 신랑은 고개를 들더니 팔을 저었다. 도망가라는 표시였다. 그러나 신부는 뛰어갔다.

"여보."

신부는 꿇어앉아 신랑의 손을 잡았다.

"빨리 도망가오. 난 글렀소."

신랑은 신부를 밀쳤다.

"내가 어찌 당신을 두고 간단 말이에요."

신부는 신랑의 팔을 잡고 당겼다. 하지만 신랑은 고개를 저었다.

"가오. 가서 뱃속의 아기 잘 키우시오. 좋은 세상에서 잘 키우시오. 아이는 새 세상에서 잘 살아야 하오. 빨리……."

신랑은 말을 하자마자 고개를 푹 숙였다.

"여보."

신부는 신랑을 흔들었지만 꿈쩍도 하지 않았다. 그때 누군가 신부를 번쩍 안았다. 그리고 서문 쪽으로 쏜살같이 달려갔다. 신부는 몸을 비틀었지만 남자의 완력에 어쩔 수 없었다.

미안하오.

신부는 눈물을 삼키며 서문을 빠져나갔다.

성안에는 신음소리가 진동했다. 부상자들이 죽어가고 있었다. 성안으로 들어온 일본군들은 움직이는 모든 농민군들에게 총을 쏘았다. 손을 들고 항복한 농민군들에게도 총을 쏘았다.

"총 쏘지 마시오"

다시 아버지가 일본군들을 향해 두 손을 들고 소리쳤다.

탕!

탕!

또다시 멈칫하던 일본군들은 총을 쏘며 서문 쪽으로 죄어왔다. 미처 빠져나가지 못한 농민군들이 피를 흘리며 쓰러졌다.

"쏘지 마시오."

아버지는 절박한 표정으로 일본군들을 막고 섰다. 농민군들은 쓰러지는데 아버지는 총을 맞지도 쓰러지지도 않았다.

"빨리 도망가시오. 나중에 꼭 원수를 갚으시오."

아버지는 농민군들을 서문 밖으로 탈출시켰다. 당황한 일본군들은 잠시 어리둥절하다 또다시 총을 쏘았다. 아버지는 쓰러져 죽은 농민군들도 일으켜 세웠다.

"서문이 뚫렸소. 빨리 도망가시오."

아버지의 절박한 말에 쓰러졌던 농민군은 잽싸게 서문 쪽으로 도망갔다. 마치 아버지가 죽은 이들을 살리는 마법사 같았다. 아무리 일본군들이 총을 쏘아도 아버지는 죽지 않았고, 죽었던 농민군도 아버지가 일으켜 세우면 신기하게도 금방 살아났다.

아버지 장하십니다.

재우는 손에 땀이 나는 걸 느끼며 아버지의 행동을 주시했다. 그때 아버지가 쓰러졌다. 농민군을 일으켜 세우다 쓰러진 것이었다. 재우는 무대로 뛰어올랐다.

"아버지."

재우는 아버지에게 다가갔다.

"괜찮다. 미끄러졌다."

아버지는 총에 맞은 게 아니라 미끄러진 것이었다. 다행이었다. 재우가 아버지의 손을 잡고 일으켜 세웠다.

"뭐 하는 거냐. 빨리 도망가라."

아버지는 재우의 등을 밀었다.

"저도 사람들 구할게요."

재우는 쓰러진 농민군을 일으켜 세웠다. 재우의 눈에는 농민군이 아니라 노조원으로 보였다. 경찰특공대에게 방패로 찍히고 방망이로 맞은 노조원들이 즐비하게 널려 있었다.

"일어나시오."

재우는 노동자들을 일으켜 세웠다.

"빨리 도망가시오. 경찰특공대가 투입되었소."

다른 노동자에게 다가가 또 일으켜 세웠다. 일어난 노동자는 고맙다고 고개를 꾸벅거리곤 재빨리 서문 쪽으로 도망쳤다. 재우는 총을 쏘는 일본군을 향해 두 손을 번쩍 들고 막아섰다.

"총 쏘지 마세요. 우리는 대화를 원합니다. 협상을 원합니다."

재우는 눈물을 흘리며 소리쳤다.

"우리는 복직을 원합니다. 우리는 테러분자가 아닙니다. 집에는 가족이 굶고 있습니다. 우리가 복직을 해야 합니다."

재우가 소리치자 일본군들은 총 쏘는 것을 멈추었다.

"우리는 공장을 점거하고 싶어서 한 게 아닙니다. 오직 살기 위해 점거했을 뿐입니다. 대화만 해 주시면 파업을 철회할 수 있습니다. 우리는 오직 먹고 살기 위한 일터가 필요할 뿐입니다. 우리는 선량한 국민이고 노동자입니다."

재우는 계속 두 손을 든 채 말했다. 그 사이 농민군들은 성을 빠져나갔다. 쓰러졌던 농민군들도 대부분 아버지가 일으켜 세워 도망시켰다. 재우는 주위를 둘러보았다. 여기저기서 일반 시민으로 보이는 사람 몇몇이 무대로 뛰어올라 일본군을 막고 섰다. 그들도 일본군을 향해 총을 쏘지 말라고 하소연했다. 멀리서 재덕과 광호도 보였다.

"빨리 가거라."

아버지가 재촉했다.

"아뇨. 아버지가 빨리 가셔요. 여긴 제가 지킬게요."

재우가 애원했다.

"뭔 소리야. 너는 나중에 더 큰 일을 해야 한다. 새 세상이 오도록 말이다."

"새 세상이 올까요?"

"오다마다. 언젠가는 분명히 온다. 우리의 세상이 말이다."

"우리가 이길까요?"

“그럼. 우리가 이기고말고. 결국은 우리가 이긴다.”

재우는 눈시울이 뜨거웠다. 우리의 노동자 세상이 오다니. 해고 걱정 없이 직장에 다닐 수 있는 세상이 오다니. 아이들 손목잡고 공원에 놀러가고 외식도 하고, 그런 세상이 오다니. 재우는 감격하여 아버지를 바라보았다.

“그러니 빨리 도망가서 후일을 도모하란 말이다.”

아버지는 재우의 등을 떠밀었다.

“아버지도 함께 가셔요.”

“아니다 일본군들이 뒤를 쫓아올지 모른다. 내가 막아서야 한다.”

“그럼 전 노동자들과 함께 나가겠습니다.”

재우는 재덕과 광호에게 갔다.

“야, 가자.

“뭔 소리냐. 이런데 그냥 가자고?”

광호가 완강하게 고개를 저었다.

“아냐. 여긴 다른 사람들한테 맡기고. 우린 할 일이 있어.”

재우의 말에 재덕은 혼자 가라고 했다. 이런 상황을 두고는 도저히 못 가겠다는 투였다. 광호의 얼굴은 붉게 달아올라 있었다.

“그래. 여기 부탁한다.”

재우는 서문을 향해 뛰기 시작했다.

“빨리 갑시다.”

재우는 서문에 있는 농민군에게 말했다.

“어디로 가지요?”

“보은이요.”

"보은요?"

"거기서 전국의 농민군들이 집결할 것입니다. 다시 전열을 가다듬어 일본군을 무찌를 겁니다."

재우는 농민군의 손을 잡고 뛰었다.

한편 성밖에는 총과 칼로 무장한 농민군들이 모여들어 성을 안타깝게 바라보고 있었다. 며칠 전 밤에 무기를 가지고 나간 농민군들이었다. 살반계와 더불어 일본군 병참기지를 기습하려고 했던 이들이었다.

"이게 대체 어찌된 일이요?"

성문 앞에는 일본군들이 통제를 하고 있었다. 일본군이 성으로 갔다는 소문을 듣고 부리나케 달려온 것이었다.

"성이 점령당했단 말인가."

농민군들은 탄식을 했다.

"우리가 한 발 늦었소."

"그러게요. 이렇게 일찍 공격할 줄 몰랐소."

농민군들은 다른 성문으로 가며 말했다. 역시나 다른 성문에도 일본군이 지키고 있었다. 농민군들은 총을 든 채 부르르 떨었다.

"성안의 사람들은 어찌 되었을까요?"

"아마도 대부분 당했겠지요."

"이런 일이."

농민군들은 놀라서 입을 다물 줄 몰랐다. 살반계와 합류한 후 문경 조령산 화적패와도 함께 하기로 했다. 그래서 일본군 병참기지를 기습공격하려고 했는데 일본군이 하루 일찍 읍성을 공격한 것이었다.

탕!

탕!

그때 마을 쪽에서 총소리가 울렸다. 농민군들은 소리 나는 쪽을 바라보았다.

"일본군들이 마을에 들어가 젊은이들을 다 죽인다더니."

농민군이 눈알을 부라리며 말했다.

"처치합시다."

농민군들이 수군거렸다.

"아니오. 그것보다 보은으로 가는 게 더 급선무요. 아마도 성안의 살아남은 사람들이 도망쳤다면 보은 쪽일 거요. 충청도 전라도 농민군들이 다 그 쪽으로 모이게 되어 있었소."

"그럼 일본군들이 농민군을 뒤쫓는단 말이요?"

"아마 그럴 것이오. 빨리 추격을 피하도록 해야 하오."

"그렇다고 마을에서 젊은이들이 죽고 부녀자들이 겁탈을 당하는데 그냥 가자는 거요?"

"더 큰 희생을 막기 위해선 어쩔 수 없소."

대장은 보은 방향으로 길을 잡으라고 명을 내렸다. 농민군들은 마을 쪽을 바라보며 아쉬운 표정을 지었다.

탕!

탕! 탕!

여전히 마을에서 총소리와 비명소리가 났다.

얼마 가지 않아 한 무리의 농민군들이 대장한테 달려갔다.

"도저히 안 되겠소. 우리는 가서 마을에 있는 일본군들을 처치하고 합류하겠소."

"안 되오. 저들의 수가 많아 위험하오."

"그렇다고 비명소리를 듣고도 그냥 간단 말이요? 대장님은 먼저 가서 뒤쫓는 일본군들을 처치하시오. 우린 마을에 있는 일본군들을 처치하고 곧장 합류하겠소."

이미 한 무리의 농민군들은 대열을 이탈해 마을 쪽으로 향했다.

"그러시오. 군사를 더 데리고 가시오."

대장은 망설이다 수십 명의 군사를 내주었다.

"고맙소."

농민군들은 마을 사람들을 구하려 마을로 향했다.

결(結)

연극이 끝나고 나자 재우는 어떤 큰 일을 겪고 난 듯 심한 피로감을 느꼈다. 구경나온 사람들은 뒤풀이를 한다고 모여 앉아 술과 떡을 먹었다.

"괜찮습니까?"

사무국장이 재우를 보며 말했다.

"죄송합니다."

재우는 사과를 했다. 혹시나 아버지나 자신 때문에 연극을 망치지는 않았나, 걱정이 되었다.

"무슨 말씀을요."

사무국장은 미소를 지었다. 아무 걱정말라는 표시였다.

"성에서 죽은 농민군은 대체 몇 명쯤 됩니까?"

"백여 명입니다."

"그렇게 많아요? 그리고 정말 농민군들이 보은으로 도망쳤나요?"

재우는 아직도 연극의 충격에서 벗어나지 못한 듯 물었다.

"예. 보은으로 도망쳤다가 충청도 전라도에서 쫓겨 온 농민군들과 합류하여 다시 기회를 엿보고 있었지요."

"그래서요?"

재우는 급하게 물었다.

"북실전투라고 하는데, 보은 내곡에 있는 지역입니다. 거기서 모인 농민군들은 십이 월에 이틀 동안 일본군과 관군들에게 몰살당하지요."

"몰살이요?"

재우가 놀라서 물었다.

"그때 죽은 사람이 이천 육백여 명입니다. 빼앗긴 소와 말도 육십두가 넘었다고 합니다."

"개새끼들."

재우는 욕을 했다.

"북실이란 지형이 뒤에는 병풍처럼 가파른 산이 막고 있어 도망칠 수가 없었지요. 또한 옷도 가을에 입던 옷이라 홑저고리와 홑바지를 입어 추위에 약했구요. 일본군들이 그냥 무조건 죽였지요. 항복을 해도 총을 쏘았으니까."

사무국장은 침통하게 말했다.

"어떻게 일본군들을 끌어들인단 말이요."

재우는 믿기지 않는다는 듯 말했다.

"양반들이 기득권을 지키겠다는데 그게 뭐 대수였겠습니까. 단지 그들 눈엔 농민군들이 역적으로밖에 안 보였지요. 백성이 아니라."

"그렇군요. 우리 파업 노동자들을 테러분자로 보듯이 말이지요."

"그게 그렇게 되는군요."

사무국장이 씁쓸하게 웃었다.

"그럼 살아남은 농민군들도 있었을 거 아닙니까?"

"그들은 후에 독립운동을 한 것으로 기록에 남아 있습니다. 고향에는 못 돌아왔죠. 혁명에 참가한 사람들은 효수형에 처해지고 재산은 몰수 되었으니까요."

"결국은 독립운동도 그 분들이 했군요."

"그렇지요. 그 분들과 가족, 후손들이요."

재우는 고개를 끄덕였다.

"우리 노동자 농민 모두 그 농민군들의 후손이군요."

"그렇지요. 자, 술 한 잔 하시지요."

사무국장은 재우의 잔에 술을 따랐다.

"아닙니다. 운전 때문에."

재우는 사양했다.

"그래도 기록에 이름이 남은 경우는 낫고요. 대부분 이름 없이 죽어갔지요. 주로 최하층 사람들이라 가족들이 후에 찾지도 못 했구요."

"그때나 지금이나 못 사는 사람들은 더 억울하군요."

"그런가요?"

사무국장은 허허, 웃었다. 그때 재우의 주머니에서 휴대폰이 울렸다. 문자가 왔나 싶었는데 한 번만 울리지 않고 계속해서 울렸다. 재우는 휴대폰을 꺼냈다. 아내에게 걸려온 전화였다.

"자기야, 나야."

아내는 밝은 목소리로 말했다. 지금쯤 식당에서 돌아와 녹초가 되어 있을 시간인데도 아마도 아내는 재우의 기분을 맞추느라고 일부러 밝게 전화했을 것이었다.

"응. 왠일?"

재우도 밝게 말했다.

"그냥 목소리 듣고 싶어서."

"오늘 볼 건데, 뭘."

"오늘 올 거야?"

"응. 연극 끝났어. 아버지 태워드리고 집으로 갈게."

"이 밤에? 자고 오지. 밤 운전은 위험한데."

아내는 내일 오라고 했다.

"아냐. 내가 있을 곳은 평택인 거 같아. 평택에서 할 일도 많고."

"정말?"

아내의 목소리가 올라갔다. 재우는 아내의 목소리를 들으며 생각했다. 고향으로 내려올 땐 다시 집으로 돌아갈 수 있을까, 내가 22번째 주검이 되는 게 아닌가, 하는 생각이 들었던 게 사실이었다. 그러나 이제는 명확해졌다. 내가 평택에 있어야 한다는 걸. 그리고 할 일이 많다는 걸.

"싸랑해, 재우씨."

그때 아내가 말했다.

"나도 싸랑해. 순임씨."

재우가 말을 받았다.

그때였다.

"가냐?"

누군가 재우의 어깨를 툭, 쳤다. 재우는 움찔거리며 돌아보았다. 광호였다. 옆에는 재덕이가 담배를 물고 있었다.

"어, 그, 그래."

재우는 말을 더듬었다.

"그래. 열심히 살아라."

광호가 말했다.

"고맙다."

재우는 일어서서 광호의 손을 잡았다.

"무슨 말이냐. 근데, 너 때문에 연극 망쳤잖아. 네가 무대에 뛰어오려는 바람에 우리도 흥분해서 그만……."

재덕의 말에 재우는 고개를 저었다.

"아냐. 다행히 괜찮대."

"그래?"

재덕과 광호가 눈을 크게 떴다.

"어쨌든 니들이 S에 있어서 든든하다. 우리 모두가 농민군의 자손들인데."

재우가 광호의 어깨를 툭, 치자 재덕이 손짓을 했다.

"빨리 가라, 색시한테. 기다리겠다."

"그래."

재우는 광호와 재덕의 손을 잡고 흔들었다. *